国家社科基金
后期资助项目
GUOJIA SHEKE JIJIN HOUQI ZIZHU XIANGMU

U0573804

世纪之交明清历史题材小说研究

Research on Novels with
Ming and Qing Dynasty Historical Themes
at the Turn of the Century

崔 博 著

北京师范大学出版集团
BEIJING NORMAL UNIVERSITY PUBLISHING GROUP
北京师范大学出版社

国家社科基金后期资助项目
出版说明

后期资助项目是国家社科基金设立的一类重要项目，旨在鼓励广大社科研究者潜心治学，支持基础研究多出优秀成果。它是经过严格评审，从接近完成的科研成果中遴选立项的。为扩大后期资助项目的影响，更好地推动学术发展，促进成果转化，全国哲学社会科学工作办公室按照"统一设计、统一标识、统一版式、形成系列"的总体要求，组织出版国家社科基金后期资助项目成果。

全国哲学社会科学工作办公室

目　　录

绪 论

一、明清历史题材小说的时代背景

21世纪的步伐已经稳健迈开，在满怀激情地迎接新世纪文学辉煌的同时，我们也总忘不了将目光投向过去，尤其是离去不远的那段岁月，其间既有着我们无法释怀的追念与怅惘，也有着我们在奋力前行时的思索与探究。因为我们深知：文学和一切事物一样，行走在历史的阶梯上。历史并不只代表过去，走过的路，总能给我们以启迪。这是历史给我们的馈赠。

对于20世纪八九十年代，人们始终无法忘怀她的多样与丰富。在这样的一个时代里，既积淀着新时期开启的激越与博大，又激荡着中国社会（包括知识分子）在大转折时期的奋争与迷茫，更寄寓着新世纪里继续探索的信念与可能。这是一个真正的多主体、多主题的"复调"的时代，雅与俗、庄与谐、力与韵、美与丑、爱与恨等，都得到了淋漓的展露。同时，我们面对文学现象的种种反应也需要回顾，因为只有将文学创作和文学接受综合起来，才能构成真正完整的文学景观。"新写实""新历史""晚生代""冲击波""播放时代"……既是我们对云谲波诡的文学现象的概括和把握，也是我们"向世界敞开的倾向性"。所以说，历史并不代表全部真实。我们无法还原全部真实，但必须努力还原它。这是我们对历史应负的责任。

历史给人的最初印象往往是"偶然"，但事过境迁之后又会变成"必然"。今天人们讨论社会转型的关键转折点，往往会提起1992年。对中国近年来发展影响最为深远的，恐怕是邓小平的南方谈话。这也是这位老人一生中最为重要的政治部署之一，在中国乃至全世界疑虑、徘徊的关键时刻力挽狂澜，拨正了历史的航向，奠定了今天中国持续稳定发展繁荣的基础。对于刚刚经历了十余年改革开放的激情与痛楚的中国社会，这无疑是一个极其关键的信号。人们在些许的犹疑之后，很快义无反顾地投入市场经济建设的浪潮。"经济体制深刻变革，社会结构深刻变动，利益格局深刻调整，思想观念深刻变化"的历史进程以不可阻挡之势滚滚向前。由此，这个本来普通的年份具有了象征性意义，中国社会的转型自此不可逆转并加快推进，它带着前所未有的深度和广度，作用于方方面面，影响着每个人的日常生活。

　　宏大的历史讲述可能更加关注当年的一桩桩大事：中国共产党第十四次全国代表大会召开、三峡工程正式批准兴建、上海浦东开发……但当时大街小巷陆续出现的新鲜事物也许更容易戳中人们的记忆兴奋点："红太阳"的旋律在每个角落里飘扬，老老少少转着呼啦圈，小伙子们哼着《同桌的你》或者别的校园民谣，捧着刚刚进入大陆的金庸小说看得入迷。爱好时尚的人们，可以去卡拉 OK 厅过一把歌星的瘾。在刚刚成立的沪深股票交易所里，新中国的第一批股民正在憧憬财富的神话。BP 机成为身份的标志，更富有的人可以跑进广州、深圳为数不多的夜总会"见见世面"，品尝改革开放后的第一杯 XO、轩尼诗，或者去选购 LV、CD等奢侈品牌。囊中羞涩也不要紧，可以拿这年刚从台湾"登陆"的方便面尝鲜，或者在电视机前感受另一个世界：欣赏巴塞罗那举办的第二十五届奥运会，并为北京"申奥"加油。《正大综艺》是不错的选择，喜欢港台剧的还可以看黄日华主演的《雪山飞狐》、赵雅芝主演的《新白娘子传奇》，喜欢内地电视剧的也可以继续温习重播的《渴望》，但恐怕又忍不住要喜欢上《编辑部的故事》。也可以走进电影院，李连杰主演的"黄飞鸿"系列、成龙和好莱坞明星合演的《双龙会》都能给人们带来打斗的惊险和调侃的愉悦，刘德华、林青霞的《绝代双骄》，梁家辉、张曼玉的《新龙门客栈》，还有比原作更加"搞怪"的电影版《鹿鼎记》等也都令人大开眼界，成为茶余饭后的谈资。更有"品位"的观众，还可以拿张艺谋的《秋菊打官司》过过嘴瘾，谈谈社会公平、转型正义等话题。

　　文学，作为意识形态的重要建构形式，也在这历史洪流中经历着巨大变化，从曾经的艺术王冠上最为璀璨的明珠，不知不觉陷入一个尴尬的边缘境地：其地位从"神坛"向"人间"跌落，在人们的精神文化生活中从"中心"走向"边缘"；其功能定位从服务"大局"、教化大众向自我表达、娱乐大众转移；其自身发展也从国家主导、政府供养向多元发展、自谋出路转变。当然，这一系列的转变是逐步的、曲折的、迂回的，但趋势一旦形成，谁也改变不了。其中原因，一方面，或许缘于国家发展战略进一步明确后对精神文明建设的重新定位，意识形态对文学的"松绑"，而文学在"松绑"之初可能仍有不适与彷徨。另一方面，80 年代以来的商品经济、市场经济大潮，催生了大众文化的觉醒与崛起，使文学与文化发生了根本转变。大众文化是长久以来存在的文化现象，特别是人类进入工业文明以来，随着生活水平的提升和传播渠道的拓展，大众文化日益发展、普及。这是近现代以来所有国家文化发展的一条普遍规律。改革开放以来，中国经济的发展必然带来大众文化的流行。在纯文学不断边缘化的时候，大众文化却在人们的视野中长驱直入，此消彼长之势似乎已经无可逆转。文学阵营出现新的格局、新的审美形态和新的精神风貌。昔日一纸名动天下的轰动已然难以寻觅，多主题、多主体、多品位的文学格局悄然形成。市场经济的加快推进也在很大程度上改变了人们的生活节奏、思维观念和文化消费结构，"细嚼慢咽"式的接受形式、"阳春白雪"式的精英姿态难以适应迅速扩大的大众文化消费需求，文学不得不"走出闺阁""软下身段"，努力去适应大众的口味。同时，社会开放带来的境外文化产品的冲击，以及电视、网络(进入 21 世纪后，网络的加速发展对传统文学带来的冲击更大)等新型传播媒介的普及也在很大程度上挤压了传统文学的阵地，传播方式的改变，进一步引起文学的定位、形态、姿态、受众等各方面的变化。

在这样的格局之下，知识分子此前所拥抱的启蒙话语走向边缘，人们的文学热情受到了非文学、非文字传媒的强烈冲击。"文学殿堂已经不可避免地沦陷为文学小卖部"①，这样的说法或许有些危言耸听，但却是我们不得不面对的现实。因此，回忆起 20 世纪的最后十年，人们总免不了要提起"人文精神大讨论"，在仰望人文主义的同时，不免对文坛"布不成阵"心怀感伤。

现象是理论的先导，理论是对现象的回应。在 1993 年开始的"人文精神大讨论"中，"文学失去轰动效应"成为对文学困境最为广泛的共鸣。确实，在 20 世纪的最后十年，中国的文学进程改变了运动形态，在市场经济的汹涌大潮面前，纤弱的文学似乎只能被击碎成一朵朵浪花。"主义"失去了往昔的魅力，"流派"也只能是三三两两的自娱自乐。用陈思和的话说，"共名"的光荣历史退隐了，而"无名"成为让人们无可奈何的现实。②"阵"既然无法布成，作家们的指点江山和激扬文字也就多少折了些锐气，文学再也不能对宏大现实发出震耳欲聋的呐喊，那么浅吟低唱也就在所

---

① 晓麦：《文学期刊就是主体行为》，《青年文学》2000 年第 1 期。

② 陈思和所指的"共名"，是对文学潮流与时代潮流关系的一个重要概括。在这个意义上，"共名"就是文学界(特别是掌握主导话语的文学界)的主流，是共识。这个主流、共识是传统社会体制以及在其之下的文学体制的产物。而与"共名"相对立的"无名"，则是传统社会体制深刻变革，文学体制随之变革之后，主流、共识无法形成而出现的多样化文学文化形态。陈思和指出，"无名"不是没有时代主题，而是多种主题并存，文化工作和文学创作虽然都反映了时代的一部分主题，但不能达到"共名"的状态。他还指出，20 世纪 90 年代的文学就具有"无名"特征：一是 80 年代文学思潮线性发展的文学史走向被打破了，出现了无主潮、无定向、无共名的现象，几种文学走向同时并存，表达出多元的价值取向。二是作家的叙事立场发生了变化，从共同社会理想转向个人叙事立场。与 80 年代文学不同的是，90 年代的文学很难用流派来归纳。

难免。这让人不由得回想起五四一代作家的际遇。在新文化运动轰轰烈烈之时，他们意气风发、激扬文字，追求个性解放、张扬个体自由，以文学启蒙社会、唤醒国民，在中国现代化进程中发挥了重要的思想引领作用。随后，内忧外患接踵而至，文学的阵营也很快分化，鲁迅先生不由得发出感叹："寂寞新文苑，平安旧战场，两间余一卒，荷戟独彷徨！"尽管每个时代、每一代人各有其特点，但这种辉煌的转瞬即逝似乎是文学（也是"文人"）无可逃脱的集体宿命。所以，对于"人文精神大讨论"能够改变什么，我们很难做出确切的估量，一方面我们必须由衷地钦佩和赞扬这场讨论中所折射出的中国知识分子的反思精神、批判精神、社会责任感与使命感；但另一方面又不得不承认，这场大讨论并没有走出知识界，甚至主要局限在文艺界。在不可阻挡的市场化潮流中，文学，乃至整个文艺界并没有真正摆脱迷茫。

这样的状态，是否真的一无是处呢？任何硬币都有两面，至少人们对文学本身开始有了更清醒的思考：

> 我们过去认为，文学在我们的生活中占有非常重要的地位，现在明白了，这是个错觉。即使在文学最有"轰动效应"的那些时候，公众真正关注的也非文学，而是裹在文学外衣里面的那些非文学的东西。①

既然纯文学曾经的"'洛阳纸贵'已经是'明日黄花'，或许还将'黄花'下去"②，那么作家必须"放下身段"——如果他们不能或不愿通过别的途径维持生计的话。

有人说，文学一旦失去了优雅与高贵，她就只剩下虚妄与沉重。虚妄，或许是因迷失于都市丛林而歇斯底里的无法承受之轻；而沉重，则是褪去眼花缭乱的主义与呐喊、铅华洗尽之后知识分子直面惨淡内心、直面喧哗世界难以发声的孤寂与苦楚。如果他们不愿"像卫慧一样尖叫"，那么应如何拯救自己呢？就像罗大佑的《恋曲1990》的歌词："苍茫茫的天涯路是你的飘泊，寻寻觅觅长相守是我的脚步。"无论是"躲避崇高"拥抱世俗，还是告别十年以来的主义"革命"直面现实，知识分子都无法挣脱时代的挤压，只能在市场浪潮和主旋律的夹缝中喘息。

---

① 王晓明等：《旷野上的废墟——文学和人文精神的危机》，《上海文学》1993年第6期。
② 《北京文学》，1994年第1期卷首语。

二、现象的生成与问题的提出

在文学史教科书中，人们对 20 世纪 90 年代关注较多的是观念和形式上大胆突破的先锋文学。在 1992 年，文学界发生着持续的裂变。文学阵营出现新的格局、新的审美形态和新的精神风貌。文学不再产生鲜明的社会轰动效应，而是进入一个多元化发展的时期。"人文精神"讨论，以及以王朔为代表的商业化写作，以《废都》为代表的价值迷失等现象，让文学界变得异常喧闹却又异常彷徨。知识分子此前所拥抱的启蒙话语走向边缘，知识界弥漫着一种动荡和裂变。所以我们看到，尽管各类研讨会仍然在举行，各类新的旗号不断祭起（如陕军东征、商业化写作、先锋文学转型、诗人之死等），但文学场的喧闹始终无法掩饰其挥之不去的彷徨。

回过头看，这一年对于文学史的意义在于，它终结了 80 年代的主旋律与浪漫理想主义的高扬，开启了一个多元化的文学新阶段，可以说是 80 年代和 90 年代文学格局的一个分水岭。

在这样的环境下，历史题材小说的创作也在悄然酝酿着变化，带来变化的是几位此前并不知名的作家。二月河，一位默默无闻的南阳宣传干部，其几年前陆续由黄河文艺出版社出版的《康熙大帝》在市场和评论界都没有引起多大的反响。而 1991 年他似乎时来运转，《雍正皇帝·九王夺嫡》由长江文艺出版社出版，第一年就卖出了 50 余万册。唐浩明，岳麓书社整理古代文献的编辑，1990 年以"票友"身份携《曾国藩》进入文坛，居然也"一炮走红"。十几年前以《请举起森林一般的手，制止！》闻名诗坛的熊召政，刚刚离开湖北作协副主席的岗位"下海"，未来的日子似乎要远离文学了，但后来他的《张居正》的问世和再次引起轰动，让人们看到了一个全新的作为诗人兼小说家的熊召政。而在中国人民大学清史研究所工作的凌力，1980 年以《星星草》进入历史题材小说创作领域后，在 1991 年获得双丰收——其 1987 年出版的《少年天子》获得了第三届茅盾文学奖，其《倾城倾国》又同时出版。一万本的销量，用她自己的话来说，"不算多也不算少"①。而下一步《暮鼓晨钟——少年康熙》的写作正在抓紧推进。在已然"布不成阵"的文坛中，这些作家的"走红"虽然很难让人们从变幻莫测的旗帜与浪潮中找到什么预兆，但他们的不期而至，带给人们更多的是陌生、欣喜、迷茫。

---

① 凌力：《倾城倾国》，再版后记，北京，十月文艺出版社，1996 年。

　　但随着时间的推移，一幅有意味的图卷不知不觉间在我们面前静静地展开：帝王将相，这些在文学中沉寂已久的游魂，正在新时期以来的文学作品中悄悄重回历史叙事的突出位置。如果说，在新时期之初，对于《李自成》中的崇祯皇帝，以及凌力《星星草》中的曾国藩、李鸿章形象，人们更多地从文学性角度肯定其人物塑造的有血有肉，但随着1988年以青年顺治为主人公的《少年天子》获得我国最重要的文学奖项之一——茅盾文学奖，人们就有理由在这些单个的现象之间进行某种联想了。凌力除了《星星草》《少年天子》，又在1993年推出《暮鼓晨钟——少年康熙》。二月河则似乎"一条道走到黑"：他以十数年之功，洋洋洒洒、浓墨重彩，将康熙、雍正、乾隆大书特书五百余万字。这样来看，新时期以来的历史题材文学创作不可谓不繁荣。

　　当然，在每年问世小说多如牛毛的90年代，这些作品只能算是沧海一粟；除了上述作家的作品，反映秦汉及以前历史的，有《大秦帝国》（孙皓晖）、《汉武大帝》（卧龙）、《楚王》（映泉）等；反映唐宋历史的，有《唐太宗》（常万生）、《草堂春秋》（马昭）、《洛阳风云》（王鼎三，也包括其他朝代历史）、《汴京风骚》（颜廷瑞）、《王安石》（万斌生）、《金瓯缺》（徐兴业，也包括元代历史）等；反映元明清历史的，还有《李自成》（姚雪垠）、《蒙古帝国》（包丽英）等。此外，讲述中国共产党领导的革命历史的红色历史题材文学创作也为数不少，在网络上发表的就更加不胜枚举了，但这些作品大部分很快被时间淹没。在群星闪耀的当代文坛，二月河、唐浩明、熊召政、凌力这些作家也绝非执牛耳辈。他们如果仅仅凭借几部哪怕有些分量的作品，恐怕也早已成为过眼云烟。

　　但时间恰恰跟健忘的人们开了个玩笑，在2006年《财经时报》策划的"中国作家富豪榜"上，二月河、唐浩明就分别以1200万元和820万元收入名列第二和第六。而这些数字，仅是对他们90年代以来作品在当年版税的保守估计。作品的畅销，不仅是财富的积聚，也是作品观念、价值倾向的传播和接受。所以这些数字至少可以说明，在当代社会生活中，这批作品具有不可忽略的能量，而它们既在难以计数的读者中受到喜爱，也在难以计数的批评家笔下遭到抨击。

　　无独有偶，在日益占据大众文化生活主角位置的电视剧中，穿着古装的帝王将相也再次粉墨登场，而其中明清时期特别是清代的帝王将相尤为活跃。早在1986年的"飞天奖"中，电视连续剧《红楼梦》和《努尔哈赤》就雄踞榜首，随后，随着《末代皇帝》《铁齿铜牙纪晓岚》《宰相刘罗锅》等剧的播出，帝王将相的身影又闪烁在老百姓的屏幕前。历史题材电视剧产量大幅上升，仅 2000 年，申报的历史题材电视剧即有 222 部 4755 集，占当年申报的电视剧总量三分之一。①《康熙微服私访记》更是在高收视率的鼓励下不断续拍，创造了连拍 5 部 144 集的奇迹。2001 年以来，由二月河、凌力等人原作改编的《雍正王朝》《康熙王朝》《乾隆王朝》及《少年天子》等剧，更是成为社会的热门话题，引起从中央领导干部到社会大众的普遍关注。

如果说，问世时间的先后不能说明这批小说和电视剧之间的因果关系，但这一题材范围内的文艺作品在前后相继的时间里接连出现，至少喻示着这些题材本身与特定时代文化语境的呼应。时间已经雄辩地说明，这些作品有着绵长的生命力量，它们就像一股潜流，和一波又一波令人应接不暇的文学浪潮一起，浸润着当代国人的心灵，并以自己的方式和向度参与和推动了当代国人的历史想象与重构。我们不得不承认，现在的人们即便不记得这些作家的名字，但对康熙、雍正、曾国藩、李鸿章，乃至孝庄皇太后、慈禧等历史人物的想象和理解，却与这些作品中的描述不谋而合。而以往的"封建反动阶级头子""剥削阶级总代表"等标签却越来越模糊。

也就是说，当初那些令人惊诧乃至激愤的观点与形象，已经融入大多数人的集体认知之中，成为一种习惯性的"常识"。而如今，我们的历史观照早已跨越了那两个王朝，奔向更为悠远浩渺的过去。在严谨的考辨与求索之外，人们不知不觉有了一些心平气和的包容、欣赏，甚至轻松诙谐的调侃，而这纷繁与多元，透出一种成熟与从容。

站在今天的历史点位回顾，这些作家起自 20 世纪 80 年代的创作，已经在中国文坛形成了一个虽不庞大但不可忽略的整体阵容。但在各类由此衍生的历史题材影视作品、历史读物铺天盖地的今天，历史题材长篇小说创作却似乎陷入沉寂，这是风华展露后的绝尘，抑或蓄势再发前的蛰伏？人们出于种种立场会构思出各异的答案。但心照不宣的是：无论是否还有大家大作横空出世，当年的历史时空所铸就的语境已经一去不返。

于是我们不禁要追问：为什么是历史题材？为什么是明清？为什么是帝王将相？

我们还可以继续追问下去：究竟是一种怎样的时代文化，炼就了这

① 　数据转引自李兴亮：《世纪之交的清朝题材电视剧现象研究》，四川大学博士学位论文，2005 年。

批作品的光芒？而这批作品本身又如何焕发出新的文化？

同样或者近似的文本，在不同时空、不同人群那里，究竟让我们看到了什么？

这些文本给那个时代带来了什么？又遮蔽了什么？

我们对这些作品的拥抱或者疏离，折射出了时代怎样的转变？

对这些问题的解答，离不开对这些似乎并不抢眼的作家作品的探究。

显而易见，这批历史小说已然成为一个自足的现象：它们的产生具有特定的时空背景；它们的存在具有不可替代性，并获得了社会的集中关注；它们的发展参与到当时的社会文化语境之中并与之形成深刻的互动。这批作品本身已经成为一个富有历史和现实蕴含的事实存在。

但在相关的文学史书写中，人们对于这一时空中的"新历史主义""文化研究""后现代"等名词耳熟能详，对"寻根""新写实""80后"等概念记忆犹新，却唯独在这些历史小说面前出现了失语和盲点。

如果我们不认为历史是一截又一截毫无瓜葛的封闭时空组成的，那么我们必须对她保持某种温情，必须承认"新"与"旧"的辩证法，而不是挥舞着现代性的扫帚将一切扫地出门。我们将会看到：历史不仅是审美的，也受到"力的平行四边形"的推动；审美不仅是个体化的，也是历史的。一切都在这滚滚东去的历史之河中浮上沉下。对某种现象进行观照的意义不止于这一现象本身，它能深化我们对美的认识、对自我的认识，以及对历史的感知。

笔者将这一题材作为研究对象，正是基于以上的原因。历史题材文艺作品如戏曲、小说等，在中国源远流长，其中以帝王将相为主人公的创作又具有突出位置。在中华民族集体无意识中，对帝王将相的种种言说与想象从来就与人们的历史认同、道德取向、群体意识以及审美趣味等诸多问题密切相关。有关帝王将相的集体无意识是了解中华民族深层心理结构的重要聚焦点。在历史加速转型的世纪之交，这一聚焦点在很大程度上通过明清历史题材小说（当然也包括类似题材的影视剧等文艺形式）呈现出来，为我们了解世纪之交中国人的历史想象与现实关怀提供了一个极好的切入点。

三、研究现状

在深入探讨这批作品之前，有必要了解其研究历程与现状。

当二月河的《康熙大帝》、唐浩明的《曾国藩》等作品问世时，批评界的反应总体相对冷淡。随着这批作品市场局面的迅速打开，批评家的关注也逐渐增多。但直到 20 世纪 90 年代末期，这批作品已经取得了巨大的市场成功，并渐次被搬上荧屏，批评界的总体反应仍然略显被动。①21 世纪以来，对明清历史题材小说（当然不一定每名研究者都局限于这一特定研究范围）的研究在大众文化研究的风起云涌之中，被提到更加突出的位置，其成果也日益丰硕。

最初的研究，大多是从传统现实主义角度进行的审美分析，主要体现在 20 世纪 90 年代初对这些作家作品的散论文章上。从雷达的《历史的人与人的历史——〈少年天子〉沉思录》（《文学评论》1992 年第 1 期）等评论文章看，作为"人"的帝王将相在历史中的复活与立体化令评论家欣喜不已。渐渐地，从读者的热烈反应中，批评家们逐渐意识到二月河、唐浩明、凌力等人的创作共性，日益在评论中将其并列论述，有人甚至呼吁新历史小说"向传统历史小说学习"。吴秀明、朱水涌等学者肯定其"在一定意义上表现出我们这个转型时代的文学精神"，并将其创作纳入对 20 世纪 90 年代历史题材小说创作的整体论述之中，凸显其"人文倾向和历史还原性质"②。

总的来说，人们日益注意到这批历史题材小说创作的时代性、大众性及其社会与文化价值，而将其作为一种文学潮流或文学现象加以研究，一些命名也次第登场，如"文化历史小说""通俗历史小说""帝王将相历史小说""传统历史小说""明清叙事"等。但研究者们对这批作家作品的总体认识仍未达成一致③，具体表现是命名的多元化——"明清叙事""传统历史小说"等提法都未能获得多数认可并形成基本一致的内涵。但这些命名在内核或是外延上往往与现有相关命名重合，如"文化历史小说"的概念其实难以排除《三寸金莲》《那五》等"寻根小说"的延续性；"帝王将相历史小说"也无法与《故乡相处流传》等一些相似题材的"新历史小说"划清界限，"传统历史小说"的外延更加虚无缥缈，"明清叙事"则显然具有题材内容上的权宜性。对于"帝王将相"这一题材领域，尚未出

---

① 李春青指出："当前理论界和批评界对蜂拥而至、应接不暇的历史题材创作有些不知所措。这一方面说明这类历史题材创作在这样整个民族都全力以赴奔向现代化的特定语境中，借助无所不能的大众传媒如此受到大众青睐，似乎有些不可思议；另一方面也说明我们的理论家、批评家缺乏应有的敏感与知识储备，对这种现象不能给出具有理论穿透力的阐释。"李春青的话已经过去多年，相关研究也在不断发展，但总体上仍多少处在"不知所措"的状态。参见《历史题材文学创作重大问题研究》第十一章"历史题材文学创作的评价标准与方法问题"，童庆炳等著，经济科学出版社，2011 年，第 134 页。

② 吴秀明：《当代历史小说中的明清叙事》，《文学评论》2002 年第 4 期。

③ 吴秀明：《当代历史小说中的明清叙事》，《文学评论》2002 年第 4 期。

现有长久生命力的命名，而是将其归入与"新历史小说""革命历史小说"并置的历史讲述（有人将其命名为"传统历史小说"）中，更多着眼于这一现象进行探讨。

一定意义上而言，文学现象的文学史描述（记载）是其研究成果的高度浓缩。目前国内知名度较高的几本主要文学史教材，如洪子诚的《中国当代文学史》（北京大学出版社 1999 年版）和陈思和主编的《中国当代文学史教程》（复旦大学出版社 1999 年版）均未对这一创作现象给予关注。同时，在一些对新时期以来文学进行专题或总体研究与描述的著作中，逐渐出现了这批小说的身影。张志忠的《1993：世纪末的喧哗》（山东教育出版社 1998 年版）、黄发有的《准个体时代的写作——20世纪 90 年代中国小说研究》（上海三联书店 2002 年版）均对这一文学现象进行了颇有深度的文化探讨。许志英、丁帆等主编的《中国新时期小说主潮》（人民文学出版社 2002 年版），董健、丁帆、王彬彬等主编的《中国当代文学史新稿》（人民文学出版社 2005 年版）着力论述了"帝王将相的'复辟'"，但局限于对其题材突破和人物重塑意义的关注，尚未进行细致的开掘。

同样值得注意的是，汤哲声等学者将这些文本纳入"当代通俗文学"中进行历史书写。不论其中是否有"大众文化"的推动，但的确促使人们进一步思考这批作品的文学史定位。人们已然意识到，在现行启蒙主义主导下的文学史书写框架中，明清题材历史小说和许多文学现象都无法进入主流文学史叙述。另起炉灶的"通俗文学史"①虽然无法解决这一问题，但从某种程度上印证了陈思和、吴福辉、朱晓进等学者对当代文学史写作的反思。②

一些满怀热情的批评者认为，对历史文学的探讨总体上仍然没有为

---

① 汤哲声的《中国当代通俗小说史论》（北京大学出版社 2007 年版），是关于当代以来通俗小说研究的重要成果，与范伯群的《中国近现代通俗文学史》（江苏教育出版社 2000 年版）、《礼拜六的蝴蝶梦——论鸳鸯蝴蝶派》（人民文学出版社 1989 年版）等共同组成了对 20 世纪以来通俗小说的全景式描述。

② 可参见陈思和：《先锋与常态：现代文学史的两种基本形态》，《文艺争鸣》2007 年第 3 期；朱晓进：《二十世纪中国文学史观的反思》，《中国社会科学》2006 年第 1 期；刘勇：《从历时到共时：建构现代文学研究的新坐标——有关"陈、吴对话"的一些思考》，《中国现代文学研究丛刊》2006 年第 6 期。在这些研究文章中，论者实际上对自五四文学革命以来文学史书写中长期存在的偏颇进行了反思：对文学历时性'发展'过程的过分强调和对文学共时性存在格局有意无意的遗漏。这一偏颇的具体表现就是过于抬高"新"而贬低"旧"，强调文学精英的价值取向而忽视大众的审美诉求，强调作家作品研究而忽视接受研究。这些都在一定程度上导致了对文学发展变迁过程的简单化想象。

它摆脱"无以类归"的尴尬。这一问题之前也有学者作过描述和分析：创作主体缺乏价值判断，艺术手段传统保守；广大读者对历史文学缺乏鉴赏水平，甚至"热情倾注"在"文学之外"；批评范式陈旧、缺乏穿透性与说服力。有人将历史小说的尴尬归因于在意识形态文化、知识分子精英文化和大众文化三大范畴之间的"无以类归"。①

但不能否认的是，在大众媒介尤其是历史剧热潮的推动下，对这批历史小说的研究总体上已取得较为丰富的成果。总结已有的研究，主要是从历史观、文本诗学、文化三个角度进行的。

第一，是以历史观为中心的理论阐释，包括对明清两个朝代在中国历史上应如何定位，对康熙、雍正、乾隆、曾国藩等这些帝王将相应如何评价。明清时代处于中国封建社会末期，有人认为这是中国封建社会最后的高峰，特别是康雍乾三世是最后的"盛世"，人们应当充分给予缅怀、尊重；有人则认为这两个朝代对人性、科技、文化的禁锢前所未有，所谓盛世的表象之下是民生凋敝、社会停滞、文化萧条，对中国在近代世界竞争中"掉队"负有不可推卸的责任。关于这些帝王将相，有人认为他们是爱民爱国的英雄、是传统文化的集大成者，有人则认为他们不仅是压迫阶级的代表，而且精于权术、目光狭隘、思维守旧，只知维护一家一姓之统治而不顾天下苍生，阻碍了中国历史的进步和人的自由发展。具体体现到对这些作品的争论上，就是"历史真实与艺术真实（虚构）"这一话题。由此牵涉出的历史小说的定义及其合法性与可能性、"翻案"等问题最终都上升到"历史观"的探讨。这也是迄今这一领域研究最为集中的角度。研究者们尽管由于代际差异、政治理念、艺术偏好等因素而立场各异，在"帝王文化究竟是不是先进文化""如何表现帝王将相""历史翻案""历史题材的概念内涵""拟实和虚构""历史真实和艺术真实作为评价标准的意义"等具体问题上见仁见智，但无论是主张用唯物史观指导写作者，还是肯定大众在戏说历史中获得愉悦者，都意识到宽容与多元的必要性与现实性。

除了童庆炳②、吴秀明、李春青、马振方、王先霈等学者在这一领域的耕耘或涉猎，路文彬、李建国、王春瑜、蒋青林等青年学人也在其博士学位论文中对当代乃至 20 世纪以来中国小说创作的历史观进行了探

① 刘起林：《多元语境中无以类归的苍凉——90 年代长篇历史小说生存本相的透视》，《文艺评论》2003 年第 1 期。
② 童庆炳等的《历史题材文学创作重大问题研究》（经济科学出版社 2011 年版）将历史题材创作的研究提高到了一个新的水平。

讨。在对文本背后历史观念的梳理中，实际上完成了对文学衍进历程的某种再书写，这也可以见出历史观对于我们把握历史题材创作的重要意义。

历史真实与艺术真实本质上是一个历史观念问题。秉承现实主义美学观念的批评家们往往强调作家主体性的发挥，希望在"尊重历史事实"的前提下，尽可能保留作家虚构的自由。他们给出的理由是：真实存在过的历史本然状态（或曰"历史Ⅰ"）无法完全复原，我们只能通过历史文本（或曰"历史Ⅱ"，如典章、文物等）尽力接近历史的本真，而其中仍然少不了文学家必要的推理与想象。① 有些批评家却不知不觉滑向史学家的立场，这种拟史批评观照出历史小说乃至历史文学创作中的一些问题，主要体现在两个方面：一是"关公战秦琼"之类的知识"硬伤"；二是评价不当，或称为"翻案"，比如围绕《张居正》中张居正、高拱等历史人物的评价问题。于是批评家苦口婆心地劝说历史学家"尊重历史"，并认为历史小说需要"历史批评"。② 除此之外，更有人借用海登·怀特等人的新历史主义理论，对"真实"釜底抽薪：既然"真实"是人为界定出来的，那么为什么一定要服从于某种特定意识形态的界定呢？福柯已经揭示出"知识"背后所蕴含的权力结构，因此这样的讨论事实上触及的是权力与观念的合法性问题。

第二，是从文本诗学角度进行的研究，即主要从叙事学、文体学等角度分析文本形式特点及其意蕴。这批小说的文体和叙事总体上趋于传统，因此对其文本风格与形式特点的探讨总体上较为薄弱。这样的观点是很有代表性的："着力于在重大的冲突中表现人的精神世界，人生体验，人格人品和人性人情，并且尽力表现得深刻丰满，具有个性风采。这是造成历史小说最富有艺术魅力的地方。"③研究者们除了品评这批小说的人物塑造和文本意蕴之外，还尝试以叙事学视角研究这些历史叙事文本的个性特色。在此之外，研究者们也发现了它们与传统经典叙事文本在形式特点、美学追求，乃至语言特色上的承续性。"真诚""独立""理性"等辞藻常常用于对作家的称赞，我们可以看出其中的现实主义以及与之密切相关的启蒙精神色彩，也可以由这些批评大致窥见当时批评家们的精神底色，以及当时小说家与批评家双方的情感投入。所以，不少执着于这批历史小说研究的批评家常常会发出"历史题材批评严重滞后于历

---

① 童庆炳：《"历史3"——历史题材文学创作的历史真实》，《人文杂志》2005 年第 5 期。
② 马振方：《历史文学需要历史的批评》，《中华读书报》，2004-03-17。
③ 谢永旺：《写出历史人物的精神世界》，《文学评论》1995 年第 6 期。

史题材创作是近年来理论批评界有目共睹的事实，其中突出的表现就是批评方法的陈旧和不当"①等抱怨。

第三，是从文化角度进行的观照。20世纪90年代以来中国社会乃至全球政治、文化潮流为这批历史小说提供了施展的舞台。在这股回归传统的文化热潮鼓励下，一些批评家也试图在历史小说中寻找作家的（或者借此阐释自己的）文化立场和身份认同，主要从传统文化视角、大众文化视角、地域文化视角等方面进行。他们和作家一样意识到"传统在保障文化的生命力方面是不可缺少的，它使记忆连贯，告诉人们先人们是如何处理同样的生存困境的"②。在世纪之交，人们对文化的关注达到空前的高度。这背后反映出的是对现代化探索的深入。文化是经济社会发展背后的底蕴所在，也是我们确立文化自信、真正走向现代化的最深层动力指引。研究者们从明清历史题材小说创作的热烈反响入手，探讨其对传统文化的弘扬与辨析，及其所处时代的文化语境，从而使这一研究加入当时学界较为热烈的文化讨论之中。他们不仅孜孜不倦地发掘历史小说中的儒、释、道文化因子，甚至从性别、地域等角度来探讨历史小说的文化内涵③，对明清之际"落霞"般的辉煌展现，以及对"有道明君"的渲染被理解为对民族自尊心与自我认同的激发。在客观上说，文化视角的加入使得对历史小说的批评融入当时文学批评的主流之中，在为当时的种种文化思潮与观点提供具体形象的实例的同时，也深化和升华了历史小说作家作品乃至这一文学现象的文化内涵与观照视野。其中隐约包含着对"现代化"与"现代性"的检讨，但并不十分鲜明突出。因为不待学者和大众充分厘清和体验完整意义上的现代性，后现代社会已经在经济全球化和市场经济社会基本确立的浪潮下飘然而至。

纯粹的思辨不能解决历史观念问题，因此有必要考虑言说者的身份。

---

① 吴秀明、荆亚平、赵卫东：《中国当代历史文学：面向全球化的新语境》，《浙江大学学报（人文社会科学版）》2005年第1期。

② 〔美〕丹尼尔·贝尔：《资本主义文化矛盾》，赵一凡等译，北京，生活·读书·新知三联书店，1989年，第24页。

③ 可参看张喜田：《性别话语下的历史叙述——凌力、二月河历史小说创作比较》，《河南师范大学学报（哲学社会科学版）》2001年第5期；刘克：《地域性语境下的全球化创作——二月河持守地域性创作对于文学发展的意义》，《南都学坛》2002年第4期；吴秀明、刘琴：《新保守主义视野下的唐浩明历史小说创作》，《湖南大学学报（社会科学版）》2005年第4期；杨建华：《"民族—国家"的认同与传统文化的再现——唐浩明历史小说论》，《湖南大学学报（社会科学版）》2005年第4期；刘克：《道家情怀与二月河、唐浩明小说的境界》，《中央民族大学学报（哲学社会科学版）》2005年第3期。

从这样的角度来看历史小说研究的另一问题——"雅俗"，我们就能感到某种必然性与必要性。二月河的小说最明显地激发了这种灵感。批评家们也许是感受到了二月河作品里中国古典小说的通俗因素，因而呼吁正视文学作品的消遣功能与娱乐特征。他们指出了二月河作品中表现方式和叙事方法等方面的通俗性①，并从文学史上的实例论证了雅俗"共赏""史诗"与"通俗小说"融合的可能。从这个话题深入，批评家们一方面将研究视线延伸到古典小说的文体演变、语言风格、民族审美习惯，另一方面将目光聚焦于小说的叙事元素、叙事结构。在对某些历史小说中过分追求新奇刺激、叙事模式化及作者对主人公的批判缺位、过度认同有所保留的同时②，其研究视角已经开始了某种迁移：从启蒙主体的精英视角向大众视角迁移。与此相一致的是，一些批评家不仅关注历史小说作品的自身构成，而且开始关注其传播效果，如从"民族记忆的修复"角度提出"历史小说对历史的重建也是在修复整个民族的记忆"③；或者从"王朝衰变时代的功名文化人格"角度研究历史小说创作的主体意识及其接受效应④；或者秉承"通俗文学"宗旨，从"社会分析""精神分析""通俗文化"及"现代性"视角对历史小说进行观照。

　　钱穆先生提醒我们注意文学史背后的文化史本质："一部理想的文学史，必然该以这一民族的全部文化史来作背景，而后可以说明此一部文学史之内在精神。反过来讲，若使有一部够理想的文学史，真能胜任而愉快，在这里面，也必然可以透露出这一民族全部文化史的内在真义来。"⑤而在传统文化、大众文化、地域文化等多种视角中，笔者以为比较而言，"大众文化"视角的研究更有影响。这一视角主要关注的是：在日益成熟与发达的现代社会中，传统社会的历史讲述特别是关于帝王将相的讲述与想象有着怎样的继承与衍变？它们究竟以怎样的方式发挥着怎样的功能？这些问题涉及经济全球化背景与第三世界、民族主义与民族国家想象、历史言说与意识形态诉求、历史消费、文化生产传播机制

---

① 　徐亚东：《二月河"帝王系列"小说审美品格论》，《南阳师范学院学报（社会科学版）》2003 年第 1 期。

② 　可参看齐裕焜：《二月河"清帝系列"小说得失谈》，《福建师范大学学报（哲学社会科学版）》2000 年第 2 期；刘起林：《巨人身影与历史理性——论〈曾国藩〉创作思想的偏失》，《中国文学研究》1994 年第 3 期。

③ 　董之林：《叩问历史　面向未来——当代历史小说创作研讨会述要》，《文学评论》1995年第 5 期。

④ 　刘志林：《发掘王朝衰变时代的功名文化人格——论唐浩明历史小说创作的主体意识及其接受效应》，《湖南大学学报（社会科学版）》2005 年第 4 期。

⑤ 　钱穆：《中国文学论丛》，台北，东大图书股份有限公司，1983 年，第 94 页。

等当代文化热点。这方面的研究如果说略有不足，原因是否在于后现代话语与带有鲜明传统社会特征的文本难以"对接"，我们不得而知。但通过"大众文化"这一视角，研究者们显然意识到了此前"精英立场"（这一立场令他们更青睐带有"先锋"色彩的"新历史小说"）的某种局限。毕竟大众文化的合法性是不证自明的。

四、本书的研究思路

本书的研究将在前人的辛勤耕耘和丰硕成果的基础上进行。有鉴于明清历史题材小说及其相关现象本身的特点，以及迄今的研究现状，本书将有机整合各种研究视角与解读层面，提炼一系列研究聚焦点，分别结合主要作家和重点文本，努力对文本层面、接受层面与文化层面的若干问题做出自己的回答，力争给予其清晰的价值阐释与历史定位。

第一，世纪之交的时代背景是本书研究的切入点。20、21 世纪之交的特殊历史区段，正处于中国从封建走向现代转型的百年之际，对明清历史的讲述适逢恰当的"客观距离"、宽松的意识形态环境特别是满怀激情的创作主体，为这一类题材的历史小说创作成为历史讲述的垄断被打破之后的第一波浪潮提供了"天时、地利、人和"。特定时代对特定历史的发掘与讲述，自然也浸润着特定时代的厚重色彩、理想气息和人文探索，成为世纪之交的重要文化底色。

第二，作家的历史观、文化观和美学观考察是本书研究的基础。历史小说作者的文学手法及历史讲述反映出其审美取向、历史认知、社会观念。更进一步，明清历史题材小说的正史与野史、"还原"与"翻案"、考据与想象、通俗与典雅、正统与江湖等一系列矛盾命题背后，很大程度上是特定时代知识分子集体无意识的宿命式矛盾在历史讲述这一传统文学样式上的投射。激情与理性的纠葛，使得这些创作者在回望历史时，既不会挣脱民族传统的影响和民族集体命运的担当，而走向绝对的个人主义；也无法真正忽略历史的巨大惯性和现实的巨大存在，而走向绝对的自由主义。

第三，英雄范式是本书研究的重点。2016 年 2 月，习近平总书记赴江西看望慰问广大干部群众时强调："中华民族是崇尚英雄、成就英雄、英雄辈出的民族，和平年代同样需要英雄情怀。对一切为党、为国家、为人民作出奉献和牺牲的英雄模范人物，我们都要发扬他们的精神，从他们身上汲取奋发的力量，共同为推进中国特色社会主义伟大事业、实现中华民族伟大复兴的中国梦而顽强奋斗、艰苦奋斗、不懈奋斗。"①明清历史题材小说中的主人公，不仅蕴含着特定的历史情感，而且担负着参与当代意识形态构建的重任。小说作者巧妙糅合史传传统与现代小说技法、主旋律意识形态与大众朴素情感、历史人物本身魅力与时代文化氛围，塑造出兼具政统上的合法性、道统上的合情性，以及法统上的合理性的历史人物英雄。这一系列英雄形象的塑造，可以看作"高大全"式的英雄解构之后对群众英雄情结的又一次成功满足，并已成为当代中国传统文化重构不可忽略的重要符号。

第四，文学和文化的双重维度是本书的观照视角。明清历史题材小说不仅是文学现象，也是文化现象。它们是中国绵延数千年的民族审美模式在现代社会的时代折射，是经济全球化背景下中国社会整体转型语境中历史想象与观念重构的重要凭借，也是当代大众文化及其文化产业的重要生长点。本书研究目的在于通过对文本层面、文化层面和社会人类学层面的分析，关注以二月河、凌力、熊召政、唐浩明等人的作品为重点的世纪之交明清历史题材创作及由此衍生的各类社会文化现象的发生发展、价值立场、美学内蕴、文化意义、传播衍生，梳理这批创作在政治、文化、市场经济的多重语境中，在人文精神与意识形态、大众性和先锋性之间抉择遇合的发展历程，映照出特定历史语境下的若干文化症候，对日益走向成熟而仍在困惑中的历史讲述与想象作出描述与判断，并由此管窥 20 世纪 80 年代以来国家意识形态构建的多元角逐与多维发展。

第五，传播与接受是本书力图拓展的新的观照视角。在 20 世纪末经济全球化、大众化和商品化的涌流中，明清历史题材小说及其相关影视作品、衍生读物并没有占据文学创新的潮头，也没有依托主流意识形态的推广，甚至也甚少有喧闹繁复的商业运作，却形成了一股默默涌动的潜流，创造出可圈可点的阅读神话、收视神话、话题神话和财富神话。主流意识形态、知识精英、文化工业、消费大众在这一系列的神话中交汇角逐、各取所需。明清历史题材小说与"励志读物""权谋读本""官场小说"这类标签的若即若离，隐约喻示着新的文化生态和思想观念格局下各种力量的表达方式与生存策略。

总体而言，本书试图通过研究，探讨明清历史题材小说的文学形式价值（包括其传统文学基因与时代特点），通过对文本层面和文学、文化

---

① 习近平：《论中国共产党历史》，北京，中央文献出版社，2021 年，第 70 页。

活动层面分析，映照出特定历史语境下的若干文化症候，对日益走向成熟的当代中国社会的历史讲述与想象做出自己的描述。

因此，研究视角的多重性是笔者所需要的。有人曾经给出过形象的比喻，研究就像在沼泽中探路，"其中的每一点都不是安全可靠的。我们站在某一点，当这一点开始下沉时，我们便转向另一点；当那一点开始下沉时，我们又跳到下一点"，尽管没有一点是安全的，但"我们可以通过不断转换位置确保自己不下沉"。① 为了避免片面性，本书的研究必须积极地在各种理论工具间进行有效的转换，不断找到"安全点"。从现有研究来看，对这一领域所进行的研究不可谓不庞杂，其成果不可谓不丰富，但它们亟须有效整合。本书将在有效把握各种理论工具的基础上，力避视野的盲点，努力从各方面完整呈现明清历史题材小说自身内在特性及其与时代文化语境的丰富互动。

20 世纪 80 年代末以来的明清历史题材小说是在中国当代社会日益发展、大众文化日益成熟的土壤中开花结果的。其生产、传播、接受都带有鲜明的大众文化特征。实践已经证明，它们无法在"启蒙"与"现代性"的观照下获得鲜活生命，因此必须回复其大众文化语境，明确以"大众文化"为研究基点。这一研究基点包含着具体的诗学意蕴、观念意蕴和接受图景，它不仅是研究视角的转移，也包含着研究者身份认同的调整和研究过程拓展的必然，这在历史小说研究中有重要地位。

在本书中，"大众"首先意味着一个宏观语境，它是明清历史题材小说发生、发展的土壤。历史小说和其他任何文学现象一样，都产生于特定的历史语境之中，特别是在中国这样一个有着深厚历史文化传统的国家，对历史的言说绝不只是对客观事实的重温与再现，它先天地与"究天人之际""鉴往知来""借古喻今"等一系列鲜明的主观意图融合在一起，因此绝不是纯粹个体性质的活动，而是与民族群体的价值观念、审美风尚、生活习俗、情感倾向等"集体无意识"息息相关。所以研究历史小说，必须考察其"大众"语境。这批历史小说的创作正处于中国社会结构、价值观念的转轨时期，经济体制的持续深入发展带来的社会整体加速转型，大众文化表现形态也从被主流意识形态"收编""改造""遮蔽"的隐性状态，逐步凸显为显性状态。近代以来，"救亡与启蒙的双重变奏"所指向的"现

---

① 〔英〕安东尼·弗卢等：《西方哲学讲演录》，李超杰译，北京，商务印书馆，2000 年，第 180 页。

代化"，构成了中国社会历史—现实想象的终极目标，并在中国构成了一种对时间的焦虑，因而"历史"这一指向现代化反面的时间成为人们迫不及待要抛弃的"负资产"。新时期以来，尤其是 20 世纪 90 年代以来，由于西方思想界自身对现代理论的反思，以及经济全球化浪潮下（尤其是第三世界）对自身身份的焦虑，中国知识分子也开始了对近代以来自身历程的反思，"现代化"在中国也得到了重新审视。人们仿佛一觉醒来发现自己身份的"悬置"，于是回归历史、回归传统又成为人们迫不及待要拾起的"宝贵遗产"。因而二月河、唐浩明、凌力等创作的具有"追求在史实还原基础上的历史重诠和审美转换"①特点的历史小说，很容易在中国找到土壤。

第二，"大众"意味着一种美学特质。文学当然不是社会政治、经济的机械反映，但它也绝不是封闭于象牙塔中的形式自娱，其独立性终究是"相对"的，它也有"随着社会的变化而逐渐发生变异"②的一面。这批历史小说一方面延续了中国古代文学传统（特别是通俗文学传统）的表现手法，另一方面又有选择地吸收了西方现代文学的新质，并在此基础上糅合形成颇具时代特色的艺术品质。其充分体现出文学在"升华""净化"之外的娱乐、休闲功能，在满足大众历史想象与历史消费方面功不可没。研究者当然应该坚持自己的价值立场，但更应放开视野，更多地从社会大众的审美与精神需求出发，研究历史小说的得与失。当然，不能否认，大众历史小说在审美诉求方面由于过于向市场倾斜，因而出现种种庸俗甚至猥亵的描写，这不仅与知识分子的审美诉求相左，也不符合大众自身的精神需求。但不能忽视的是，作为"常态"的大众历史小说与作为"先锋"的新历史小说之间并非势若水火。它们不仅在"解构"既有历史讲述上声气相求，在时空观念、历史感悟等方面也魂魄相通。最终，在市场的宏大磁场中，以先锋姿态出现的新历史小说逐渐靠拢市场，通过放弃先锋姿态而靠拢主流；而大众历史小说则由于艺术表现的疲软与作家的渐趋退隐而日益没落，但其所代表的主流历史认知却在文学演进的长河中继续流淌。

第三，"大众文化"意味着研究者的理论工具选择。面对 20 世纪八九十年代以来的这批历史题材小说，批评家们主要运用美学批评范式对其"现实主义"艺术成就进行分析评判，关注焦点相对集中于对历史人物的

---

① 吴秀明：《当代历史小说中的明清叙事》，《文学评论》2002 年第 4 期。
② 陈思和：《先锋与常态：现代文学史的两种基本形态》，《文艺争鸣》2007 年第 3 期。

塑造。他们赞赏历史小说作家将史籍中的历史符号变成了活生生的、具有丰富的"精神世界"的人。历史小说的批评视野是一个逐步展开的过程，它在很大程度上是对读者和市场热烈反响的被动回应，尽管"耐人寻味的是历史小说走俏，靠的不是大众传媒'炒'"，也不是"批评界'捧'"①，但大众的热烈反响却大大推动了这一领域的研究工作。90 年代以来中国社会乃至全球政治、文化潮流为这批历史小说提供了施展的舞台。在这股回归传统的文化热潮鼓励下，一些批评家也试图在历史小说中寻找作家的（或者借此阐释自己的）文化立场和身份认同，他们和作家一样意识到传统在保障文化的生命力方面的不可或缺。在当代中国文化的三元格局中，这批历史小说因其严肃的立场而呈现出鲜明的精英特色，其叙事中对正史的依赖与信任又带有主流意识形态色彩，同时其文本渲染的爱国、忠诚、信义、进取、旷达等传统道德理想和人格典范，已经在漫长的历史演进中成为大众文化的一部分，所以具备了从大众视角进行解读的可能性。对此，本书力图运用大众文化生产理论、传播接受理论、新历史主义理论等理论工具，对这一现象进行深入剖析。

第四，"大众"是一种文化形态，要表达的是大众的想象与诉求。大众化的历史小说和精英知识分子颇具后现代意味的"新历史"言说，一起打破了主流意识形态对历史讲述的长期垄断，映照出中国在社会转型过程中公共领域的重组。这种重组发生在当下的场域中，因而其对历史的言说极具"当代性"，它站在大众苍生立场，通过历史讲述，为当代中国现代化转型的整体进程提出了诸多想象性的解决方法。当然，大众化的历史小说的历史讲述并非总是咄咄逼人、令人不安的，它与主流意识形态、精英意识形态的历史讲述之间有着复杂的合谋、抵牾、内化等互动。一方面，表现为人们围绕历史问题所进行的种种争吵；另一方面，又由于经济全球化浪潮的裹挟以及人们对百年来中国激进主义思潮的反思，各种声音在很多方面达成共识与妥协，从而在一定程度上修复了自五四以来中国激进主义思潮断裂式的历史虚无所带来的认同尴尬，并进一步就民族身份认同达成共识。厘清了大众历史小说的意识形态属性，那种"无以类归的苍凉"②或许可以更好地避免。

第五，"大众"也意味着一种审美立场。特定时代的审美风尚、观念

---

① 董之林：《叩问历史　面向未来——当代历史小说创作研讨会述要》，《文学评论》1995 年第 5 期。

② 刘起林：《多元语境中无以类归的苍凉——90 年代长篇历史小说生存本相的透视》，《文艺评论》2003 年第 1 期。

结构、价值认同等在很大程度上决定了作品的命运。这批历史小说在大众中引起的热烈反响迎合了当代中国社会情感与心理的某种"召唤结构"，因而取得了巨大的成功；其生产机制、传播渠道又发生在中国文艺生产体制转型的重要时期，所以具有典型性。随着播放媒介的日益普及，这批历史小说所张扬的文化品格和价值观念在新的载体中得到传承、放大，对大众的影响也空前扩大。探究其中究竟包含着怎样的审美惯性、文化认同与观念重构，不仅有益于文艺创作进一步"贴近大众、贴近生活"，也让我们得以对转型时期中国社会、社会思潮与审美风尚作一管窥，于是"大众"这一视角就不只是一种可能，而是一种必要了。为此，本书试图对现有精英视角关注进行一定的位移，研究者首先要做的是放下启蒙神话的自言自语，尽量摒弃偏见，倾听与了解大众的观念和情感诉求。这在一定程度上有别于所谓"精英"立场，而对社会大众的文化认同给予更多的"了解之同情"：是倾听与了解大众的观念和情感诉求，而不是拒人千里大加挞伐以示清高，也不是矫枉过正或一味赞许。

最后，"大众"也意味着一种文学史观。文学作品好不好，最终要由读者和历史作出评判。从这批小说自身来看，它们不属于当下文学史的"主流"，却占领了当时（以至当下）社会大众历史阅读市场的重要份额。它们与市场天然的亲近性令其得以顺利地在文化体制转型过程中成为弄潮儿，并与当时更具扩张能力的媒介（电影、电视、网络等）达成妥协，通过自身的审美魅力与观念达成了对大众历史想象更有效的改写。从文学发展史来看，文学的发展不只是"一个由古代文学向现代中国文学转变、过渡并最终完成"等一系列的"进程"①，而是处于"先锋"与"常态"的共存中的。那么就可以说，在对文学的"历时"梳理之外，还应进行"共时"的考察，这同时意味着抛弃单一的"断裂"姿态，而将目光投向"大众化"的"常态"。这些"默默生长的常态"文学究竟以一种怎样的方式参与和见证了新时期以来中国人情感与观念的转变？它们与新时期文学的"主潮"之间是怎样的关系？客观地看，它们在艺术演化与传承的历史马拉松中究竟对中国传统文学经验有着怎样的扬弃？西方的艺术新质究竟在它们身上有怎样的投射？要回答这些问题，"大众"视角的运用便具有了必然性。

从"大众"视角来看研究中的相关问题，能得到新的启示。比如，既然"无论是指生活真实、历史真实还是艺术真实，实际上都是主观经验，

---

① 黄子平、陈平原、钱理群：《论二十世纪中国文学》，《文学评论》1985 年第 5 期。

只不过不是任意的主观经验，而是有条件或者限制的主观经验，是建立在具体语境中的、以主体间性为基础的主观经验"①，那么重要的就不是对历史"真""假"的考证，而是在充分了解历史叙事与文学叙事的相通与相异的基础上，分析叙事背后的"主观经验"的倾向。既然大众历史小说主要以文史典籍为依据，"庙堂文化的印记自然也就不可避免"，但传统文化精神经过千百年来的沉淀，已经形成中华民族的集体无意识，因此"不管怎么深邃精彩，它骨子里的通俗文化特性都难以彻底地消除"②。那么所应探究的就不是"雅"与"俗"的分野，而是审美、价值认同等方面的民族心理的深层结构。

总之，本书试图通过"大众文化"，提供一种更开放、更灵活的视角，并带来研究的整合，从而将产生一系列的研究增长点：其一，对历史小说的诗学解读。从叙事、修辞角度探讨历史小说对古典小说文体和现实主义文体的继承与融合，我们可以发现这批历史小说在承继传统历史讲述的叙事策略、叙事母题的同时，也折射出蒙太奇感、画面感等现代倾向；从意象、语言等角度探讨，我们能感受到其独特的民族美学意蕴。其二，对历史小说的观念探讨。从大众意识形态的角度观照，这批历史小说对主流意识形态主导的历史叙事的重新诠释及其策略，包含着主流意识形态立场、精英立场与民间立场的纠结与转换，主流意识形态立场、精英立场如何被转化为大众的公理性知识，并进而巩固成为一种情感认同，大众如何在主流意识形态话语、精英话语中解读出自己的话语。其三，生产机制与传播接受的研究。这批历史小说的生产、传播反映出同时期中国文学生产、传播和评奖体制的整体转型。同样重要的是，大众历史小说在中国大陆以外地区的反响，以及西方"他者"对中国乃至东亚社会历史想象的认知，都为我们呈现出中国历史传统在当代华人文化认同乃至经济全球化背景下中国民族文化复兴进程中的位置。

当然，在播放媒介日益占据大众文化消费渠道，社会观念日趋多元、主流意识形态位置日益"下沉"的同时，历史小说所蕴含的历史意识日益转移到历史题材影视作品中，而对历史的理性思考也日益让位于对历史的"消费"。在这一背景下，我们所应关注的，也许不只是历史小说叙事

① 李春青：《关于历史题材创作的评价标准与方法问题》，《北京师范大学学报（社会科学版）》2007 年第 2 期。

② 刘起林：《多元语境中无以类归的苍凉——90 年代长篇历史小说生存本相的透视》，《文艺评论》2003 年第 1 期。

的革新问题，还有民族历史想象和历史理性在新媒介、新思潮中的坚守与变通、变体。笔者希望能在已有研究的基础上，从文化格局，或曰意识形态角度明确研究的定位，为 20 世纪末文学与文化留下有意义的一笔，这是"大众"视角的初衷，也是其落脚点。

在研究中，笔者认为，需要明确几个关键词。

第一，是"历史"。本书研究对象的特点首先在于其题材的特定性。但不止于此，"历史"在本书中，一方面代表特定的体裁内涵，它上溯中国古代讲史、演义等文体渊源，近承现当代历史讲述，又旁鉴外国历史文学经验，具有特定的叙事模式、结构特点；另一方面是一个特定的文化范畴，宏观上它是人类对所有经验的讲述，是所有时间与空间的综合，对人类的自我认同起到关键作用。具体而言，"历史"指 20 世纪 80 年代末以来出现的明清历史题材小说所记述的特定时空中的人与事。对这些故人旧事的记忆与想象，交织着百余年来中国人的诸多复杂情感与各种向度的思考，具有特定的价值与情感内涵。此外，"历史"也指这批小说所诞生、传播的特定时空。"人不能两次踏进同一条河流。"这批历史小说的成功，也是特定时代、特定文化语境所造就的，这一特定时代与文化语境具有特定的结构价值与发生学意义。

第二，是"帝王将相"。这批历史小说的取材基本聚焦于"帝王将相"，这是在中国有着独特内涵与历史蕴藉的一个意象群。在社会意识中，它与中国民众的历史想象直接相关，是中国传统社会体制、道德范型、人生理想的形象体现。中国社会民众的集体记忆、身份认同、道德取向以及娱乐消遣，也都与这一意象群体密切相关。在历史书写中，帝王将相的言行是中国长久以来历史书写的集中体现和主要叙述凭借。帝王将相不仅构成了历史书写的主要内容，而且成为历史书写的基础结构。在文学艺术发展中，帝王将相也是中国叙事文学的主要题材类型，是经久不衰的文学要素。把握"帝王将相"这一话题的历史内涵与时代衍变，对于我们挖掘这批历史题材小说的文化内涵乃至掌握其背后的时代文化语境，都具有重要意义。

第三，是"小说"。明清历史题材小说首先是文学现象，因此尽管关注的是 80 年代末以来历史题材创作及其文化现象，但本书的着眼点是小说这一特定文学样式，对其价值判断的基础是其文学价值（尽管这一判断不一定以"新"或"现代"来衡量），对小说形式与美学意蕴的研究和品评是其他研究的起点和主要依据；而对其相关特点的比较分析也将主要在小说这一文体范围内进行，对其历史定位也将依新时期以来文学本身的发展与存在形态而定。总之，文化判断、历史定位都应从文学品评、文学分析中得出，文化价值与历史意义应从文学特点、文学价值中得出。

需要强调的是，不管是怎样的描述或者判断，都由笔者文责自负。这里不是要贪天之功、掠人之美，对于那些启发本书写作灵感和思路的既有研究成果，笔者都表示深深的谢忱并说明出处以示敬意。即使文中或许出现能对他人略有裨益的二三片段，笔者也必须以"自知之明"警醒自己而不敢稍有自诩。因为笔者知道，身陷漫无边际的"当下"，本文的视角不可避免地带有主观局限性。就如井底之蛙，在它的想象之外，永远有未曾领略的天空与大地。

五、关于"明清历史题材小说"提法的初步说明

需要说明的是，在修改之前的博士学位论文中，笔者采用的是"帝王将相小说"的提法，主要考虑的，一是这批作品主人公身份上的共同特点，二是"帝王将相"一词本身所包含的大众文化意涵比较切合笔者的研究思路。而且"帝王将相小说"的提法此前已为不少大众媒体所采用。当时笔者所取的，首先正是其为人周知的特点，这背后蕴含的研究立场上对大众文化的倾向性，既无意藏掖闪烁，也不敢自命不凡。

但在博士论文修改成书的过程中，出于表述严谨、稳妥的考虑，笔者改用了"明清历史题材小说"这一提法。毕竟，从字面上推究，"帝王将相小说"既包括20世纪80年代末以来的这一题材创作（即本书的研究对象），也应至少上溯至新文学开创以来的同类题材创作；既可以指代以明清时期帝王将相为题材的创作，也应包括以其他时代帝王将相为题材的创作，也应当包括新历史小说中虚构的帝王将相题材创作（如《我的帝王生涯》《故乡相处流传》等）。但笔者学力有所未逮，而且就笔者所关注的历史题材小说创作背后的当代大众历史讲述与想象问题而言，唐浩明、二月河、凌力、熊召政四位作家及其作品，无论是在作品内容（历史时代、人物类型）的覆盖面上，或是在社会影响的深度广度上，还是在创作风格的代表性和创作时间的集中性上，都具有较强的典型性、共通性，基本能够涵括笔者所要探讨的主要问题，因此采用"明清历史题材小说"，也仍以唐浩明、二月河、凌力、熊召政的创作为重点研究对象。提法虽然有所调整，但笔者的研究对象没有变，对原来"帝王将相小说"提法中所包含的大众文化意涵的关注也没有变。

在这里，"大众文化"不仅是"一种随着社会发展而出现的信息化、商

业化、产业化的现代文化形态"①，它不仅带有"流行(为大量受众而存在)、瞬间即逝、唾手可得、成本低廉、大量生产、主要以年轻人为诉求对象、诙谐而带点诘慧、撩拨性欲、玩弄花招而显得俏皮、浮夸、足以带来大笔生意"②等特点，更是中国绵延数千年的民间文化在现代市民社会的时代折光，是中国国民群体想象与民族经验的广泛体现，是建立在中国自身独特文化积淀上的话语表达。也就是说，这里的"大众文化"不仅具有共时性，也具有历时性；不仅具有全球性，也具有地域性和民族性。笔者希望以此提供一种视角，以期在更透彻地把握这一文学现象的同时，尽可能触及现象背后社会文化中的某些本质性因素。

从文化入手，也就意味着从现象入手，即如前所述，牢牢把握"大众文化""历史""帝王将相""小说"这几个关键词，努力克服先入为主的倾向性，还原时间的现场，从现象入手，逐步深入，即使仅有的对文本的思辨性解读也将服务于这一目标。这同时还意味着，本书研究的立足点在文学现象，并不苛求完整呈现所有相关作家的创作全貌，而是选取具有代表性(因而也具有对象的鲜明性)的作家作品进行重点解读。

同样需要说明的是，在此之前，对这批小说进行命名的尝试并不鲜见。如杨经建将其命名为"传统历史小说"，以指涉其创作气质上的传统意味；路文彬的"后新历史小说"概念也涉及这批文本；尤其密切相关的是吴秀明教授提出的"明清叙事"概念③，从"追求在史实还原基础上的历史重诠和审美转换""在注重发掘传统文化资源的同时，突出对封建权力机制和权力角逐的批判与描写""较为自觉地将笔下历史纳入世界整体格局进行观照，重视对其中中西文化内涵的阐发"④等角度，以凌力、唐浩明、二月河为代表进行了集中阐述。但以笔者陋见，"传统历史小说"由于其命名的过度开放性而无法获得相对确定的能指范围；"后新历史小说""明清叙事"则略局限于创作观念的解读，而相对忽略了对作品所处文化语境特别是读者接受反应的探究。但笔者仍然对这些学者的研究深表

---

① 孙占国：《论当前的大众文化形态》，《人民日报》，1995-06-20。

② 英国流行艺术工作者 Richard Hamilton 提出的定义（Walker，1983：32），转引自：〔英〕阿兰·斯威伍德：《大众文化的神话》，冯建三译，北京，生活·读书·新知三联书店，2003 年，第 7 页。

③ 吴秀明教授在提出和论述"明清叙事"这一概念时，即以凌力、唐浩明、二月河三位作家为中心进行。参见吴秀明：《当代历史小说中的明清叙事》，《文学评论》2002 年第 4 期。当然，对于作家的"排名"先后，笔者仅以其长篇历史小说作品发表的先后而论，暂无他意。

④ 吴秀明：《当代历史小说中的明清叙事》，《文学评论》2002 年第 4 期。

敬意，他们的接触工作，为笔者的研究提供了非常有益的启发，也奠定了相当坚实的基础。

六、研究目标与意义

笔者希望通过研究，在以下几个方面取得有益进展。

第一，对明清历史题材小说现象的全面深入把握。明清历史题材小说是 20 世纪 80 年代末以来中国文学与文化的重要现象，映射出经济全球化背景下、社会加速转轨这一特定时空中当代文学发展存在状态的重要一维，即中国人的历史想象与历史重构过程中的价值认同、情感情绪、审美体验，以及文学文化生产、传播与接受机制的重组。这对于方兴未艾的中国文化建设无疑具有启迪价值。

第二，对明清历史题材小说现象研究框架的系统重构尝试。如前所述，现有研究成果主要着眼于文本与文学内部层面，从各自角度对明清历史题材小说进行研究。但由于缺乏研究框架的系统整合，加之研究者对"精英"立场的固守，因此不仅无法有效还原对象的历史语境与文化语境从而加以更为全面深入的把握，甚至不能清晰地看到这一对象的价值意义，这无疑影响到文学研究对现实做出清晰洞见与有力回应。本书尝试从诗学、文化与传播接受层面做出有效的系统重构，力争为研究这一现象提供新的思路。

第三，对新时期以来文学史和文学存在多样性认识的有益补充。包括明清历史题材小说在内，一批在社会上取得巨大反响而本身亦有可取之处的文学作品无法进入文学史，这是作家作品和文学史双方的尴尬。但要调整对作家作品的研究与对文学史的书写框架，首先需要站在文学史书写的角度对作家作品的历史原貌与意义进行梳理辨析。本书当然不是为明清历史题材小说的文学史书写做草稿，但对其与中国传统史传文学、通俗小说，以及同时期其他文学潮流之间渊源的探究，有利于更全面地对其进行历史定位，并为文学存在的多样性提供又一个具体生动的例证。

新时期以来，人们对文学的历史书写发生了颠覆性的变化。擎着"反思"的大旗，人们在否定与再否定之中踯躅并前行，而否定是由"发现"带来的。所以对每个文学现象的重新审视，都包含着发现的可能，我们当然不能苛求这种可能，但应对它满怀期待。对这一题材小说创作及相关现象的文学史书写仍然处于起步阶段，对其文学史定位的探索，不仅将丰富我们对这一文学现象本身的认识，也将有助于我们的文学史观念的拓展与更新。

第一章　转型时期：明清历史题材小说的发生

　　文化是民族生存和发展的重要力量。人类社会每一次跃进，人类文明每一次升华，无不伴随着文化的历史性进步。中华民族有着 5000 多年的文明史，近代以前中国一直是世界强国之一。在几千年的历史流变中，中华民族从来不是一帆风顺的，遇到了无数艰难困苦，但我们都挺过来、走过来了，其中一个很重要的原因就是世世代代的中华儿女培育和发展了独具特色、博大精深的中华文化，为中华民族克服困难、生生不息提供了强大精神支撑。

——习近平在文艺工作座谈会上的讲话①

　　重视历史、研究历史、借鉴历史是中华民族的优良传统。只有深入了解中国特有的重史传统和浓厚的讲史文化，才能厘清当代明清历史题材小说的发生发展，才能了解其社会效用。

第一节　认同与想象：历史的功能

一、历史讲述与想象

　　"我是谁？"是人类最古老的哲学命题之一，也与每个时代人们的身份认同、政治斗争、发展路径等密切相关。要回答这个命题，就必须通过历史，告诉我们从哪里来、如何走来，帮助我们认识自己现在何处、要走向何处。因此，历史学可以说是人类最为古老的学问之一，历史讲述也是人类最古老的传统之一。意大利学者贝奈戴托·克罗齐在其《历史学的理论和实际》中说过："历史是活的编年史，编年史是死的历史；历史是当前的历史，编年史是过去的历史；历史主要是一种思想活动，编年史主要是一种意志活动。一切历史当其不再是思想而只是用抽象的字句记录下来时，它就变成了编年史，尽管那些字句一度是具体的和有表现力的。"②在这本书中他还

---

　　①　习近平：《在文艺工作座谈会上的讲话》，北京，人民出版社，2015 年，第 2 页。

　　②　〔意〕贝奈戴托·克罗齐：《历史学的理论和实际》，傅任敢译，北京，商务印书馆，1982 年，第 8 页。

说："当生活的发展需要它们时，死历史就会复活，过去史就会再变成现在的。罗马人和希腊人躺在墓室中，直到文艺复兴时期欧洲人的精神有了新出现的成熟，才把他们唤醒……因此，目前被我们看成编年史的大段大段历史，目前哑然无声的许多文献是会依次被新的生活光辉所扫射，并再度发言的。"①克罗齐对"编年史"和"历史"的区分虽是一个史学上的问题，但对我们理解历史讲述的本质具有重要的启发意义。

对中国而言，历史的意义尤其非凡。梁启超曾感叹道："中国于各种学问中，惟史学为最发达；史学在世界各国中，惟中国最为发达。"②东汉许慎在《说文解字》中对"史"的解释是："史，记事者也。从又持中。中，正也。"历史的基本功能是"记事"，但历史的记述从来就不光是对旧事故纸的搜集整理，而是具有很强的功能指向。中国古人强调"以史为鉴"，这一思想大约可以追溯到孔子作《春秋》之时。司马迁这样描述身在战国时期的孔子写作春秋历史的原因：

> 子曰："弗乎弗乎，君子病没世而名不称焉。吾道不行矣，吾何以自见于后世哉？"乃因史记作《春秋》，上至隐公，下迄哀公十四年，十二公。据鲁，亲周，故殷，运之三代。约其文辞而指博。故吴楚之君自称王，而《春秋》贬之曰"子"；践土之会实召周天子，而《春秋》讳之曰"天王狩于河阳"：推此类以绳当世。贬损之义，后有王者举而开之。《春秋》之义行，则天下乱臣贼子惧焉。（《史记·孔子世家》）

之所以"《春秋》之义行，则天下乱臣贼子惧焉"，是因为历史讲述直接与政治、道德的合法性捆绑在一起。这种重要地位的获得，依赖于政治架构的设计，让史官在中国传统政治体制内占有重要地位。所以孔子作史才能讽劝当下，才能维护正统的价值标准，其"春秋笔法"也服务于这一目的和价值标准。唐人刘知幾这样描述古代史官的设置：

> 盖史之建官，其来尚矣。昔轩辕氏受命，仓颉、沮诵实居其职。至于三代，其数渐繁。……汉兴之世，武帝又置太史公，位在丞相上，以司马谈为之。汉法，天下计书先上太史，副上丞相。（《史通·史官建置》）

---

① 〔意〕贝奈戴托·克罗齐：《历史学的理论和实际》，傅任敢译，北京，商务印书馆，1982 年，第 12 页。

② 梁启超：《中国历史研究法》，北京，东方出版社，1996 年，第 11 页。

　　从官制层面来看，中国古代有所谓"五史"（大史、小史、内史、外史、御史）等各类官职，史官的显赫地位在很大程度上源于封建统治政权合法性的需要：一方面，"史"的官名与历代对修史的重视，以及"敬天法祖"的昭示，往往暗示了其渊源的正统性追求；另一方面，以"史"为鉴、"有例可循"的理念与表述方式又确保了经验上的可靠与逻辑上的稳妥。司马迁写《史记》，用他自己的话说，是为了"究天人之际，通古今之变，成一家之言"，其中当然也有个人独立价值标准的判断，但"以史为鉴"的思想是很自觉的。据《贞观政要·任贤》，唐太宗明确提出："夫以铜为镜，可以正衣冠；以古为镜，可以知兴替；以人为镜，可以明得失。"这句话流传至今，为历代统治者、士大夫、文人墨客乃至贩夫走卒所熟知，几乎成为中华民族的一种集体无意识。司马光编写的《资治通鉴》，其书名的意思就是要为治国理政提供参考。他在《进〈通志〉表中》说："治乱之原，古今同体，载在方册。"治国安邦，不可不读史。史官的职能就是通过文字书写，讲述历史。而由于人们记忆的有限性，以及叙述本身的选择性与操作性，历史的实然状态不可能通过历史的讲述完全还原，因此历史的讲述仍然不能脱离主观性。孔子就坦然地表示，要"为尊者讳""为亲者讳"，同时又对不符合礼制者进行口诛笔伐。中国古代有董狐、太史公这样"据事直书"的史官，也有更多按照统治者需要书写历史的史官，即便是董狐、太史公，也难以真正超脱任何个人立场去做到真正的客观无私。因此历史讲述的方式、内容总是与讲述者的价值取向、情感倾向具有合目的性。

　　所以从某种意义上来说，历史讲述即言说，言说即想象。从普通百姓的"人死留名，树死留皮"到仁人志士的"留取丹心照汗青"，从庙堂仁人的"秉笔直书"到江湖智者的"都付笑谈中"，历史的讲述者、被讲述者，以及受众之间共同构成了一种张力关系。透过这种张力关系，我们可以清晰地看到历史讲述的想象本质。当然，如上所述，"想象"比"讲述"和"言说"更能包容历史讲述及其传播接受过程的互动性，也更明显地标示出"历史"的虚构性质。

　　历史讲述与想象在中国长久流行，不唯中国的史书传统比西方远为悠久，以宋代以来的讲史、说话为雏形发展而来的历史小说的广泛传播也功不可没。西方的"历史小说之父"司各特（1771—1832）在 1814 年发表他的第一部历史小说《威弗利》，以及其追随者大仲马 1844 年发表《三个火枪手》之时，中国历史小说的成熟之作《三国演义》已经流传了数百年，更不用说宋代勾栏瓦肆里风行的"讲史"了。

　　传播效果的决定性因素在于受众，传播内容必须切合受众的意识形态和审美需要，传播渠道也必须切合受众的生活习惯。以封建制度为核心的中国传统社会基本可以分为两大板块：一是统治阶层，包括帝王将相，以及与国家意识形态高度一致的士人阶层；二是广大的被统治阶层，如农、工、商等。前者的历史想象主要通过经典史籍来实现，而后者所凭借的则主要是传奇、说书、戏曲乃至年画等形式中承载的历史意象。用这些丰富的艺术形式讲述历史，一方面如前所述，是统治集团意识形态灌输的需要；但另一方面我们也注意到，很多与统治集团关系并不紧密的知识分子和众多的民间文人、艺人也在各种形式的文艺载体中言说历史（无论其所叙述的是"信史""野史"还是"稗史"，甚或借助历史的外表进行"虚构"）。表面上，这显然无法直接用统治集团的需要来说明。但本质上，这正是马克思主义经典作家所说的"飘浮在更高层"的意识形态，其作用于社会成员观念深处，以道德、伦理、审美、习俗等表象，以感性的面目从深层介入社会民众的日常生活，形成更为稳固的意识形态基础。

二、历史讲述的功能

　　这种意识形态基础的确立，实际上是通过历史讲述与想象的多方面的确认功能而达成的：从历时角度，它既确认个体自身的存在，也确认群体的存在；从共时角度，它既确认个体的身份，也确认其所应当遵循的行为准则；在时间向度上，它既进行逆向的追溯求证，也进行正向的预测假设。就像雅斯贝斯所说："对于我们，历史乃是回忆，这种回忆不仅是我们谙熟的，而且我们也是从那里生活过来的。倘若我们不想把我们自己消失在虚无迷惘之乡，而要为人性争得一席地位，那末这种对历史的回忆，是构成我们自身的一种基本成分。"[①]"历史"作用的发挥，是讲述的过程。具体来说，历史讲述有四个方面的功能。

　　第一，历史讲述满足人类自我确证的本能需要。对旧事、古人的崇拜与情感依赖，来自人类共通的自我确证的本能需要。作为个体的人如此，作为群体的社群、民族亦然。这也是叔本华所说的"只有通过历史，一个民族才能完全意识到自己"。在远古的洪荒时代，中国古人创造了很多神话传说，如女娲补天、后羿射日、精卫填海等，它们表达的是对"我

　　①　转引自吴义勤：《"历史"的误读——对于 1989 年以来一种文学现象的阐释》，《文艺评论》1993 年第 4 期。

来自何处"的想象与确认。无论是人类早期各种类型的创世神话，还是各大宗教的基本教义，都有对人类及其生长于斯的世界的起源的想象与描述。通过这些想象与描述，人们得以达成对自身起源的追溯和确证。这种对自身起源的迷恋随着人类自身繁衍历程的推进而不断延续，因为神话传说所解决的只是自身的"间接"起源，而对自己所处时代之前的人与事的追溯，能够满足人类对"直接"起源的要求。逐渐累积的追溯性叙述最终成为一个完整的、与现实时空平行的虚拟序列，这一序列最终变成一种强制性的"召唤结构"，成为每一代人必须继承和延续的叙事结构（其实不妨称之为游戏）。人们不厌其烦孜孜不倦地讲述过往的历史，从而实现对自我存在的确证。这正如福柯所指出的，在神话破灭之后，历史为人类提供了更为可靠、更为隐蔽的避难所，这种避难所需要寄寓于一定的历史讲述形式。连续的历史（本身就是某种特定的历史形式提供的）便成了安顿主体意识的最佳选择和永恒主题。①

　　第二，历史讲述为民族国家的形成提供情感和意识形态的黏合剂。在一个共时性的社会群体中，对共同历史的讲述与想象为社会整合提供了重要的基本前提。现代社会理论所说的"契约"之所以能够达成，必须有一个前提：契约各方的彼此认同。这一前提又必须通过历史的讲述来达成。从英语词源上考证，"契约"（contract，agreement，bond）本身又具有"关联""认同""纽带"等含义。"契约"是社会成员必须共同认可和遵守的行为准则。其中，伦理、道德、审美等价值观念与情感取向并不依靠国家强制力来保障，而是通过深层次的观念制约社会个体的认知和行为。从某种意义上说，观念的传播、巩固是一项复杂的工程，没有任何机构或者集团能通过刚性的外在行为达成这一目的。而历史讲述因其内容上的形象性、情感上的亲近性和想象的真实性与可靠性得以担此大任。人们很难机械地背诵刻板的教条，却很容易记住或虚或实的历史故事中的人物和情节。共同的先祖、共同的时空承继关系形成了社会情感维系纽带的不二选择。特别是对现代民族国家而言，"民族—国家"认同话语必须建立在对传统进行挖掘与重温、展示、弘扬的基础上，对于本土语言、风俗习惯、历史上的辉煌成就或者苦难经历的回顾，往往不仅停留在感情层面，更是成为一种社会意识形态，对国家政治话语带来深层次影响。近些年来不断推进的经济全球化，并没有让民族主义、民族认同

---

① 参见〔法〕米歇尔·福柯：《知识考古学》，谢强、马月译，北京，生活·读书·新知三联书店，2003年，第12～16页。

消减，反而使各地民族自我认同、自我维护的意识越来越强。从这个角度来说，当今世界动荡背后，与其说是所谓"文明的冲突"，毋宁说是不同民族的主体意识冲突。经济全球化越是迅速推进，民族国家的自我认同意识越是强烈，在这个意义上，当前世界"百年未有之大变局"正是对经济全球化可能引起的身份模糊的一种本能性的应激反应。爱尔兰学者詹姆斯·康诺利指出："民族主义不仅仅是对历史的回顾，它同时更是对当下以及未来的政治、经济需要的指向性提供一种确切的答案。"①这和詹明信谶语式的著名论断声气相求："所有第三世界的文本均带有寓言性和特殊性……总是以民族寓言的形式来投射一种政治。"②

第三，历史讲述传递和塑造着社会的价值认同。历史故事中人物的具体言行一旦从情感上得到听众（读者）的认同，其行为就渐渐被抽象为某种人们认同的观念，如忠义、善良、勇敢等；历史人物在面临各类困境（包括现实的、心灵的、身体的等）时采取行为所取得的效果往往成为听众（读者）面临同类情形时的重要参照，这将最终影响到人们的思维逻辑与行为取向。人们甚至从往事中提炼某种恒定的法则，用作对现实行为的衡量和对未来的预言。历代史官对此都有明确的自觉。司马迁就认为，孔子作《春秋》，可以"当一王之法"，《史记·太史公自序》云："夫《春秋》，上明三王之道，下辨人事之纪，别嫌疑，明是非，定犹豫，善善恶恶，贤贤贱不肖，存亡国，继绝世，补敝起废，王道之大者也。"清高宗乾隆皇帝下诏编纂《钦定国史贰臣表传》（即《贰臣传》），将曾经为清王朝夺取中原立下汗马功劳的洪承畴、祖大寿、冯铨、钱谦益等人打入另册，而对明末清初因抗清而罹难的明朝官员如史可法、袁崇焕等人则予以"平反"。诏书中，在历数这些"贰臣"们"望风归附"，"惧祸"投诚，而"本朝"为了"开创大一统之规模，自不得不加之录用，以靖人心、以明顺逆"之后，乾隆又指出：

> 今事后凭情而论，若而人者皆以胜国臣僚，乃遭际时艰，不能为其主临危授命，辄复畏死幸生，觍颜降附，岂得复谓之完人！即或稍有片长足录，其瑕疵自不能掩。若既降复叛之李建泰、金声桓，及降附后潜肆诋毁之钱谦益辈，尤反侧金邪，更不足比于人类矣。……朕

---

① 转引自杨建华：《"民族—国家"的认同与传统文化的再现——唐浩明历史小说论》，《湖南大学学报（社会科学版）》2005 年第 4 期。

② 〔美〕詹明信：《晚期资本主义的文化逻辑》，陈清侨等译，北京，生活·读书·新知三联书店，1997 年，第 523 页。

思此等大节有亏之人，不能念其建有勋绩，谅于生前；亦不能因其尚有后人，原于既死。今为准情酌理，自应于国史内另立《贰臣传》一门，将诸臣仕明及仕本朝各事迹，据实直书，使不能纤微隐饰，即所谓虽孝子慈孙百世不能改者。……此实乃朕大中至正之心，为万世臣子植纲常！

显然，褒扬抵抗清兵的旧明忠臣，而贬斥有功于清朝开国但大节有亏之臣的原因正在于，清朝建国百余年至乾隆时期，统治已经非常巩固，在这种情势下，乾隆必须树立忠君爱国的正反两面典型，以"崇奖忠贞""风励臣节"，同时缓和民族矛盾，瓦解民族意识，确保子孙后世政权永固。

官方意识形态色彩不仅存在于其自身书写的"正史"之中，而且指引和塑造着民间历史讲述的价值取向。主要面向大众讲述历史的小说家不仅在写作方式和取材上"多以史家记录为对照，习其记事之法，仿其记事之体，内容则多取史家舍弃或遗漏之事"①，而且在价值取向上也与之保持高度一致。由于历史事实实际上已经无法完全复原，"正史"之外的小说、演义、戏曲等在这方面更能突破史实的约束进行发挥，甚至通过想象改写、美化史实本来的不足。比如，《三国演义》扬刘贬曹，将刘备塑造为仁德之君，而将曹操贬为奸臣，诸如诸葛亮草船借箭、张飞长坂坡一声吼吓退敌军等想象情节，不仅没有受到人们的质疑，反而使得艺术形象更加丰满，更受人们欢迎。又如，20世纪20年代初，郭沫若的《女神》以高度的浪漫主义和自由叛逆的姿态赢得文学界关注，但《女神》由于是新体诗，其影响主要局限于知识群体，使得郭沫若的自由思想和浪漫精神影响和传播范围更广的是话剧。比如，针对"在家从父，出嫁从夫，夫死从子"的陈腐道德观念，他提倡"在家不必从父，出嫁不必从夫，夫死不必从子"的新道德，选取王昭君、卓文君和蔡文姬作为"三不从"的代表，创作"三不从"三部曲。在举国抗战的1942年，郭沫若更是一气写出《屈原》《虎符》《高渐离》《孔雀胆》四部历史大剧，它们无不是借历史人物抒发抗战意志和对国民党政权腐败软弱的愤慨。当然，艺术真实与历史真实之间的界限很难明确，其中度的把握在不同时期也有不同标准，这是另一个话题了。但不容忽视的是，在漫长的历史演进中，官方的意识形态成功地影响和塑造了民间的价值认同，构建了一个互相影响、互相

---

① 方正耀：《中国小说批评史略》，北京，中国社会科学出版社，1990年，第22页。

支撑、和谐共生的历史讲述话语场，对构建社会价值共识发挥了潜移默化的基础性作用。

第四，同样不可忽略的是，历史讲述过程本身也是一种审美和娱乐。作为叙事文本，历史讲述无疑具有审美特征，叙事的情节、渲染的氛围，以及历史主人公的性格、命运、情感都对受众（读者）构成强大的吸引力。在这一接受过程中，受众（读者）事实上获得了审美享受与情感的放松。由于艺术形式与手法的加入，历史讲述更加贴合人们的审美习惯，因而不再只是人们自我确认的仪式，同时也成为一种游戏，带给人们审美愉悦和情感的满足。比如，《三国演义》在讲述忠义正统观念的同时，也满足了民众对斗智斗勇的想象；《西游记》故事整体构成的虽是一个皈依与"向化"，即向制度屈服的故事，但人们仍然能在孙悟空与妖魔的斗法中获得愉悦和快感；《水浒传》描写一百零八人的聚与散，揭露"官逼民反"的残酷现实，但最吸引人的，正如金圣叹所说，"《水浒传》写一百八个人性格，真是一百八样"。

不难看出，在历朝历代，历史讲述不仅是统治者政治合法性与稳定性的需要，也是被统治者社群自我确认与稳定的需要，此外还有审美愉悦的需要。它承载着官方和大众双方的意识形态诉求，二者用各自的话语体系，表达各自的价值认同、审美体验和情感追求。但二者并非泾渭分明，更不是截然对立的，而是有着丰富的互动。

中国古人已经懂得，种种抽象的象征与深刻隐晦的暗示、逻辑必须通过某种转换，将上层统治阶级的政治与道德理念转换成具体可感的甚至可直接效仿的形象与情节，灌输到被统治阶级的思维与情感之中，形成广泛的、社会性的集体无意识，才能确保这一理念的政治效能得以发挥。在中国，对历史的言说尽管秉承统治集团（或曰"正统"）的道德模式与逻辑框架，但所面向的言说对象却主要是处于被支配地位的广大民众。"历史"虽然本身表现为一种叙述，对于先人往事的记录或想象具有形象可感性，但由于统治精英集团因其知识垄断而导致的言说方式的排他性，所以他们的"正史"必须经过"翻译"，从而形成广大民众便于、乐于接受的讲述方式。可以说，没有具象化的历史讲述，统治阶级的意识形态传播就可能成为干巴巴的教条式灌输；没有通俗、生动、形象的民间历史讲述，官方正史的影响所及也将只限于狭小的士大夫阶层，而意识形态的共识也将成为一句空话。

因此，更具有感性特征、更易为广大民众接受的不"入流"的"稗官野史"事实上一直得到统治者的默许存在。小说、戏曲等大众文娱形式由于与大众天然的亲近性，得以将带有刚性政治色彩的统治者的意识形态播撒到广阔的社会层面，成为社会"共识"，从而具备了更为情感化的伦理、道德体认。而历史讲述中所穿插的风物人情、奇险壮美等审美因素，则满足了大众的娱乐与审美需求。在历史上，具有强烈使命感的史官甚至统治者本人，往往"业余"地参与了与正史相映照的稗史的写作。不论这一文体历来有怎样的命名，但其"羽翼信史"的功能定位几乎一开始就很明确。据《隋书·经籍志》：

> 又汉时，阮仓作《列仙图》，刘向典校经籍，始作《列仙》《列士》《列女》之传，皆因其志尚，率尔而作，不在正史。后汉光武，始诏南阳，撰作风俗，故沛、三辅有耆旧节士之序，鲁、庐江有名德先贤之赞。郡国之书，由是而作。魏文帝又作《列异》，以序鬼物奇怪之事，嵇康作《高士传》，以叙圣贤之风。因其事类，相继而作者甚众，名目转广，而又杂以虚诞怪妄之说。推其本源，盖亦史官之末事也。

在后来发展为小说的"传"在诞生之初，也无法摆脱与"史"的暧昧关系：二者不仅在作者身份上往往重合，在内容上也多有勾连。"传"对于历史的言说同样在于传播统治阶级所认可的"德""贤"，而掺杂的"虚诞怪妄"成分则可以理解为增加影响力的叙事策略。这种先天的暧昧并未因后来小说的叙事素材逐渐脱离正史而淡薄，反而促使历史讲述的正统观念内核借助小说、戏曲等大众文娱形式逐渐浸入社会观念的深层，促进了伦理、道德体认的"共识"的形成。所以，王德威教授指出了历史言说对于统治精英以及被统治民众的深刻意义：

> 中国古典作家之所以运用历史叙事类型与典故，其主要目的并不在于达成如19世纪欧洲历史小说模拟的幻象效果，而在于形成作品的似真感：即在中国古典小说的世界里，只要能与历史情境扯上关联，则任一事物皆"有其意义"。……大家认为历史叙述最主要的功能是作为借镜，提醒读者其中道德运作的意义，而此一意义实是超乎时空限制的。①

---

① 王德威：《想象中国的方法——历史·小说·叙事》，北京，生活·读书·新知三联书店，1998年，第303页。

在这样的互动中，官方不仅通过正史典籍给予民众权威的历史规定，并且将自己的诉求编织在民众喜闻乐见的形式（如话本、传奇、演义等）中；而民众则一方面接受"灌输"，另一方面又在道德化的历史想象中获得某种自足。尽管时代的意识形态划定了历史讲述者的根本立场与道德边界，但在这个框架内，他们仍然有足够的空间，去敷演种种充满乐趣的细节，释放自己的才情，获得满足和愉悦。事实上，还有什么比历史更能承担这些重任，更能在官方与民众之间游刃有余、左右逢源呢？

因此，在传统社会中，历史讲述包含着官方的和民众的两种意识、形态、情感、伦理等诉求，是二者在长期的相互选择过程中彼此妥协的产物。历史讲述和其他言说方式一起，共同构成了官方和民众双方的话语"交集"，从而在最大限度上为社会的阶层认同、沟通奠定了基础。所以说，在中国传统社会中，历史讲述与想象的官方性和民间性的叠合是时间选择的结果。①

所以，"借古喻今""借古讽今"是历史讲述者的一种普遍的创作心态。历史文学之所以为大众所关注和喜爱，很大程度上也是由于其本身与历史政治尤其是现实政治之间的紧密关系。当然，在追求政治效果的同时，历史题材文学创作也需要努力维系好道德说教、理念灌输与大众审美需求之间的平衡。

三、帝王将相的题材魅力

在中国正式的经典史籍中，帝王将相不仅成为官方历史讲述的核心内容，也成为历史讲述的总体框架。中国古代以帝王年号为标志的纪年方式，实际上将社会的全部历史都统摄到其结构之下。这就难怪李大钊要批评"中国旧史，其中所载，大抵不外帝王爵贵的起居，一家一姓的谱系；而于社会文化方面，则屏之弗录"②。因为在这种历史中所能找到的，"只是些上帝，皇天，圣人，王者，决找不到我们的自己"③。

而在民间的稗史小说中，帝王将相也仍然是历史题材文艺最受关注

---

① 关于历史讲述的功能，王一川教授在《皇风帝雨吹野史——我看当前中国电视的后历史剧现象》（《电影艺术》2002 年第 3 期）中的见解颇有启发价值："从公众观赏角度看，历史剧一般可以包含如下四个要素：一为历史记忆，满足当代公众重构历史传统的需要；二为政治情结，顺应公众基于现实问题而生的政治敏感；三为情理观照，表达公众的情感与理性态度；四为审美表现，适应公众的形式与意义享受渴望。"
② 李大钊：《史学要论》，见《李大钊文集（下）》，北京，人民出版社，1984 年，第 716 页。
③ 李大钊：《史学要论》，见《李大钊文集（下）》，北京，人民出版社，1984 年，第 764 页。

的焦点。对全部民间历史题材文艺作品进行统计不仅不可能，而且不必要。我们所熟知的勾践卧薪尝胆、汉高祖斩白蛇、韩信千金报漂母、赵子龙救主、薛仁贵征西、赵匡胤陈桥兵变、岳飞尽忠报国，乃至后世的朱元璋、刘伯温、徐达等，都是中国传统戏曲和小说中百般渲染、深受欢迎，上自达官贵人下至村夫野老都耳熟能详的题材与人物形象，并已经成为中国人集体无意识中的精神图腾。这样一种状况的长期存在，自然有其根深蒂固的合理性。

首先，从历史讲述的决策者（或曰规则制定者）来看，对帝王将相丰功伟绩的渲染，不仅能够最为集中、形象地满足论证统治者合法性乃至增强统治者亲和力的要求，起到"教化"之效，而且能够为现世统治者提供最为直接的行为参照，提供"敬天法祖"的形象"镜子"。同时，还能通过帝王将相生平中有关忠义仁爱等伦理价值的渲染，为社会民众提供最为崇高的行为范本。

其次，从历史讲述的执行者来看，"政治史是最古的，最明显的和最容易写的一种历史"，这是因为"君主的政策，他们所发布的法律，和进行的战争，都是最容易叫人记载下来的。国家这样东西，是人类的最伟大的和最重要的社会组织。历史学家一般都认为人们最值得知道的过去事实，都是同国家的历史有着直接的或间接的联系"①。

最后，在历史讲述的受众看来，他们之所以乐于在历史讲述与想象中将帝王将相作为最重要的符号，不仅在于他们需要通过对帝王将相的英雄品格与英雄业绩的想象，印证世俗政权的合法性，也不仅在于他们需要通过对共同的、属于同一种族体系与礼教体系的帝王将相的讲述，来确立彼此在族群、伦理等方面的身份认同，考订自己的历史谱系，而且在于通过帝王将相将他们所认同的道德理想人格化。在千百年来的历史讲述与想象中，帝王将相不仅成为儒家之"道"和仁义礼教的最好诠释，而且贯注着人们对忠诚、正义等人格理想的追求。历史讲述中帝王将相的英雄形象，直接构成对人们行为的启示与引导。当然，所谓"以史为鉴"，不仅是道德原则上的，也是行为技巧上的。中国人熟知的"三十六计"几乎全部来自帝王将相所参与的战争、政治等行为。在大众心目中，帝王将相作为社会的杰出者，他们的行为本身就预示着正确、优秀、成功。事实上，古往今来，又有哪一个成功

---

① 〔美〕詹姆斯·哈威·鲁滨孙：《新史学》，齐思和等译，北京，商务印书馆，1989年，第33页。

者的行为完全脱开了帝王将相的行为模式与经验呢？帝王将相符合绝大多数人对杰出的本能向往与追求。

当然，不论是人们要确立信仰还是达成认同，不论是弘扬德行还是追求卓越，帝王将相并不是唯一选择。如在信仰方面，显然上帝更伟大；在身份认同上，显然族群更为亲近；在道德方面，显然圣贤更为高尚；在事功方面，显然除了治国平天下，还有更多选择。那么为什么人们最常提及的，仍是帝王将相呢？重要的原因在于，在中国，帝制集权体系长久以来奠定了深厚的根基，帝王掌握了国家的绝对专属控制权，"普天之下，莫非王土；率土之滨，莫非王臣"。封建帝制在中国的长期发展过程中不断完善，自西汉"罢黜百家，独尊儒术"以来，"奉天承运"的"天子"逐渐被深化，几乎垄断了社会的价值信仰。尽管南朝梁武帝萧衍尊崇佛教，李唐王朝以老子后代自居并尊崇道教，清朝皇帝信奉萨满教，民间也有各种各样的信仰，但始终没有像西方一样出现能够与世俗政权分庭抗礼，甚至像欧洲中世纪时居于世俗政权之上的宗教体系。随着隋唐科举制的开启，社会优秀人才也几乎被封建帝制体系尽收囊中。帝王及其周围的王侯将相居于国家权力体系的顶端，垄断了几乎全部社会政治、经济和文化权力资源，其影响力遍及社会的每个领域、每个角落。因而他们不仅成为一切社会规则的制定者，也是一切事件的最终解释因素，当然也成为人们的信仰，成为人们话语中无法规避的重要符码，成为人们想象与言说的重要来源。所以，帝王将相最为全面地满足了人们在言说与想象历史时的多数需要，成为"全能选手"。

所以，自西汉"罢黜百家，独尊儒术"以来，随着中国封建帝权借助儒家学说的合法化与神圣化，"天地君亲师"的信仰形象体系的形成，实际上赋予了帝王在世俗中最为崇高的偶像地位。在"奉天承运"的话语霸权支持下，帝王几乎垄断了民众世俗内外的精神信仰，同时也占据了民众现实与历史想象话语的支配位置。帝王成为一个无时不在无孔不入的巨大的"话语在场"，也成为人们谈论现实、想象历史都无法回避的一个存在。而与帝王关系最为紧密、最受倚重的王侯将相往往直接负担着帝王理念、命令的执行，因而成为帝王权力的主要执行者与维护者，受到人们的尊崇。由于依附于帝王，他们在直接行使着帝王所分配的世俗权力的同时，也分享着世俗的精神敬仰与话语支配地位。将与相，分别象征着智慧、仁德等精神的崇高与勇敢、雄壮等现实力量的强大，共同构成人们的信仰。以《三国演义》为例，它不仅诠释着"正统"之道，而且数百年来故事的民间流传，已经将关羽神化为"关公""关圣""武圣"，他不仅成为"忠义"的化身，甚至在今天演变成"保平安""招财"等无所不能的庇护神，享受着人间烟火绵绵不绝的供奉。

而在大众看来，帝王将相作为迥异于自己的他者，对人们的好奇心构成最强有力的召唤。在对宫闱秘事、机枢内幕、疆场杀伐的描摹中，人们的兴趣被最大限度地唤起，因而故事预先便具有了最为强烈的"人气"，这就像电影圈对知名演员票房号召力的迷信。因而无论是"借古人酒杯，浇胸中块垒"，还是"古今多少事，都付笑谈中"，历史故事讲述的叙事依托，首选始终是帝王将相。帝王将相已经成为历史讲述中传播效率最高的元素。以帝王将相为题材的电视剧大都有不错的收视率，《雍正王朝》《康熙王朝》《大汉天子》《大明王朝》《三国演义》，乃至带有更多虚构色彩的《康熙微服私访记》《武媚娘传奇》《甄嬛传》《芈月传》《宫》等电视剧的热播都说明了这一点。

第二节　启蒙与革命：历史想象的时代流变

至今，对于历史题材小说发生、发展、演变的考辨研究成果不胜枚举。人们往往以历史小说文体的逐步成熟为探究线索，探讨的重点主要在于历史小说作为文学体裁的逐步自觉。典型的如王富仁、柳凤九的《中国现代历史小说论》（刊于《鲁迅研究月刊》1998年第3期至第7期），其着眼于作为"文学概念"的历史小说，将中国古代历史小说的发生发展划分为神话传说、史传文学、宋元话本和明清历史演义四个阶段。而当作者"在中国历史小说的全部发展历史中思考中国现代历史小说的时候，完全应该意识到，作为整个中国历史小说第五个发展阶段的中国现代历史小说，所完成的不应是复归于历史、与历史进一步混同的任务，而是继续与历史分化发展、取得与历史并立的独立的文化地位的过程。这种独立不仅是文体形式上的，还应是思想内容上和艺术整体特征上的"①。

但在笔者看来，历史小说似乎永远无法否定其言说话语的本质。尽管中国史家有秉笔直书的优良传统，比如，齐国的太史因记述了崔杼为篡位而刺杀君王，被当场砍杀；他的兄弟立刻接替他的职务，又因为继续如实记载而被杀。崔杼如此连杀三个史官，同为史官的另一个兄弟又赶来接替三个哥哥的职务，继续如实记录齐国这段弑君篡权的历史。如

---

① 王富仁、〔韩〕柳凤九：《中国现代历史小说论（一）》，《鲁迅研究月刊》1998年第3期。

此不畏权势，不计生死，前赴后继地写史，最终连残暴的权臣也无可奈何，只得默认了史官的如实记述。在浩如烟海的中国史籍中，像这样的例子还有很多。但作为小说，它与"历史"的渊源远远不止于"素材""题材"的关联，而是有着千丝万缕的本体联系。历史小说和历史不仅都属于叙事文体，在叙事手法、技巧等方面多有重叠，即便在本体上，恐怕"历史"和"文学"的关系也往往扑朔迷离。不仅古代的《史记》兼有"史家之绝唱"和"无韵之离骚"的双重面目，20世纪德国历史学家特奥多尔·蒙森、英国哲学家罗素、英国政治家丘吉尔分别获得诺贝尔文学奖的《罗马史》《西方哲学史》《不需要的战争》却都是主流文学概念体系之外的历史学术著作或回忆录。这些文本和它们所获得的荣誉都向我们展示着历史言说的跨学科本质——如果我们一定要在各种表述形式之间划分明晰的学科界限的话。

同时，作为一种话语形式，历史小说的存在语境也绝不仅限于文学界，而且与历史文化积淀和社会时代氛围密不可分。历史小说原本就是社会话语中的一种特殊表现形式，也是社会历史讲述与想象的一种特殊表现形式。它当然属于文学范畴，但其根本上属于社会观念与意识形态范畴。如果一定要在"历史"与"小说"之间划分出楚河汉界，而将历史小说中的"历史"仅仅划归到"素材""题材"的地位，势必将历史小说与其言说的时空背景和社会环境隔离开来，也就将使活生生的话语变成僵化生硬的标本。因此，我们有必要在肯定历史小说自身的文学特性的同时，同样注意到它和时代语境、社会氛围的勾连互动，注意到它和其他形式的历史讲述与想象（如历史剧、历史典籍、历史读物、说书等）的共性与联系，注意到它们生产、传播与接受的整体过程，将其还原为社会话语中的一种特殊表现形式。

一、五四运动以来：现代"主体"的历史改写

在传统社会，历史言说与社会政治、文化语境构成了一个自足的体系。这不仅表现在历史讲述的两大渠道——官方渠道与民间渠道（它们在历史观念、道德认同、价值取向上是基本一致的），而且在历史言说的创作者与接受者之间，也是总体一致的。这种一致性在很长的时间里维持着中国社会的稳定与自足。但鸦片战争的失败及《南京条约》的签订所带来的中国社会性质的整体转变，导致了中国社会千百年来自给自足的历史循环的中断，也同样对中国民众的历史言说与想象产生了深远影响。人们在探讨中国现代历史小说的发生发展时，对"断裂"的一面给予了足

够重视。王富仁先生将中国现代历史小说的发展归结为三个必要条件基础上的产物："一、中国现代小说基本艺术形式的确立；二、中国现代知识分子新的历史观念的产生；三、中国现代知识分子对本民族历史的关怀及其相应的历史知识。"①但需要追问的是，"现代"的中国历史小说究竟包括哪些？它们有着怎样的历史观念、文学形态、题材范畴？此外，从文化传播的角度考察，"现代历史小说"这一整体阵容内究竟体现了怎样的微观格局？

在笔者看来，"现代"至少有两种含义，一种是价值维度上的，另一种是时空维度上的。前者所强调的是在西方思想体系影响下以"民主""科学"为中心的启蒙主义，其价值指向融入以西方政治、经济、文化为标志的文明体系。长期以来由于经济社会发展远远领先于世界而带来的"天朝上国"的自豪感、优越感，被西方坚船利炮一朝打醒，加上"睁眼看世界"之后看到与西方在制度、器物、文化上的巨大落差，使得越来越多的人从"崇古"转向"疑古"。人们反复检讨我国历史传统中的不足，唾之为"糟粕"，并向西方的"德先生""赛先生"张开了热情的怀抱；现代中国的时间起点，也与过去数千年文明划断接线，抛弃过去的朝代纪元，而改用西方的公元纪年。在时间的计算这一基本问题上抛弃过去而拥抱西方，绝不仅仅是单纯的技术考虑，背后仍然蕴含着特定的价值导向。在中国古代，对时间的记载具有非常重要的政治含义，纪年改元首先就意味着改朝换代。在近现代采用西方公元纪年（当然其间也有以民国纪年，但西方的公元纪年却日益深入人心并普及推广），更是在西方以机器大工业生产为基础的资本主义制度发展的强大现实压力下，对中国自身发展的全面反思与探索的心情太过急切而带来的与自身历史的割裂。

所以无论是"启蒙"，还是"救亡"，都本能地迸发出这一冲动。所以鲁迅在创作第一篇现代意义上的短篇小说《狂人日记》时，所围绕的即是对历史传统的批驳：狂人在写满仁义道德的历史的字里行间，所看到的竟是"吃人"二字！在某种意义上，中国现代文学就是以这样一种近乎诅咒般的方式开始了对历史的叛逆与在"现代"的闯荡。《文学革命论》开篇的发问值得玩味："今日庄严灿烂之欧洲，何自而来乎？"站在新的历史时代起点上，中国现代知识分子所追溯和所展望的，是与自身历史毫无瓜葛的欧洲。而"革命"这一来自本土的词语（《易·革》之《象》辞云："汤武

---

① 王富仁、〔韩〕柳凤九：《中国现代历史小说论（一）》，《鲁迅研究月刊》1998 年第 3 期。

革命，顺乎天而应乎人。"）也被重新赋予了"革故鼎新"的意义和"新兴、进化"的期待。①

其实，不只是文学领域，现代中国各个领域的"现代化"憧憬都蕴含着摆脱历史的冲动，确切地说，是割断历史联系的冲动。在这样的语境中，历史的讲述与想象便具有了新的使命：通过历史的讲述割断历史，或者说，重新建立新的历史讲述与想象。所以在这个意义上，我们必须承认上述王富仁先生的观点：现代历史小说的产生和发展，与中国现代知识分子的历史观念密不可分，也与现代小说基本艺术形式的发展成熟休戚相关。

在现代知识分子们所诅咒的中国传统观念中，历史在很大程度上是时间的自我循环。正如黄子平先生所表述的：

> 历来的讲史小说中，因果报应、治乱循环的基本编码（Great Code）已成一种"神话性制约"（Mythological Conditioning）。《三国演义》开宗明义："天下大势，分久必合，合久必分。"《水浒》的楔子刻意强调"乐极生悲"周转循环的警语。连"纯虚构"的单叙市井凡人琐事的《金瓶梅》，也必得大谈刘邦项羽史典，引出红颜祸水、报应不爽的道德教训。②

他解释说，中国古人这种循环史观并非对历史的神秘主义解释，而是"将纷纭变幻的事实纳入一绝对的道德秩序并与自然秩序（'天道'）的有机对应之中，使人们得以化约现实生活中的矛盾、暧昧与混乱，并解答人类的起源与终结等宗教性的根本困惑（'前世''来生''气数''劫数'等等）"③。

今天的人们也许难以理解，在19世纪末，一本薄薄的介绍生物进化论的小册子——《天演论》，能对中国知识分子产生那样震撼性的冲击。但回到这本书问世的时代就会发现，在面临西方坚船利炮轮番打击而毫无招架之力、面临灭种亡国的危险而又茫然不知所措的当时，一直以"天

---

① 参考陈独秀《文学革命论》："欧语所谓革命者，为革故更新之义，与中土所谓朝代鼎革，绝不相类；故自文艺复兴以来，政界时有革命，宗教界亦有革命，伦理道德亦有革命，文学艺术，亦莫不有革命，莫不因革命而新兴、而进化。近代欧洲文明史，宜可谓之革命史。故曰，今日庄严灿烂之欧洲，乃革命之赐也。"见1917年2月1日《新青年》二卷六号。

② 黄子平：《"灰阑"中的叙述》，上海，上海文艺出版社，2001年，第22页。

③ 黄子平：《"灰阑"中的叙述》，上海，上海文艺出版社，2001年，第22～23页。

朝上国"自居并享受着万邦朝拜殊荣的古老而自信的民族所急需的，是对想象与现实、过去与现在之间的巨大鸿沟做出合理的解释，是对因无法理解而变得混乱失序的眼前世界的条理重整与秩序重建。经过"物竞天择，适者生存"这一解释，时间、空间重新恢复了秩序，一切事物都被置于以"新"与"旧"为核心的二元对立体系之中，由此产生了一系列具体的价值判断与指向：昨天与明天、黑夜与光明、先进与落后、现代与古代、改革与保守、革命与反动、前进与退步……

　　黄子平先生对此打了一个形象的比喻："时间的圆圈被掐断了，扳成一条箭头向前或向上的直线或者螺旋线。"于是，"走向未来"不再是从历代王朝的兴亡起伏中吸取道德教训以及对新一轮家国兴衰循环的预测，而是向着可望可即的西方模式奋起直追；东西方的空间区隔由此也具有了时间的意义，走向未来被置换成"走向西方"，西方的"今天"成为我们整理、理解、评判甚至弃绝"昨天"的最高准绳。而"天下"的历史也不再是回溯遥远尧舜禹的上古美好记忆，而是朝向一个经过"科学论证"的"庄严灿烂"的西方挺进。①

　　当古代遇到现代，当中国的故事遇到西方的观念，历史便呈现出与传统迥异的面貌。令人大吃一惊的，首先还是鲁迅的作品。《故事新编》将女娲、后羿、干将、莫邪等神话人物，乃至老子、庄子、墨子等先贤圣人，一概拉下了高高在上的神坛宝座。当我们在《补天》中看到女娲面对自己所捏出来的小人上蹿下跳争斗不休却莫名其妙无可奈何时，当我们在《起死》中看到庄子要谈玄论道却被鲁莽的汉子扯去了衣裳哭笑不得时，当我们在《采薇》中看到伯夷、叔齐面对村妇山贼无可奈何时，当我们在《理水》中看到传说中大禹治水的宏伟壮烈被演绎成腐儒道学们漫无边际的扯谈时，我们在捧腹而笑、感叹天才的奇思妙笔之余，在感叹鲁迅先生"以他特有的锐利的观察，战斗的热情，和创作的艺术，非但'没有将古人写得更死'，而且将古代和现代错综交融，成为一而二，二而一"②之外，是否仍然残留着些许的迷惑与不适呢？

　　这样一种"用现代眼光去解释古事"，并且"借古事的躯壳来激发现代人之所应憎与应爱"③的追求，凸显出中国现代知识分子在面对民族历史时强烈的主体精神。历史人物在现代主体精神的召唤之下，从尘封中走

---

① 参见黄子平：《"灰阑"中的叙述》，上海，上海文艺出版社，2001年，第22～24页关于历史小说叙述与时间的探讨。
② 茅盾：《玄武门之变·序》，见宋云彬：《玄武门之变》，上海，上海开明书店，1937年。
③ 茅盾：《玄武门之变·序》，见宋云彬：《玄武门之变》，上海，上海开明书店，1937年。

出来，以一种甚至可以说是令人错愕的姿态，出现在现代文学大师们的笔下。施蛰存的《鸠摩罗什》《将军底头》《石秀》，将精神分析的探针刺入历史人物的内心，所呈现出的，是超越（脱离）了历史而在时间的隧道中飘浮不定的"人"。当然我们也必须承认，本我的焦灼、力比多（libido）的积聚转移被投射到这些属于特定时空的历史人物身上，确实提示了我们历史的另一面。

由于现代主体精神的加入，"历史"在现代知识分子讲述中的地位与分量悄悄下降。中国传统历史讲述中对古人故事的敬畏与谨慎被抛掷一边，历史的"真实"有意无意地变得无足轻重。维新派托古改制的苦心孤诣被认为是婆婆妈妈小脚走路，而"六经注我"的豪情被焕发出来。典型的如郭沫若式的宣告："我就是蔡文姬，蔡文姬就是我。"在这样的豪情的主宰下，郭沫若的历史小说努力超越历史——不仅要努力超越个别的历史人物，还要超越中国古代历史人物事实记述。这也就是他所说的对于历史的"新的解释或翻案"。确实，让秦始皇说出自己是"庸才"（《秦始皇将死》）、将孔夫子描述为迂腐势利的小人（《孔夫子吃饭》），都会给读者带来耳目一新之感，但同时也带来了陌生和不适：如果历史是因人而异和任人摆布的，那么我们该相信什么、信仰什么呢？对于历史小说家，他（她）也将因此而陷入矛盾之中："历史小说家对历史的超越必须接受历史记述者本人主观意图的制约，不能走到与历史记述者本人的意图迥然不同的方向上去。如若如此，'历史'就不再支持历史小说家，而是起到反抗历史小说家的作用，使其无法获得超出于自身描写的更丰富的意蕴和更自由的联想。"①

在对历史的价值认同逐步瓦解的同时，讲述历史的方式也发生了根本的变化。新文学和历史之间的紧张关系，不仅在于将历史"写成怎样"，而且在于"怎样去写"历史。在胡适《文学改良刍议》中"不摹仿古人"的倡导之下，新文学的闯将们将新的手法在历史这块试验田上尽情播撒。浪漫主义、现实主义、自然主义、精神分析都被"拿来"对历史进行新的编码。比如鲁迅，他所创作的第一篇现代意义上的历史小说《补天》在形式探索方面就已经具备了现代主义的几乎全部特征。对"神话、传说和史实的演义"被置于一个冷眼旁观玩世不恭的视角之中，古人旧语与今人言行略加糅合，便从古板与冰冷里面挤出滑稽荒诞来，而深刻的反讽也蕴藏

① 王富仁、〔韩〕柳凤九：《中国现代历史小说论（二）》，《鲁迅研究月刊》1998年第4期。

在看似一本正经的叙述之中。[①] 人们熟知的施蛰存的历史小说，则运用当时颇为新潮的精神分析，对历史人物进行深入解剖。尽管这种写作试验在当时并不乏其例，甚至可以说，选择历史人物进行试验与选择其他人物并无本质的区别，但也的确给现代历史小说创作带来了新的尝试。

所以我们看到，在现代"主体"的主导下，历史言说内容、价值判断、手法都出现了根本的革新。

第一个改变，是"历史"的严肃性、正统性被消解，历史概念变得更加宽泛。纵观现代历史题材小说的发展史，鲁迅《故事新编》作为开风气之先和公认的代表性历史小说，与其现实题材的《呐喊》《彷徨》一样，为后来者提供的典范作用是巨大的。以鲁迅为首的现代作家将以往史家的空间置换为小说家的空间，传统、正统的历史想象就被灵动的虚构想象置换了。于是，正史、神话、传说、典籍，全部成为历史小说可以展开的空间，构筑出现代历史小说包容宽容的底色。"出格"的、传统的都得到了充分的发展，不同的创作主张都有了说话的机会。

第二个改变，是历史讲述主体的个性得到张扬，讲述历史的角度更加多元。多样性的价值取向中，"疑古"取代了"信古"，所以，就有了新释历史的可能。古典历史小说同质性故事叙事为新的异质性叙事所取代，从而打破以往故事与历史的共谋状态，凸显出历史讲述者的觉醒姿态。比如，郭沫若在小说中的"新释"历史，与在话剧中的阐释、在诗歌中的抒发，同样自由恣肆，虽有时不免牵强，却堪称时代之声的最响亮回响。鲁迅冷峻、郁达夫感伤、施蛰存瑰丽、冯至富有诗情，他们都对历史原有的定型持有自己的态度，并寻找到了自己涉足的角度与空间。

第三个改变，是立足当下表达现代人的崭新思考。历史讲述在承担起探索文化走向的同时，也尝试用现代人的生活理念、生活方式来丰富历史人物的形象。三过家门而不入的大禹，进城后也换了装，俨然讲究起来了；老子的深奥讲学换来的是恩典一样的赠送馒头。历史和历史人物一起，接续上了人气之后，血脉通畅起来。

这样的"现代"气质，是新文化运动以来的时代大潮的惯性使然，五

---

① 关于《故事新编》文体特征的解读，可参阅郑家建的《历史向自由的诗意敞开——〈故事新编〉诗学研究》第一章至第三章(上海三联书店 2005 年版)。

四一代作家深感传统文化是横亘在拥抱"德先生""赛先生"前的巨大阻碍，他们不惜以戏谑、调侃的心态来表达"破旧立新"、杀出一条血路的决心。但由于时代的局限，"破"有余而"立"不足的问题仍然难以避免。面对国家民族凋敝的现实而导致的焦虑，这些作家在一定意义上忽视了"启蒙"对象的需求，他们的操之过急也导致了"启蒙"话语的传播范围相对有限，始终难以走出部分知识分子的圈子。

二、革命年代和中华人民共和国成立后："革命"对历史的再造

在五四一代启蒙作家挥动着"启蒙"的令箭对历史进行大刀阔斧的改写的同时，革命者则高擎着"救亡"的大旗开始了具有"创世纪"色彩的革命历史书写。这种"创世纪"的历史书写，以一种更为决绝的姿态，将历史的起点设定在当下。因而对革命者的历史/现在的讲述便成为确立革命合法性的首要任务。由于文学艺术在革命宣传发动中的重要功能作用，也由于左翼作家对革命事业的高度责任感，对革命的历史讲述受到高度重视，一开始就纳入了革命事业的整体，成为革命事业的重要组成部分。

一些研究者认为，"左联"的内部矛盾乃至解散是"革命发展的需要"，但这种需要的背后，显然更隐含着更为激进的革命者超越五四开拓者的启蒙话语，也隐含着另立一整套属于自己的包括历史讲述在内的话语体系的迫切愿望。这一愿望在《在延安文艺座谈会上的讲话》中得到系统全面的表达。毛泽东同志对从文艺的阶级属性、政治立场，到情感态度、人物塑造，乃至情节编排等大大小小的环节做出如此细致入微、面面俱到的安排，充分说明了以革命话语书写自己的历史的雄心壮志。于是，茅盾的《豹子头林冲》《石碣》《大泽乡》，孟超的《陈涉吴广》，均以承载着无产阶级革命意识形态内涵的历史小说建构，从阶级斗争视角对历史进行文学想象，成为马克思在《共产党宣言》中明确提出的"至今一切社会的历史都是阶级斗争的历史"理论的文学阐释。

而解放区文艺的代表作品，如歌剧《白毛女》，赵树理的小说《李有才板话》《李家庄的变迁》等所描写的，也正是在党的领导下，革命对新的历史的创造。这些小说和早期的革命小说一样，没有逃脱概念化、模式化和类型化的窠臼。但是，这些符合马克思主义历史观的表现策略，却在中华人民共和国成立后很长一段时间里得到了极大的发展。

在革命成功建立新的政权之后，广大作家以由衷的自豪感与胜利感

所书写的一系列革命历史题材小说，铸就了中华人民共和国成立初期中国文学的经典。不仅人们常说的"三红一创，青山保林"①都高度自觉地表现在党的领导下革命所创造的辉煌与光荣。而且"革命历史小说"也成了专有名词。②"创世纪"的历史书写，以一种更为决绝的姿态，将历史的起点设定在当下。因而对革命者的历史——现在的讲述，便成为确立革命合法性的更为重要的任务。革命历史小说也成为新中国成立以来最令人瞩目的一类题材。

恩格斯曾说过，对于马克思主义者来说，历史就是一切，"我们比任何一个哲学学派，甚至比黑格尔，都更重视历史"③。毛泽东同志正是这样的马克思主义者，他本人一直重视历史学习和研究，无论是戎马倥偬之间，还是和平年代治国理政之余，他都酷爱读史，不仅遍览二十四史，对历代帝王将相给出精到的点评，而且从《红楼梦》等小说中也读出历史。其《贺新郎·读史》短短 115 个字，历史跨度纵贯古今，写得气象恢宏。《沁园春·雪》更是千古绝唱。这两首词中有几句话，为我们提供了管窥毛泽东历史观的钥匙。一是《贺新郎·读史》中的："五帝三皇神圣事，骗了无涯过客。有多少风流人物？盗跖庄𫏋流誉后，更陈王奋起挥黄钺。"二是《沁园春·雪》中的："数风流人物，还看今朝。"它们鲜明地指出，封建历史只是帝王家史，并不真实。所谓五帝三皇、秦皇汉武、唐宗宋祖等未必是真英雄，真正创造历史的是人民。对中国历史上的人物，毛泽东同志不仅关注帝王将相，也关注农民起义军的领袖，这种关注又明显受到"一切社会的历史都是阶级斗争的历史"的马克思主义观点影响。博

---

① 即《红旗谱》（梁斌，1957 年）、《红日》（吴强，1957 年）、《红岩》（罗广斌、杨益言，1961 年）、《创业史》（柳青，1960 年）、《青春之歌》（杨沫，1958 年）、《山乡巨变》（周立波，1958 年）、《保卫延安》（杜鹏程，1954 年）、《林海雪原》（曲波，1957 年）。当然，五六十年代的"革命历史小说"是十分多产的，还有《腹地》（王林，1949 年）、《战斗到明天》（白刃，1951 年）、《铜墙铁壁》（柳青，1951 年）、《风云初记》（孙犁，1951—1963 年）、《铁道游击队》（知侠，1954 年）、《小城春秋》（高云览，1956 年）、《战斗的青春》（雪克，1958 年）、《野火春风斗古城》（李英儒，1958 年）、《烈火金钢》（刘流，1958 年）、《敌后武工队》（冯志，1958 年）、《苦菜花》（冯德英，1958 年）、《三家巷》（欧阳山，1959 年）、《刘志丹（上卷）》（李建彤，1962—1979 年）等。另外，孙犁、茹志鹃、峻青、刘真、王愿坚、萧平等也发表了短篇小说《山地回忆》《百合花》《黎明的河边》《英雄的乐章》《党费》《三月雪》等。

② 这一说法首先正式出现在 1960 年 7 月茅盾在中国作协第三次理事会（扩大）会议上的报告《反映社会主义跃进的时代，推动社会主义时代的跃进！》中。该报告指出，从 1956 年第二次理事会以来，出版了"革命历史题材的作品 239 部"。转引自洪子诚：《中国当代文学史（修订版）》，北京，北京大学出版社，2007 年，第 94 页。

③ 《马克思恩格斯全集》第一卷，北京，人民出版社，1956 年，第 650 页。

古通今，奠定了毛泽东同志的历史修养和历史眼光，在相当的程度上也促使他将中国实际与马克思主义的普遍真理相结合，探索出符合中国国情的革命道路。但受种种因素的影响，中华人民共和国成立后，他对文艺创作的形势作出了一些比较严峻的判断，引发了文学、艺术、学术等意识形态领域里的政治大批判，加上当时因为波兰事件和匈牙利事件对于社会主义阵营威胁的政治紧张，历史的政治意味被提到前所未有的高度。

所以不难理解，新中国的第一场文艺批判运动正是由历史题材电影《武训传》引发的，而对革命旧事的书写如有不慎，就可能被指为"利用小说反党"的"发明"。毛泽东同志的批语也反映出他对历史讲述的重视与警觉。这不仅因为历史唯物主义在马克思主义理论体系中独占半壁江山的重要理论地位，还由于他本人对中国历史的精熟与对其意义的充分意识。历史讲述仍然具备论证政权合法性的功能，而在毛泽东文艺思想的指导下，这种讲述必须"在既定的意识形态的规限内，讲述既定的历史题材，以达成既定的意识形态目的"①。一句话，历史讲述必须服务于革命。

首先，历史讲述的题材必须源于革命。新中国成立后，获得全国性主导地位的主流意识形态基本上接管了包括历史讲述在内的文艺生产。"时间开始了"的豪情所预设的，是对包括大众历史讲述在内的历史记忆的全部清零。在毛泽东思想指导下的新中国文学体系中，"题材"成为衡量文学价值的重要指标②，因而那些不够"革命"或者不够"斗争"的历史书写都只能偏居时代文坛的一隅，成为"支流"甚至"逆流"。更进一步，由于《新民主主义革命论》对中国近现代历史阶段的划分，在党领导下进行的"新民主主义革命"即1919年五四运动以来的革命斗争，取得了明显高于其他时期历史的显赫地位，历史也就成了革命的代名词或曰证明书。"历史"必须具有革命因素，或者转换为对革命的模仿（典型的如姚雪垠《李自成》），才具有合法性。"革命"成为历史讲述中无所不在的"在场"，以绝对的权威宣示着话语的合法性。

其次，历史讲述的发展趋势必须符合革命进程。这是对历史过程本质的规定，即将历史的"内涵"规定为"光明的前途"和"曲折的道路"的"辩证统一"。"过程"被"进程"取代。从原始社会到封建社会再到社会主

---

① 黄子平：《"灰阑"中的叙述》，上海，上海文艺出版社，2001年，第2页。

② 在文学史中，往往依据"革命斗争历史题材""工业题材""农村题材"等进行分类，而往往又认为"革命斗争历史题材"小说成就较高。

会，最终走向共产主义社会，人类踩着时间的风火轮，在历史的阶梯上不断跃进。为了证明革命的伟大，这种跃进往往从失败或者灾难开始，以危机与苦难为"革命"的出场搭好背景，并最终由"革命"完成拯救与升华。《保卫延安》始于延安城危，《红岩》起于革命者被叛徒出卖而入狱，《红日》则从解放军战斗失利切入。这种安排并不只是对旧式历史演义"话头"的模仿，而是将中国人传统想象中的天数或更迭转换成了革命的开始、历史的原点。这样的一种"重现"一方面是对"昨天"的告别，另一方面又是对"今天"的肯定，它激励着人们继续"发扬革命传统"，继续革命，因为革命不进则退甚至快进慢退。所以革命大势，浩浩荡荡，顺之者昌，逆之者亡，"历史"在讲述中必然是从水深火热走向春暖花开，从苦难走向幸福，从胜利走向更大的胜利。

在这样的讲述中，历史前行的动力来自"阶级斗争"，社会被分为代表进步力量的阶级和代表落后势力的阶级的两大部类，并最终简化为"进步阶级"的创造过程。这同时也就是对"历史是由谁创造的"这一问题的重新设定与回答：历史是由人民创造的。"革命"则是"人民创造历史"的过程概述。因而站在历史舞台中央的，不再是那些"俱往矣"的秦皇汉武、唐宗宋祖，也不再是功高盖世气吞山河的文臣武将，"人民"借着"革命"的聚光灯，成为历史的缔造者与主人公。当然这种"聚光"效应需要通过"代表"或者"典型"来实现。通过"三突出"所设定的人物表现的等级秩序，革命英雄取代了传统历史讲述中的帝王将相、才子佳人而站上了历史金字塔的塔尖。杨子荣（《林海雪原》），周大勇、王老虎（《保卫延安》），朱老忠（《红旗谱》），梁生宝（《创业史》），乃至林道静（《青春之歌》）与现实中的刘胡兰、董存瑞、邱少云、黄继光，以及中华人民共和国成立后不断"涌现"出来的王进喜、雷锋、郭凤莲等举国传颂的英雄楷模，成为人们学习和仿效的榜样。通过"革命"这一最高的所指，历史的主体与现实的主体达成了最大程度的统一。

最后，历史讲述的主人公必须是革命者。"工农兵文艺"战略为历史的讲述赋予了空前的政治性。能够讲述历史的人，必须是"人民需要"的人①。历史讲述者首先必须成为革命者，也就是被规定的"历史"中的一员，"亲历性"不仅保证了历史讲述的真实可信度，增加了讲述的自豪感和权威性，也使得历史的讲述洋溢着强烈的使命感，如《林海雪原》的作

---

① 毛泽东在中华全国文学艺术工作者第一次代表大会上的讲话中说："你们都是人民所需要的人……因为人民需要你们，我们就有理由欢迎你们。"引自《毛泽东文艺论集》，北京，人民出版社，2002年，第165页。

者曲波回忆的革命生涯中的战友杨子荣对前途的慷慨陈词：

> 现在的侦察兵就已经是我的前途，因为我是在实现共产主义的大道上走着。以往地主骂得我不敢喘气，现在我手使双枪，动用心机，自由地瞪着眼，喘着气，打他们的老祖宗蒋介石。这是多么理想的一天哪！又是多么理想的前途啊！再往小一点说，我今天的战绩，就是昨天的前途；明天的战绩，就是今天的前途；这样一天一天就走到了穷人翻身、阶级消灭的太平年，到那时我也就四十好几快五十岁了，我这个侦察兵的一段乐事就办完了。到那时咱老杨再干咱的老行业上的新前途，种庄稼，干集体农庄。到那时千户成一体，万众为一家。春天下种，秋天收粮。咱老杨和群众一起走这条光明大道。这前途和春天的种子一样，一粒下地，万石回家。现在咱是在翻身的道路上打仗，将来咱是在五谷丰登的道路上劳动。总之，我现在做成功了一件事，都觉得是在共产主义大道上进了一步。每一步都是美好的。①

历史不再是古人悲天悯人的凭借，而是切切实实身处其中的"现场"，于是"昂扬"便不可避免了。这直接体现为普遍的"史诗"的追求与冲动。正如洪子诚教授所指出的，这根源于作家充当"社会历史学家"再现社会事变的整体过程，把握"时代精神"的欲望。在写作中的具体表现就是解释"历史本质"的目标，在结构上的宏阔时空跨度与规模，重大历史事实对艺术虚构的加入，以及英雄"典型"的创造和英雄主义的基调。②

三、新时期以来：传统的延续

上文已经提到，在回顾 20 世纪以来中国历史讲述的变迁之时，人们往往强调其"断裂"的一面。但同时我们应看到，历史讲述从中国绵延千百年来的时间长河中所积累的某些基因并未完全涤尽，甚至可以说是以一种新的面貌发挥着古老的作用。

且不说历史讲述所负担的功能本质上没有差别，从历史讲述的具体形式来看，20 世纪中国现代历史讲述在英雄崇拜、价值判断的道德化以

---

① 曲波：《关于〈林海雪原〉》，《北京日报》，1957-11-09。
② 参见洪子诚：《中国当代文学史（修订版）》，北京，北京大学出版社，2007 年，第96 页。

及文体与叙事组织的传奇化等方面，也仍然从民族历史讲述中汲取着养料。即便是在人们看来"断裂"得最为决绝的新中国成立以来前二十七年的历史题材小说，也并未摆脱传统历史小说的深层次影响。这至少体现在以下三个方面。

第一，文学资源传统的影响。考察当时革命历史题材作家本身，我们不难发现，经过解放区文艺的洗礼，"工农兵作家"文学训练的主要资源，不是来自巴尔扎克、雨果、托尔斯泰等西方现实主义大师，更不是来自普鲁斯特、乔伊斯、卡夫卡等现代派作家，甚至对于鲁迅等现代文学大师，工农兵作家们更强调的是其革命的政治立场和崇高人格，从中获取的是精神动力与信念支撑，而现代文学大师们具体的文学技术，则往往令他们感到隔膜。与他们具有天然亲近感的，则是《三国演义》《水浒传》这样的"古典小说"。曲波自己就说：

> 我读过《钢铁是怎样炼成的》等文学名著，篇中人物高尚的共产主义道德品质和革命英雄主义的气概曾深深地教育了我，它们使我陶醉在伟大的英雄气概里。但叫我讲给别人听，我只能讲个大概，讲个精神，或者只能意会而不能言传，可是叫我讲《三国演义》《水浒》《说岳全传》，我就可以像说评词一样地讲出来，甚至最好的章节我还可以背诵。①

即使是借镜传统，这些作家也更亲近《三国演义》《水浒传》《说岳全传》这些传奇性小说，而不是《红楼梦》《儒林外史》这些更具文人色彩的古典小说。其原因在于他们与中国大众生动、深刻而未必自觉的精神世界与审美习惯的联系。所以，进入 20 世纪 50 年代，原来占据通俗文学领域的言情、武侠、鬼怪等小说被取缔，张恨水等通俗文学作家远离文坛之后，仍然有《林海雪原》一类的读物、电影、戏曲填补这一接受空间。

比如，我们不难发现，《林海雪原》中的杨子荣、《红旗谱》中的朱老忠等形象，与古代历史演义中的武将功臣形象难分伯仲。而《青春之歌》中的共产党人江华、《红岩》中的许云峰，以及那些革命军队中亲切而威严、坚定而睿智的"政委"们，又与古代历史小说中的文臣良相何其相似。

---

① 曲波：《关于〈林海雪原〉》，《北京日报》，1957-11-09。

第二，"文以载道"模式的传承。就像传统历史讲述将伦理道德理想寄寓在英雄人物身上一样，在革命英雄塑造的背后，是革命价值观念的承载与传播。这种价值首先是对党和人民事业的忠诚与信念。《红岩》等故事中的英雄们面对敌人的软硬炮弹，威武不屈，富贵不淫，视死如归，对党和人民忠贞不渝，这在让我们感慨党英明与伟大的同时，情不自禁要在脑海中展开与古代忠臣烈士如屈原、文天祥、史可法等先贤的联想。政治上的坚定正确，在一定意义上可以说是中国传统士大夫"以天下为己任""公忠体国"等价值信念在特定革命时代的一种体现方式。当然，除了道义与方向的光荣伟大之外，英雄斗争的具体细节过程也是颇有魅力的。革命英雄和古代的帝王将相一样，必须具备非同寻常的智慧、勇气与力量，能够击溃任何敌人的进攻。而他们具体斗争的过程，既是这种令人叹为观止的非凡素质的展现，也是精彩纷呈的表演。革命样板戏《沙家浜》和《智取威虎山》中的阿庆嫂、杨子荣等，面对敌人的步步紧逼，他们从容不迫、明察秋毫，往往料事如神，而又应变自如，其中精彩对白和唱段至今仍为人传诵。这种魅力，与舌战群儒的诸葛亮、过五关斩六将的关羽，又是何其的相似与相通呢？

第三，叙事技巧的沿袭。在叙事上，当代历史小说也仍然不能完全脱离传统历史讲述的模式与技巧。以《林海雪原》为例，小说以奇袭奶头山、智取威虎山、大战四方台等战斗为主要线索，穿插各种趣味横生的小故事，取得了惊险纷呈的阅读效果，成为雅俗共赏、老少皆宜的流行读物。这些情节和片段被改编成电影、戏曲后，杨子荣、座山雕、少剑波等人物更是家喻户晓，其中的不少经典对白甚至成为风靡一时的流行语。这样的作品"以塑造出一批流传广泛的英雄人物形象为成功标志、以截然分明的'两军对阵'的思维模式来构造布局、以宣扬英雄主义和革命乐观主义为创作基调"①，带有浓厚的民间叙事特点，尤其表现在英雄人物的塑造上。正如有研究者所指出的，尽管作者在表现剿匪战士的英雄特征时也遵循了阶级本质等规定，但在主要人物的性格设定上又受到传统历史小说"五虎将"模式的支配。"五虎"之首是忠诚勇毅的少剑波，其次是骁勇威猛、谋略不足的刘勋苍，胆识过人、百战百胜的杨子荣，身怀绝技、粗俗诙谐的栾超家，忠厚老实、刻苦耐劳的"长腿"孙达得。"五虎将"模式通过相对独立而又枝节相关的一个个小故事，对每个英雄人物突出一种主要品格，或者忠、或者勇、或者谋、或者才、或者德等，主

---

① 陈思和：《中国当代文学史教程》，上海，复旦大学出版社，1999年，第65页。

次搭配，互为映照。比如刘勋苍擒刁占一，袭击虎狼窝，活捉许大马棒；杨子荣智捉小炉匠，舌战群匪，击毙座山雕；等等。① 而这一组故事中可以明显地找到"最受喜爱的情节、定型的人物、众所周知的暗喻"等"传统手法"，杨子荣最为人所传诵的几个故事，如打虎上山，与栾平在座山雕面前短兵相接、唇枪舌剑等，一定程度上可以看作对《水浒传》中武松打虎、《三国演义》中诸葛亮舌战群儒的移用。

尽管当时的主流意识形态将爱情批为"小资产阶级情感"，但也难以抹去革命和爱情有着共同的浪漫主义底色这一事实。传统历史小说中的才子佳人模式也在革命历史小说中以或明或暗的方式存在下来。所以革命历史小说在弘扬革命主旋律的过程中，也往往以"革命中的爱情"作为叙事的副线，这既是对革命叙事过于"刚性"、人物性格展现稍显单一的一种调和，也是对大众读者在"才子佳人小说""英雄美人模式"影响下的传统阅读期待的一种满足或者迎合。对于《红旗谱》中为什么会有爱情故事线索，作者梁斌说得很直白："书是这样长，都是写的阶级斗争，主题思想是站得住的，但是要让读者从头到尾读下去，就得加强生活的部分，于是安排了运涛和春兰、江涛和严萍的爱情故事，扩充了生活内容。"② 这里梁斌主要考虑的是满足读者的"期待视野"。吴强创作《红日》时，考虑到"一个以战争生活为题材的长篇小说，有一定的篇章，比较从容地描写一些人物的日常生活，虽然是偏枝旁叶，只要它与整个故事情节有机地联系着的，还是允许的，必要的"。所以他犹豫再三，最终还是"把以杨军夫妻生活为主要情节的小说第十章，肯定下来，作为小说故事的必要组成部分"。③ 最能体现"英雄美人"的或许是《林海雪原》中少剑波与白茹的爱情描写。少剑波"精悍俏爽，健美英俊"，韬略过人，同时又儒雅风流，战场上攻无不克，生活中热情周到，具有非凡的人格力量，自然而然成为小分队的中心，更成为群众眼中的"救星"。而在天真多情的女护士白茹的心里，"他只有二十二岁！他哪里来的这么多的智慧，哪里来

---

① 李平还指出，《三国演义》里的关羽、张飞、赵云、马超、黄忠的角色配置，对以后的古典小说影响颇深，作家们甚至考虑到"金木水火土"五行的关系。在当代战争小说中，这种"五虎将"模式也对作家创作的意识与潜意识发生着影响。除了《林海雪原》中的这些人物外，还有《铁道游击队》中的刘洪、王强、林忠、鲁汉、小坡，《烈火金钢》中的史更新、丁尚武、萧飞、孙定邦、孙振邦，等等。其中人物性格塑造模式与中国传统审美习惯有怎样的关联，在今天发挥着怎样的影响，是值得研究的课题。参见陈思和：《中国当代文学史教程》，上海，复旦大学出版社，1999年，第73页。

② 梁斌：《漫谈〈红旗谱〉的创作》，见赵树理、刘白羽等：《作家谈创作经验》，北京，中国青年出版社，1959年。

③ 吴强：《谈〈红日〉的创作体会》，《文学评论》1978年第3期。

的这样大的胆魄？但他却常说：'一切归功于党，一切归功于群众。'他又是这样的谦虚"。智取威虎山后，少剑波为白茹雪夜赋诗："万马军中一小丫，颜似露润月季花。体灵比鸟鸟亦笨，歌声赛琴琴声哑。双目神动似能语，垂鬓散涌瀑布发。她是万绿丛中一点红，她是晨曦仙女散彩霞……"英雄美人的诗情画意为刀光剑影的林海雪原平添了温馨，让艰险的剿匪之路带上了浪漫色彩。此外，《野火春风斗古城》中的杨晓冬和银环、《新儿女英雄传》中的牛大水和杨小梅、《铁道游击队》中的刘洪和芳林嫂、《敌后武工队》中的魏强和汪霞等革命主人公，大都延续着在革命中结缘、在革命中成长、在革命中结合的故事脉络。个人感情的发展与革命进程融为一体，在破除革命阻力的同时破除感情的障碍。这些故事情节的设计，显然受到了中国传统小说的启发，既可以说是在革命历史讲述中加入了传统文化底色，也可以说是在传统的"才子佳人""英雄美人"叙事中加入了无产阶级革命灵魂。两者之间，谁为主、谁为次，谁为表、谁为里，或者谁为体、谁为用，恐怕很难形成一边倒的答案。

在中华人民共和国成立后很长一段时间的文学创作中，革命历史讲述中首先强调的是政治功能。一些作家也往往习惯于站在政治的角度来看待革命历史讲述。在自我认知上，作家们往往以胜利者和历史创造者自居。在这种充满自信的讲述过程中，革命不再是充满着以往小资产阶级困顿与彷徨的苦闷历程，而是不断"从胜利走向更大的胜利"，一路摧枯拉朽、高歌猛进的浪漫之旅。作家们不约而同地向中国传统历史讲述寻求启示与借鉴。一方面，传统历史文化以这种形式在革命历史讲述中获得了生存空间；另一方面，革命历史讲述也因为传统文化资源的加入而与大众审美趣味更加贴近，能够更好地实现革命历史讲述的传播和普及效果。

第三节　历史消费：大众文化的重要维度

一、帝王将相的"复辟"

"新时期"所展开的，是一个完全不同于此前历史阶段的时空。在这样的时空中，当 20 世纪 80 年代初伤痕文学、反思文学、改革文学在中国文坛风起云涌之时，除了姚雪垠的《李自成》，一批出版的历史小说几乎成为前者的陪衬，以至我们今天甚至难以在一般的文学史中看到它们的身影：《陈胜》(刘亚洲)、《星星草》(凌力)、《黄梅雨》(蒋和森)、《黄巢》(郭灿东)、《九月菊》(杨书案)、《方腊演义》(李跃武)、《水浒别传》系列(王中文)、《白莲女杰》(蒋维明)、《括苍山恩仇记》(吴越)、《天国恨》(顾汶光、顾朴光)、《大渡魂》(顾汶光)、《庚子风云》(鲍昌)、《风萧萧》(蒋和森)、《戊戌喋血记》(任光椿)、《义和拳》(冯骥才、李定兴)、《神灯》(陈亚珍)……这批作者立志写就"史诗"①，但可惜的是，这些作品却如流星一般，在80年代的文学天空一闪即逝，今天的读者恐怕已经很难回想起或者再次听说这些作品。

进入20世纪90年代，中国文学以一种转型的姿态开始了新的历程。特别是随着新一轮商品经济时代的到来，大众文化便以其无法抵御的审美诱惑力得到空前的发展，在纯文学不断边缘化的时候，大众文化却长驱直入进入人们的视野，长期以来似乎被遗忘的传统文化、文学中的元素便重新出现了。以1987年出版的《少年天子》为标志，新时期历史小说以一种特殊的姿态——帝王将相的"复辟"回归到大众的关注视野之中。但最初这种影响更多发生在文学界、知识界。其实早在《少年天子》之前，后来被称为"皇帝作家"的二月河所著的《康熙大帝·夺宫》(1985)已经问世，只不过当时反响寥寥。而以1990年唐浩明的《曾国藩》的问世并产生巨大社会反响为新起点，帝王将相们的身影开始以强势姿态进入大众的关注视野和文化生活。这一时期的这批作品，已经不仅属于文学事件的范畴，在一定意义上也构成了社会事件。

当然，随着文化市场的逐步放开，呈现在社会文化生活中的历史题材读物以及影视剧，远远不止以上作品。实际上，随着"港台风"和"日美风"的吹拂，人们在茶余饭后孜孜品赏、津津乐道的，还有中国大陆以外的历史题材文化产品。其中与上述作品最为类似的当数台湾作家高阳所著《胡雪岩全传》，书中对这位红顶商人周旋于商场官场，左右逢源游刃有余的渲染，和当时流行的小说《曾国藩》珠联璧合，为刚刚摆脱体制束缚而摩拳擦掌跃跃欲试的中国人提供了最直观、最具说服力的行为典范，以至一时号称"经商须读《胡雪岩》，为官要看《曾国藩》"之盛。

---

① 20世纪七八十年代创作出版的历史小说大部分以中国历史上农民起义为题材，流露出普遍的史诗化追求。这批小说的作者们不仅试图矫正传统正史对农民起义的歪曲和污蔑，也力图借对一个时期农民起义的艺术描绘，反映历史时期的社会生活、民情风俗，表现出强烈的"百科全书"情结。如蒋和森在谈到其《黄梅雨》时说："历史往往被颠倒，而失败的英雄则更易遭到各种莫须有的诬蔑。这一切，不禁使我在心中升起想按照历史的本来面目把黄巢以及唐末的社会面貌再现出来的愿望，并使之带有一种诗意的、悲壮的艺术境界。"(蒋和森：《黄梅雨》，后记，上海，上海文艺出版社，1985年)

在这"复辟"的背后，有传统历史讲述的影子，但更多是现代的观念，人们在其中不难发现一些颇有意味的倾向和现象。

其一，英雄主体的更迭和英雄主义的昂扬。帝王将相一反琐碎庸常和反动腐朽形象，以正大光明、勤政爱民的阳光形象粉墨登场。比如，曾国藩在小说中成为"立德、立功、立言"的完人，雍正成为一个虽有性格缺陷但有志力振颓风且政绩卓著的勤君、贤君。又如作为一个政治家，张居正的才干在明代可称罕有其匹，乃至有人称"明只一帝，太祖高皇帝是也；明只一相，张居正是也"，其万历新政之有功于国也是史有定评。然而他在小节上不是无可非议的，但熊召政所取的就是他"愿以其身为蓐荐，使人寝处其上，溲溺垢秽之，吾无间焉"①这种为富国强兵不顾一切的理想与担当。小说中的帝王将相们，并没有像阶级斗争史中所说的忙于镇压人民和骄奢淫逸，而是夙兴夜寐，"一心要江山图治垂青史"。为了整顿吏治、充实国库、治理天灾、平息内乱，他们苦心孤诣，不辞劳苦，甚至在繁重的国务军机之外，他们在生活中也有着普通人一样的真情真性。尽管作家声称只是将帝王将相"作为一个'人'来写"②，但实际上这些"人"已远不是平凡真实的人，而是寄寓了一种植根于中国人传统心理中对英雄的渴望与想象：英雄的伟大与崇高，主要来自其外在行为、成就的宏伟壮阔，而不在于内心与情感世界的丰富或者革命立场和姿态的正确。

其二，对传统文化的追怀与珍视。客观上，这些帝王将相确实是中国传统文化的集大成者。而小说中也是如此表现的。比如，张居正不辞艰苦革新弊政，正是出自中国传统士大夫天下为公的本能；顺治之所以令人钦佩，在于他看到了汉民族文化的伟大而立志效仿；康熙的伟大，源于他对传统儒家文化精华的汲取和自如运用；而曾国藩、张之洞的人格魅力，正是儒家人格理想的集中体现，他们的悲剧，也是传统文化在历史大变革背景下难以逃脱的宿命。无论是将历史称为"落霞"而流露出叹惋，还是命名为"百年辉煌"而满怀豪情，无论是写盛世还是写难世，无论是对历史人物倾情向往还是痛彻鞭挞，我们都能感受到作家对传统文化深深的眷恋、向往，以及不乏理性的观照与反省。

其三，大众化和传统取向的美学风格。这批作家及其作品不约而同地出现在纯文学已然式微的八九十年代之交，且文学风格总体上偏

---

① 李从云、熊召政：《寻找文化的大气象——熊召政访谈录》，《小说评论》2006年第1期。
② 巴根：《僧格林沁亲王》，后记，北京，文化艺术出版社，1994年，第506页。

于传统和保守。凌力、唐浩明等人的作品都呈现出典型的传统现实主义美学风貌，二月河、熊召政的作品则直接采用传统历史演义通行的章回体。作品主要依靠引人入胜、曲折生动的情节来推动叙事、表现人物，所强调的是各个小情节的缓急有序、张弛有致，以恰到好处的叙事节奏调动读者的阅读快感。传统的历史演义、侠义小说、公案小说和才子佳人小说等元素都得到了有效的利用。当然，在对大众趣味的满足之外，这些作品仍然不失厚重的文化色彩。我们在其中不仅可以看到对历史场景细致入微的营造，也能品味出中国式的人生体悟和历史哲学。

其四，对社会文化生活的重要影响。或许是因为历史题材作品天然的优势，这些描述帝王将相丰功伟绩的作品，不仅在社会大众中引起了热烈反响，而且频频得到领导人的积极肯定。不论是从肯定改革，还是从强调国家统一，或者从个人修身处世的角度，这批作品都能满足市场经济时代上上下下的人们的诉求与需要。"经商须读《胡雪岩》，为官要看《曾国藩》"的顺口溜不仅透射着人们对历史的实用主义态度，也向我们传递出特定时代的社会结构、社会风气。同时，围绕这批作品所折射出来的历史观念、美学风格等论证，也借助大众媒介的传播得以扩大和延续。由这些小说改编而来，以及以类似价值倾向、美学风格而制作的历史题材电视剧的热播说明，历史及历史上的帝王将相，在当今大众文化中仍然有着举足轻重的影响力，人们的历史想象和价值观念，也在这些文艺作品的"熏、浸、刺、提"中悄然而决然地发生着变迁。时至今日，我们仍然会发现，社会文化生活中，历史的身影始终不曾离去，随着传媒的发达和市场的发育，过去的历史似乎越来越贴近我们，越来越与当下难分难解。

其五，鲜明的市场化运作模式。这批作品的出版，正处于我国文化体制转轨从启动走向逐步深入的时期，创作由"计划"调节向"市场"调节转型。这批作品的问世，往往肇因于文化市场的呼唤，并且直接由出版机构推向市场，而不是按照计划经济时代的惯例，首先要经过文学期刊的"过滤"和"预热"。作品的畅销也不再依靠专家或者协会的推荐，而更依赖对作家、作品的"包装"——一个明显的事实就是，在批评界总体反应并不热情的背景下，这批作品却创下了令人咋舌的码洋，并造就了新时期第一批"千万富翁"作家。与此相关的是，围绕这批作品所衍生出来的一系列历史题材读物，包括小说，也包括各类历史探疑、历史成功术等题材的读物也大行其道，长销不衰。

不能忽略的是，在这批作品问世的同时，中国社会文化生活也发生着改变。就在《康熙大帝》和《少年天子》问世的 20 世纪 80 年代中期，在知识界大谈"观念""方法"的同时，港台武侠和言情小说也在大陆大量出版。据不完全统计，仅金庸和梁羽生的武侠小说就达十余种，第一版印数就达 200 余万册（这还不含难以数计的盗版）；也就在 1985 年前后，《今古传奇》《名人传记》《中外传奇选》等通俗报刊出现在文化市场；也是 1985 年，日本电视剧《血疑》，中国香港功夫片《霍元甲》、黑帮片《上海滩》、历史片《武松》成为关注焦点；还是这一年，各类名人传记和逸事，历史纪实文学持续繁荣，仅关注毛泽东这位历史伟人的就有数十种之多。而在 1985 年之后，在社会上产生重大影响的文化现象，也基本上是通俗文艺：如 1986 年至 1987 年的崔健摇滚，1988 年的卡拉 OK 流行，1989 年的汪国真诗歌，1990 年和 1991 年的电视剧《渴望》《编辑部的故事》，1993 年的小说《废都》等。

这批以帝王将相为核心视角的历史题材作品，就是在这样的语境中产生的。与此几乎同时，还有《戏说乾隆》《还珠格格》等影视作品的大行其道。无论是"正说"还是"戏说"，这些帝王将相正在或已经成为大众文化生活中一批最为活跃的主角。作家们满怀激情的笔墨、演员们尽兴投入的表演和社会大众如痴如醉的追捧，共同构成了 80 年代以来久违的共鸣与轰动。乘着"大众文化"的东风，形形色色的历史题材作品对当代社会的历史讲述与想象来了一次重大的重构。

这里有必要对与"大众"相关的概念做一简单回顾。

二、文学进程的另一条"线"

胡适于 1927—1929 年写作的《白话文学史》开始了"双线文学的新观念"，即将汉以后的中国文学分成并行不悖的两条线：一条是由御用诗人、散文家、太学中的祭酒、教授和翰林学士、编修所作的古文文学；另一条则是由大量的无名艺人、作家、歌唱家等创造的民间诗歌、故事、讽喻诗、情歌、英雄文学等。胡适对自己的这一工作有着自觉的意识，他说：

> 这一个由民间兴起的生动的活文学，和一个僵化了的死文学，双线平行发展，这一在文学史上有其革命性的理论实是我首先倡导的；也是我个人（对研究中国文学史）的新贡献。①

---

① 陈金淦：《胡适研究资料》，北京，北京十月文艺出版社，1989 年，第 318 页。

所以，我们完全可以设想，现代以来的文学发展，也存在一个传统与现代的双重变奏。而这两种时间及其所代表的价值的纠缠与抵牾，基本上是由受到西方现代思想影响的知识分子与滞留于传统"泥淖"中的大众的对立与融合体现出来的。

不难发现，在20世纪初，受西方现代思想影响的新式知识分子的历史感知与大部分仍处在"铁屋"中民众的历史想象产生了隔阂，传统社会中二者在历史讲述与想象上的平衡被打破、"交集"被缩小乃至清除。这不仅表现在前文所述的达尔文进化论对历史时间观的影响——线性进化论的历史发展"路线图"代替了中国传统的治乱循环的历史感知。更有意味的是，两种历史讲述话语方式出现了抵牾，二者和谐共处的局面也一去不返。新式的历史话语裹挟着"救亡""启蒙"的时代洪流，将民间"落后"的历史讲述清扫到了时代文化的灰暗地带。"启蒙者"与"大众"的主客体关系被复制到各自历史讲述的话语的地位上来。

"大众"一词，并非出于现代人的创造，但其现代意义的获得，却与五四以来知识分子的"启蒙"密切相关。在某种意义上，"大众"构成了启蒙所必需的客体：五四一代知识分子要确立启蒙的主体地位，就必须树立一个他者；后来居上的革命者要确立自身，也必须树立一个他者。二者别无选择地将目标瞄准了"大众"。启蒙者选择对传统典籍中的历史极尽嘲弄把玩（如鲁迅的《故事新编》、施蛰存的《石秀》）；到了二三十年代，革命者为了服务大众，对包括历史讲述在内的大众文化领域进行了全面的接管。所以，我们党提出要创建一种"新鲜活泼的为中国老百姓喜闻乐见的中国作风和中国气派"的观点并发动了"民族形式"的热烈讨论。作为对小资产阶级个人感伤主义的矫正，左翼理论家对"通俗"做了空前的强调："通俗！通俗！通俗！我向你们说五百四十二万遍的通俗！"①毛泽东同志在延安文艺座谈会上，又进一步明确了"大众"在文艺中的政治地位："许多同志爱说'大众化'，但是什么叫做大众化呢？就是我们的文艺工作者的思想感情和工农兵大众的思想感情打成一片。"②因此，作家首先要在自我定位上自觉转换为工农兵大众的一员，在立场上要为工农兵大众呼喊，在言说方式上采用工农兵的风格。在这一先进理念的指导下，通俗的大众文学远远不止是一种文学类型，而是被纳入了"革命"的范畴。

①　参见《中国新文学大系·文学理论集二》（陈荒煤主编，上海文艺出版社1997年版）中郭沫若、郑伯奇、华汉（阳翰笙）、史铁儿（瞿秋白）等人的文章。

②　毛泽东：《在延安文艺座谈会上的讲话》，见《毛泽东选集》第三卷，北京，人民出版社，1991年，第851页。

这样的描述可能让人对"大众"在革命语境下的处境感到乐观。但实际上，在"救亡"的重压下，被扭曲的不只有"启蒙"，还有大众。"为工农兵服务"与"为政治服务"之间仍然有目的与方式的主从之分。所以即使是根正苗红和通俗易懂而深受工农兵欢迎的作家赵树理，一旦他的言说溢出革命意识形态的既定范畴，就无法承担起革命历史阐述的重任。

通过对《林海雪原》等一批革命历史小说的探讨，我们已经了解到，大众的历史讲述与想象始终未曾被消灭。在受到压抑的时候，它仍然以自己的方式顽强地生存着。支撑这种生存的力量，被陈思和教授概括为"民间文化形态"："民间"这一文化形态"在国家权力控制相对薄弱的领域产生，保留了相对自由活泼的形式，能够比较真实地表达出民间社会生活的面貌和下层人民的情绪世界"；并且有着"自由自在的审美风格"。他还指出，民间文化的形态，以一种"民间隐形结构"的方式参与作品的建构，决定着作品的艺术立场和趣味，相应的"显形结构"则受国家意识形态支配，反映着时代的精神走向。①

换言之，"民间"是"大众"的存在场所，"大众"则是"民间"的主体构成。在不同的历史阶段、地域处所与言说角度中，"大众"呈现出多样性。如果暂时剥离政治话语的映射，我们便会发现一个具有自足性的"大众"的"民间"。略窥随着晚清、现代报业的发展而迅速扩张的市民读物，我们发现，其中相当一部分属于历史题材，其中值得注意的是，不少旧派作家作品如张恨水、蔡东藩等人的《春明外史》《金粉世家》《中国历代通俗演义》等，虽然几乎并不直接回应"科学""民主"以及"救亡""启蒙"等时代的"共名"，而是聚焦于才子佳人、帝王将相，散发出浓厚的闲适感，但都在市民文化较为发达的上海、南京产生过巨大影响。②

而20世纪30年代以来，尽管由于战争和政治运动所造成的紧张局面，闲适的、市民化的历史读物的生存空间日益受到挤压，但我们仍然能在《林海雪原》《沙家浜》《铁道游击队》等革命历史的讲述中，看到熟悉而亲切的旧派小说及其所折射的古代传奇的影子。及至80年代后期一批"旧派"风格的历史读物登上新时代的文化舞台，我们不得不惊叹"民间"顽强诡谲的生命力与包容力。

---

① 参见陈思和：《中国当代文学史教程》，前言，上海，复旦大学出版社，1999年，第12～13页关于"民间文化形态"和"民间隐形结构"的阐述。

② 这方面内容，可参看范伯群先生所著《中国近现代通俗文学史》（江苏教育出版社2000年版）和《民国通俗小说鸳鸯蝴蝶派》（人民文学出版社1989年版）。

　　行文至此不难发现，上文所述及的"大众文化"或"大众文学"，并非铁板一块和一以贯之，而是在不同语境下有着不同的价值取向和存在状态。就西方的情况而言，在市民社会形成之前的大众文学，往往散落于乡野，因而是一种民间文学；而在市民社会日益成熟之后，所产生的供较为集中的普通民众阅读欣赏并与文学精英所创作的经典文学相对应的，则属于通俗文学，"远远超出了质朴的传统民间文化范畴"。① 市场经济体制的壮大发展，则将经典体系之外的大众文学顺利地进行了商业化转换，文化市场为大众文学带来了勃勃的生机，为传统提供了风光无限的表演场所。这时，"大众"不再是充满田园诗意的民间，也不再是启蒙的对象和革命的主力军，而是文化工业的"上帝"，他们以聚沙成塔的消费能力，构筑起一个神圣的整体幻想，令文化市场膜拜，也令越来越多的作家膜拜。这些西方学者的研究和论断对我们具有一定的启示意义。

三、大众文化的语境意义

　　确立了大众文化这一语境的存在，我们对世纪之交出现的这批明清历史题材小说的观照就有了基本的立足点。因此我们对这批小说的解读，必须从大众文化这一总体语境出发进行。而在当代，随着物质文明的空前发达和经济全球化的不断发展，市场为人们提供的文化产品也日益丰盛。在"世纪末的喧哗"中，人们在满怀喜悦地展望新世纪的灿烂与辉煌之时，总忍不住要向过往岁月投来深深一瞥。而市场经济之下文化工业的泛滥，又让"历史"成为人们唾手可得的打发空虚和寂寞的怀旧良药。但正宗的历史学科并没有因为这种"历史情怀"而受惠，历史学术研究少人问津，日渐萧条。正如南帆先生指出的，"人们对于历史的兴趣十分有限；多数人对于修复历史真相或者阐明形而上的'历史精神'无动于衷，他们想看到的是'好玩'的历史"②。这个强烈的对比也引人深思：如果只进行严肃的历史学术研究，大众无疑是不感兴趣的。但如果只顺着大众的兴趣去讲述历史，那么历史将会在消费中变异甚至消解，历史虚无主义的土壤就将越来越厚。

　　随着文化的商品化和商品的文化化的日益拓展，"消费"成为跨越经济与文化两个领域的霸权话语，它的强大让其足以对任何对象进行命名：消费工业、消费文化、消费经济、消费人生、消费历史等等。"消费"导

---

① 参见詹姆逊：《大众文化的具体化和乌托邦》，见〔美〕詹姆逊：《快感：文化与政治》，王逢振，等译，北京，中国社会科学出版社，1998年。

② 参见南帆：《消费历史》，《当代作家评论》2001年第2期。

致社会文明的根本形态发生转变。美国历史学家麦克高希将这一正在发生的过程形容为从以商业文明为主导的"文明三"向以娱乐为主导的"文明四"的转换：

> 当文明三向文明四转换的时候，人类刚刚经历过两场由于经济竞争和敌对的意识形态而导致的世界大战。高级的文化自己为自己庆贺。过于认真的观念埋下了愤怒和冲突的种子。因此，公众转向无忧无虑的追求，大众娱乐成为这个时代的法则。①

在大众文化语境下，"娱乐"与"消费"更是结成联盟，使得后现代理论家口中艰涩的"解构"成为活生生的现实。如前文所述，"历史"天然地是人们自我确认与集体认同的不二选择，是情感宣泄、精神娱乐的绝佳途径。人们通过对"历史"的回顾，探讨大到自我从何而来向何处去、小到如何学习如何工作等大大小小的问题，从而构建自己的主体性。但"娱乐"和"消费"正在日益挤占着人们的主体空间与人文情怀。神圣而崇高的冥想日益沉重，艰难而痛苦的探索遭遇白眼，久远而孤独的追思变得虚幻。"躲避崇高"成为大众无意识的文化价值策略，"享受现在"成为最具性价比的现实生活选择。于是，既然历史不能消解后现代社会的不能承受之轻，那么又何必抱住她的"沉重"死死不放呢？"消费历史，实际上是90年代写作和市场合谋制作的一个引人注目的文化景观，在这个景观中，孤独无依的个人享受着历史快餐，而更彻底地远离历史。"②无论是知识分子的"新历史主义"写作，还是大众对《戏说乾隆》《还珠格格》的痴迷，都是"消费"和"娱乐"的反映。对此，后现代理论家不无忧虑地谈起时间感的消失：

> 在后现代主义中，关于过去的这种深度感消失了，我们只存在于现时，没有历史：历史只是一堆文本、档案，记录的是确已不存在的事件或时代，留下来的只是一些纸、文件袋。③

---

① 〔美〕威廉·麦克高希：《世界文明史——观察世界的新视角》，董建中、王大庆译，北京，新华出版社，2003年，第439页。

② 刘俐俐：《隐秘的历史河流——当前文学创作与批评中的历史观问题考察》，天津，天津人民出版社，2002年，第32页。

③ 〔美〕杰姆逊：《后现代主义与文化理论》，唐小兵译，北京，北京大学出版社，1997年，第205页。

　　但笔者的关注不止于此。毕竟"后现代主义"虽然在中国已经得到越来越多的呼应并已经成为一种现实，但它终究未能成为一个全局性、根本性的存在。否则"新历史主义"的大旗应该早就插遍了所有历史题材小说的"山头"。因为时间和空间不可能完全统一，在每个历史的片段里，总是存在着新与旧的犬牙交错。轻松戏谑的历史书写游戏可以受到新历史主义信奉者的钟爱，也必然遭到保守主义者的讨伐；而厚重严肃的历史书写可能会引起一些人的严肃思考，也可能会被另一些人当作普通读物而学些皮毛了事。因此笔者所关注的，还有伽达默尔所说的"效果历史"：

　　　　真正的历史对象根本就不是对象，而是自己和他者的统一体，或一种关系，在这种关系中同时存在着历史的实在以及历史理解的实在。一种名副其实的诠释学必须在理解本身中显示历史的实在性。因此我就把所需要的这样一种东西称之为"效果历史"。①

　　明清历史题材小说这一对象，与其所讲述的历史实在之间，与其接受者的阐释和理解之间也构成了统一体和互动关系。既然"任何作品或行为的象征意味不只是隐含于自身的符号、媒介法则或代码之中，而且也存在于自身的语境集中，存在于观赏者对相关符号的各种理解与反应中"②，那么在一定意义上我们不得不说，这批小说文本所产生的接受效果及其生产传播过程，比其文本本身更加重要。

　　因此研究视角的提取，不能从纯粹的理念出发，先搭建完美的模型，然后将原始素材削足适履充塞其中，而必须尽可能保持客观的观照：不仅观照文本本身，也观照文本及其相关现象所引发的社会反应，通过"对象"与"他者"的整合，如伽达默尔所设想的那样，尽可能在理解本身中显示历史的实在性。

　　前文提到，帝王将相小说在 20 世纪 90 年代以来的存在，表现出英雄主体的更迭和英雄主义的昂扬、对传统文化的追怀与珍视、大众化和传统取向的美学风格、对社会文化生活的重要影响，以及鲜明的市场化运作模式等现象和特点。这些现象和特点，有些受到批评界和大众的关

---

① 〔德〕汉斯-格奥尔格·伽达默尔：《真理与方法——哲学诠释学的基本特征（上卷）》，洪汉鼎译，上海，上海译文出版社，1999 年，第 384～385 页。
② 〔英〕伯尼斯·马丁：《当代社会与文化艺术》，李中泽译，成都，四川人民出版社，2000 年，第 33 页。引用时去掉了括注。

注，如"英雄"所涉及的"翻案""历史观"，"文化"所涉及的"现代化""反思"等问题；而有些则少有人问津，如社会大众的接受度、市场化运作模式等。但作为一个自足的现象，它必须得到尽量完整的呈现。所以笔者提取出三个关键词，作为对帝王将相小说及其相关现象进行探讨的切入点：英雄、虚实、雅俗。

"英雄"问题，所涉及的是作品中的人物形象的文学塑造、人物的历史评价定位，以及大众的接受想象；"虚实"问题，则关乎历史小说家的历史观念、文学手法以及历史讲述所引发的历史想象、社会观念；"雅俗"问题，不仅喻示着这批小说在当代社会的接受命运，也折射出市场经济语境下当代文化生产的某些侧面。这三个切入点的选择，指向对一系列问题的回答：从外部来看，这些作品所散发的，是一种怎样的历史讲述与想象？它们和诸多社会文化现象之间是怎样的结构关系？这样的一种历史讲述与想象，在当今社会的意识形态结构中扮演何种角色？在社会文化的历时演变过程中又居于何种位置？它们与"经济全球化""现代化""民族复兴"有着怎样的关联？它们的生产与传播究竟具有怎样的市场经济特点？而从内部来看，这些作家究竟出于一种怎样的动机和形态开始和完成了这些写作？这些文本的文学资源与思想资源有哪些？这些文本的组织是如何完成的？所有这些问题，最终折射出世纪之交转型期中国社会历史讲述、想象与观念重构过程的诸多侧面。

对于这一转型过程，每个人都有权利表达自己的立场。笔者虽然努力保持审慎的理性，尽可能客观地呈现各类现象及其相互联系，但也深深感到，"我不可能从外部来审视这个总体，它是在我任何情况下都不可能与之脱离的东西。由于我自身的存在不得不在生存的总和中扮演其角色，因此独立不倚的认识无非是一种'煞有介事的愿望'"①。既然如此，那么笔者就不必（当然也不能）"煞有介事"地规定本书必须提出独立不倚的定论。

所以毋庸讳言，笔者对时下流行的文化工业理论及历史消费的种种批判背后所流露出的太多的怀旧情绪的文化悲观主义持有保留。确实，当代中国的情形在一定程度上印证着上述忧虑。但需要指出的是，任何理论都是双刃剑。文化产业的推进在催生拜物主义、虚无主义等种种风险的同时，也极大地解放了文化生产者、接受者的自主选择权和创造活

① 〔德〕卡尔·雅斯贝斯：《时代的精神状况》，王德峰译，上海，上海译文出版社，2003年，第28页。

力。社会文化生产的活力得到了充分释放，因此也给中国社会大众的文化生活格局带来深刻调整。大众的文化生活有了更多自由的选择，他们也不再只是被动的管理对象与启蒙对象，他们的文化选择权影响着文化资源的分配与流向，个体参与社会文化建设的时代真正到来。因此，明清历史题材小说等大众历史题材文艺作品的流行，不能单纯地看作启蒙精神的萎缩与犬儒主义的瘟疫，而应看到喧闹之中的活力，看到娱乐之中的参与，看到戏说背后的主体张扬，看到解构背后的建构。秉持这样的精神、气度与信念，考察作为当代社会消费产品的明清历史题材小说，我们才会对历史消费具有"了解之同情"。毕竟，消费也是一种接受。

第二章　虚实雅俗之间：明清历史题材小说的历史观与美学特质

历史给了文学家、艺术家无穷的滋养和无限的想象空间，但文学家、艺术家不能用无端的想象去描写历史，更不能使历史虚无化。文学家、艺术家不可能完全还原历史的真实，但有责任告诉人们真实的历史，告诉人们历史中最有价值的东西。戏弄历史的作品，不仅是对历史的不尊重，而且是对自己创作的不尊重，最终必将被历史戏弄。只有树立正确历史观，尊重历史、按照艺术规律呈现的艺术化的历史，才能经得起历史的检验，才能立之当世、传之后人。

——习近平在中国文联十大、中国作协九大开幕式上的讲话①

以什么样的姿态去面对历史、书写历史，以什么样的面貌呈现历史，就是历史观的具体表现。具体到明清历史题材小说创作，需要考察其创作的动机、对史实的尊重程度，以及虚构的尺度。

第一节　创作主体要素

一、激情与理性交织的集体无意识

"新时期"是在"思想解放"的时代强音中揭开帷幕的。这一时期的文学创作与主流意识形态，曾经在相当长的时期内保持着高度的一致性。"伤痕""反思""改革"，乃至"现实主义冲击波"文学，在对过去的痛彻反省和对未来的畅想中，总闪耀着"拨乱反正"的"现实主义品格"。随着西风再渐，更由于知识分子主体精神在长期压抑之后的蓄势勃发，思想的"解放"也就日益溢出意识形态的既定范畴。由于文学始终包含着对"真、善、美"的追求，因而无论是现代派，还是现实主义，无论是"寻根"，还是"新历史主义"，其所追求的深层目标里，总有对"真实"的探索——无

---

① 习近平：《在中国文联十大、中国作协九大开幕式上的讲话》，北京，人民出版社，2016年，第9~10页。

论这"真实"是逻辑的,还是情感的;是理念的,还是事实的;是形式的,还是内容的;是艺术的,还是历史的。思想越是活跃的时代,越是考验个体的视野与判断力。在纷繁复杂的思想潮流中,既有服膺于西方引进理论的跟风派,也有固守旧有意识形态立场的保守派,此外,或许还存在广采博取、融故知新的开明派。这样的一个思想潮流氛围,既聚集着深厚的理性精神,也洋溢着饱满的时代激情。这样的主体素养,十分典型地凝聚在新时期的作家身上。

自古以来,知识分子(士大夫)就是中国社会的一个独特群体,从《大学》的"修身,齐家,治国,平天下"、孟子的"穷则独善其身,达则兼善天下",到范仲淹的"先天下之忧而忧,后天下之乐而乐"、张载的"为天地立心,为生民立命,为往圣继绝学,为万世开太平",再到晚明东林党人的"家事、国事、天下事,事事关心",近代鲁迅的"俯首甘为孺子牛",我们不能不叹服一种承当的精神。在中国历史记载上,这种精神每每在动荡与磨难中益发彰显。同时,"乱世"所激发的献身与自我实现的激情,不仅属于"英雄",也属于知识分子。五四以来,由于西方启蒙精神的影响,"有勇气在一切公共事务上运用理性"(康德语)更成为中国现代知识分子改造国家与民族的精神动力与价值自觉。所以我们可以看到现代中国知识分子精神症候中更为鲜明地体现出两种对立倾向的矛盾统一:"救亡"的紧张所催生的"激情"与"启蒙"的深邃所映照的"理性"。

自20世纪80年代李泽厚先生提出"救亡压倒启蒙"的论点以来,"救亡"与"启蒙"在相当程度上成为80年代以来人文知识的一种"元叙事",广泛影响到关于现代中国的研究。回顾历史,现代中国是在半殖民地半封建社会的这一背景下开始转型的。自1840年第一次鸦片战争以来,中华民族的生存危机空前凸显,仁人志士为此寻找出路。从洋务运动学习西方"器物",到晚清立宪改革学习西方的制度,再到新文化运动学习西方的文化,在探索"救亡"途径的过程中,"启蒙"逐渐进入人们的视野,提上日程。特别是1915年兴起的新文化运动,陈独秀等新文化运动主将力图改造国民性,倡导民主与科学,将"救亡"引向深入。这场运动的领袖人物都不是政治家,而是教授、学者、学生。他们身上一方面体现出中国传统知识分子忧国忧民的情怀、救国救亡的激情;另一方面又吸收了现代思想观念,体现出现代理性。这种激情与理性的融合,成为中国现代知识分子的一种集体性格。

到新时期,改革开放的启动一方面重新激发出"被开除球籍"的紧迫感,而对历史波折的反思又让人不得不"回到五四",重新诉诸启蒙的理性。"现代化"如同弓弦，维持着激情与理性的紧张。20 世纪末，这种紧张仍然无法化解。一方面，市场经济的深入推进带给人们不断的欣喜与豪情；另一方面，这一进程中暴露的问题与矛盾也在引发人们不断深入思索。可以说，"激情"与"理性"仍然是当代知识分子集体无意识中的宿命式矛盾，在很大程度上主导着知识分子的观念与行为。这一矛盾使得知识分子既无法完全挣脱民族传统的影响和民族集体命运的担当，而走向绝对的个人主义；也无法真正忽略历史的巨大惯性和现实的巨大存在，而走向绝对的理性主义（理想主义）。这就决定了他们一以贯之的现代化追求，只能构筑在历史与现实双重基础上。

作为历史思维高度发达的中华民族，在对"现代化"的想象中，历史的讲述与想象同样贯注着时代的精神症候与当代知识分子的种种际遇。从依附主流意识形态到建立主体自觉，激情与理性的迸发和运用都必然经历一个曲折的渐进过程。

实际上，历史题材创作的"求真"之路必然要走上作家主体选择的轨道。重要原因之一就在于主流意识形态在"拨乱反正"策略上的权宜性。就 1981 年通过的《关于建国以来党的若干历史问题的决议》所隐含的倾向性来看，国家领导层，乃至整个社会都一致认为，亟须反思的，是"建国以来"尤其是"文化大革命"十年的失误与偏向；首先展望到的，是"三步走"战略所描绘的美好图景。因此，无论从知识分子个体的情感关注来看，还是意识形态的理性选择来看，新时期文学首先呈现出来的激情与理性，仍然强烈地依赖于主流意识形态的指引。对"文化大革命"的反思、对当下和建设现代化的构想，仍然缺乏真正的主体精神把握。伤痕文学、反思文学、改革文学的出现与发展都是如此。

历史题材小说创作的取材时空不断向后延伸，晚清乃至更早的历史人物、历史事件都在创作中找到了一席之地，这反映出当代作家的主体精神正在逐步舒展。当然，这一舒展是渐进的。新时期之初出现的历史讲述，尽管相比"十七年"煊赫一时的"红色历史叙事"而言，历史视线更为悠远、历史人物的塑造开始挣脱"高大全"模式，但主题提炼仍沿袭着主流意识形态的既有思维模式。《戊戌喋血记》（任光椿）以维新变法的艰难暗指改革不易，《金瓯缺》（徐兴业）力图将民族存亡的危机感转化为奋发向上的民族情感，《大渡魂》（顾汶光）则讴歌了太平天国农民起义的光辉与血泪。这些作品在新时期之初面世，它们都主动运用唯物史观分析与描写历史，积极回应时代共名，试图以客观理性的眼光再现民族的屈辱记忆，从中引申出对民族和现实社会的热忱，与改革文学等题材有类似之处。但相比同时期其他题材的创作，长篇历史小说略显呆滞，人物形象塑造、文化内涵挖掘和叙述立场、艺术手法等都缺乏独立的个性。更重要的是，作家个人情感与思考的表达，仍然受到自觉不自觉的束缚。

在这个意义上，凌力完成了一个颇有意味的转身。其《星星草》着力刻画的正面形象，是以赖文光、张宗禹为代表的捻军领袖，但得到评论界好评的却是作为"反派"的曾国藩、左宗棠等。而后凌力在反思这一问题时，将不足归咎于"长期存在的极左思潮，文艺创作上的'高、大、全'的唯心主义创作观念和方法"所产生的"束缚和框框"。① 随后的《少年天子》，表现出鲜明的作家主体把握的思路。尽管我们可以在福临身上找出"改革"的时代共名，从实际效果来看，我们甚至可以将之视为一部政治改革寓言；但"改革者"的角色，却由一位以往少有人提及、主流意识形态也没有做出明确定位的封建帝王来扮演。不仅如此，这位帝王的内心世界，又与时代所要求的改革者素质有着巨大的偏差：他虽然有着"狮子般的雄心"，却也有着"婴儿般的意志"。② 凌力以女性的敏感，把握和表现出这个生于帝王家独担天命的少年，于弱冠之年，在天性与使命、个体与社稷、情与欲间挣扎的艰苦焦灼。尤其对他和董鄂妃之间的爱情的理解与诠释，塑造出福临在帝王身份之下作为普通"人"的性情倾向、作为孩子被宠坏的任性，可信也动人。

而二月河、唐浩明在八九十年代的历史题材创作，则更表现出作家主体精神的自由。在人放射着无限可能性的生命能量的张力场里，不同方向的力量一直在不断地进行对抗，这些对抗就是人的内心矛盾。心灵冲突自由度越大，可供选择的可能性越多，人物的最终选择的意义当然就更重大，也更能够体现人物的品行。唐浩明笔下的曾国藩就有这样一个张力场。一方面，他坚定地捍卫传统礼教文化，不仅严格以传统礼教"修齐治平"的人格理想塑造自己，而且举起卫道保教的旗帜来对抗太平天国，捍卫清政权；另一方面，他又能敏锐地看到当时中国与西方的差距，积极派出幼童赴美留学，引进西方技术开展洋务运动。他既是力挽狂澜的柱石功臣，又处于重重的矛盾困扰之中。他重杀戮之时，毫无仁义可言；为了不犯欺君之罪，他把自己的亲弟弟逼入空门——即便如此，他还是一直在皇帝的猜疑和排拒中讨生活，呕心沥血，最终不过一枚被利用的棋子而已。纵使他清醒地意识到翻天覆地的巨变在即，儒家规范

---

① 凌力：《从〈星星草〉到〈少年天子〉的创作反思》，见凌力：《多情误——顺治出家之谜》，北京，经济日报出版社，西安，陕西旅游出版社，1998 年。

② 雷达：《历史的人与人的历史——〈少年天子〉沉思录》，《文学评论》1992 年第 1 期。

的束缚还是令他做出恪守名节，以奇崛不世之才，殉昏愦末世之主的选择。作者在曾国藩身上集中地展现了儒家文化的自身矛盾，他内心对笔下人物"挽大厦于将倾"的注定失败的悲剧性历史使命抱有深厚同情，但又深知这结局是人物的性格修养早已决定的命数，所以书写起来既沉重又超脱。这种情感和思想的抒发，已经脱离了此前困扰人们已久的"束缚和框框"。

但这种认真、严谨、积极向上、激情四溢的写作，很快就被冷漠、平静、保持距离的态度取代了——20世纪90年代之后所谓"新历史"、戏说历史逐渐成为一股潮流。历史的真实不再有相对共识的标准，甚至真实本身也不再具有被看重和追求的价值。价值判断滑向虚无主义，社会对历史缺少了敬畏、丧失了追求，历史彻底沦为玩物。如果这种趋势发展下去，伤害的必然不是历史本身——因为历史一直就在那里，不论你怎么打扮它，它的实在状态不容改变——而是那些忘却历史、亵渎历史的人，他们的根被拔起，灵魂无处安顿，必将失去心灵的依归。这就像人类污染了地球，最终伤害的是自己。在这个意义上说，20世纪80年代以来激情与理性交织下的集体无意识，产生出了明清历史题材小说书写的诸多经典，却是不争的事实。他们对历史的敬畏，是我们应当永远坚持的态度。这不仅关乎历史，更关乎我们自身。

二、虚实相生的创作观

历史题材小说中的"虚""实"关系，一直是热点话题。认识历史、表现历史的观念各有不同，所以就有了虚实之间不同的调度——亦真亦幻和虚实相生。我们可以想象，在历史的"实"和文学的"虚"之间有一个极为宽阔的空场，作家们在这空场上的表演，各有倚重，也各有精彩。从虚实处理的角度，20世纪80年代以来中国流行的明清历史题材小说可以归为三类。

一是忠实历史本来面目，遵循历史必然规律和历史的规定性的创作。这些传统现实主义小说的虚构有严格的尺度。比如熊召政就认为历史小说首先必须满足这样三个限定性的条件：典章制度的真实、风俗民情的真实和文化的真实。又如《曾国藩》是唐浩明编辑的《曾国藩全集》的副产品，专业为清史研究的凌力写作清代题材小说，他们都有历史知识的充分储备。这种资源优势，让他们相较于其他人，更容易做到"文皆有据，史必可考"。

历史小说的真实感虽然根本上来自对历史史料的认真考证，但从小说自身的使命而言，还必须有文学的美感，给人以艺术的真实。否则，小说就和历史文献没有区别了。小说家必须充分发挥艺术想象，对故纸堆中凌乱、片断、枯燥的历史进行梳理、重整、加工、润色，特别是要注入自身的情感体验，带着感情去还原历史、呈现历史之美。凌力的历史小说从90年代至今一直拥有众多读者，就与作家的成功"历史心灵化"有很大关系。

作为多民族的国度，多民族的交流、交往和交融一直是中国的重要问题。国家要兴旺，民族要振兴，必须依靠各民族的团结。这在今天是共识，但在曾经民族主义情绪强烈的历史时空中，却只有最开明、最包容也最强健的帝王，才可能抓住这历史的"合力"。《少年天子》中顺治提出的"满汉一家"，就做到了这一点——不仅实现民族交融，而且是自己的民族主动与文明程度较高的汉族交融。他浸润汉文化极深：经史子集莫不历览，一笔丹青造诣甚深；读骚弄诗，抚琴长啸，都足见功夫。从"不思明者未必是忠臣，思明者未必不是忠臣"的惊人之语，也可看到顺治的胸襟眼光。他的治国之策，是使多民族拧成一股绳，为立足未稳的清王朝奠定坚实国基。凌力的历史小说之所以自觉地写出这种祖国统一、民族团结的历史观念，正是基于史实对国家民族发展历史规律的正确认识。这一类小说历史的眉目清晰，虚构只在有限的个人情感领域，也还是与史书记载和历史逻辑相符的。对于历史人物身上呈现的中国早期民主思想、对真挚爱情的追求等这些还缺乏自觉的历史超前性，作者以忠实于历史的态度形象予以表现，并未拔高人物。比如，在对乌云珠的爱慕受挫之后，当福临的放纵被汤若望指责为以此失德去改正彼失德的时候，受基督教影响的福临和汤若望说出心里话："玛法，用你们的诗句说：我是一只夜莺，然而他们却不让我去拜访玫瑰园！……"少年心事当拏云，少年情事皆为真，汤若望从福临的为情所困担心起他作为帝王的未来；而有过令人耳热心醉的青春记忆的母亲，终于了解与支持儿子，帮他设计从弟弟手里残忍地夺去了乌云珠。福临自此心中只有乌云珠，并最终因她辞世而伤情病终。这样的事情在古代汉族皇家史上并非没有，但草原民族的血液中的那种热烈迷茫，在凌力写来格外动人。

第二类是忠实于历史精神的前提下，充分发挥艺术虚构的魅力，展现时代精神的创作。时间中的东西进入当代，有三条定律：知名度越高的人，可虚构的空间越少；距离今天越近的历史，可虚构的空间越少；有争议的历史人物和历史事件，可虚构的空间就更少。而优秀的历史小说家，既能够透过帝王将相的历史角色把握历史精神，又能充分进行虚构，达成历史感、现实感与艺术美感的较好统一。

正如高阳根据历史的逻辑与自己的审美追求，在《慈禧全传》中塑造的慈禧形象。他努力塑造了慈禧的独裁性格，把她从专制女皇还原为一个活生生的人，一个有才干的女人，表现出她为了生存的人性扭曲，而这扭曲又如何对近代中国产生巨大的危害。小说首先用了大量篇幅，围绕安德海被杀、为小皇帝选后这两件事，把母子君臣的微妙关系、围绕权力产生的摩擦不断升级而导致亲情的丧失写得十分真实，读来令人骨寒。慈禧之威在宫廷内外甚至在慈安、同治帝这里如何之慑人，以其奴才安德海的威慑力即可见一斑。因安德海挑拨母子关系，同治恨之入骨而欲除之；加之桂连被逐，一并记总账，必置之死地而后快。但即便立誓要除安德海，小皇帝去找慈安倾诉时，二人却都不敢提及安德海的名字，慈安只是会意地握了一下小皇帝的手，传达理解与支持。这一对名义上地位最高的母子，在慈禧的淫威之下如何委曲求全，可见一斑，何况小皇帝还系慈禧亲生！没有血缘的母子，在相互怜惜的生活里相互取暖；有血缘的母子，却一步步离心。母亲刚愎自用，颐指气使，无所顾忌；儿子则一旦羽翼渐丰，定要睚眦必报，最终背着慈禧，紧锣密鼓请君入瓮，发动宫廷内外势力，除掉了慈禧的"手足"安德海。小说细节安排中将人的心理变化微妙处写得令人信服，其虚构的出发点正是基于历史精神与当代意识的接轨，借历史事件，表达人性关怀，以帝王家事，显人性幽微。从这个意义上说，所有的历史小说都打上了鲜明的时代烙印，它们没有也不会超脱时代。

第三类是根据史料铺陈点染，重构历史。在这里，历史只是一个切入的角度，甚至一个由头，历史之实与文学之虚，已经没有界限，肆意"穿越"，任意"戏说"，可以完全将历史时空和逻辑弃置不顾，表达只为个人的意志或者物质的需求。这种叙事又分为两类，一类是以非主流、非理性、非功利的王小波的创作为代表，另一类就是典型的消费娱乐制作。以王小波的"唐人故事"为例，《红拂夜奔》交缠着两条线索，一条是历史上李靖与红拂女的爱情狂欢，另一条是现实中大学教师王二的灰色人生，形成了错位式的文化时空。跳跃的历史、虚构的历史、反复申述中相互解构的历史，这就是王小波历史小说的历史内容——更有甚者，王小波将一个"建功立业"的故事改造成一个"性爱"故事。正如前文所言，这种想象力可以作为一种试验探索，但如果过度泛滥，必将导致虚无主义，不宜捧得过高。历史需要想象，这能给人以愉悦，但过度的想象也会使言说者自身失去重心。就像吃菜要加盐，但如果过量，也是苦涩难咽的。20 世纪 90 年代至今的"戏说"历史题材，充斥的是稗官野史、逸闻趣事、民间传说、街谈巷议的风月与艳情……历史在世俗化、通俗化、娱乐化中消解了严肃与神圣，同时对人欲的表现尺度越来越大，以至偏离了严肃文学发掘丰富人性的轨道，以庸俗甚至低级内容取悦大众。网络穿越历史小说更是虚拟的历史，虚构的历史。穿越可以达到以个人身份对历史进行"仿真性"演绎，所谓想象已经成为病态的幻觉。比如，《梦回大清》的主人公小薇在故宫迷路，穿越到清朝，与阿哥贝勒发生了现代风格的爱情故事。无论何种类型，穿越小说都通过对历史的当代化，满足主体的窥视欲和"僭越"所造成的生理兴奋，成为赤裸裸的历史解构的狂欢。但是，历史小说因为题材的原因，注定与历史文化有着难以切割的精神关联。与历史精神相悖的书写，是一种不负责的态度。将历史与现实在意义链条上的完整性割断的消费娱乐制作，不仅不尊重实的历史依据，甚至连虚的历史形态都没有，注定只能是无本之木、无源之水。

三、雅俗辩证法与作家的美学定位

"雅"与"俗"，是一对颇具中国特色的矛盾范畴，它们至少牵涉审美情趣、价值取向、文化身份意识等问题。雅与俗，既是个人的趣味选择，又受到社会惯例的制约，还随着时代而变迁。所谓"雅文学"与"俗文学"，实际上是一个不对称的概念。在传统社会，"文学"就意味着高尚的情操、深刻的内容与精美的形式；而对"俗文学"做出专门强调，似乎带有"另类"的意思。无怪乎新文学的闯将们一定要大声疾呼"平民的文学"并且强烈主张白话文为文学语言的正宗。

新文学就是以为大众争取文学权利的姿态出现的。为了拆毁古典文学的偶像地位，它必须肯定现世大多数人的合法性。因此"世俗"精神得以高扬，并几乎成为新的时代偶像，而关于世俗生活的文学又成为新文学的正宗。但客观上，作为一种话语，文学的发展格局也纠缠着权力关系的演变。在新文学以西式现代理念和欧化的白话文夺取文学正宗地位的同时，它也必须为自己树立一个"他者"：在古典文学的神像坍塌之后，这个角色就需要由俗文学来扮演。尽管俗文学在大众之中具有广泛的市场，但新文学的主将们仍然打着为"大众"的旗号，对"鸳鸯蝴蝶派""铁幕派"等文学类型进行口诛笔伐，哪怕他们"感情上被它打动过，理智上认定它低人一等"，因此"暗里读得津津有味，明里却不愿津津乐道"①。继

---

① 　范伯群：《鸳鸯蝴蝶——〈礼拜六〉派作品选》，北京，人民文学出版社，1991 年，第 17 页。

而"革命"同样以大众之名，对长期流传于民间的传统文学乃至文艺样式如评书、鼓词、戏曲甚至木刻、剪纸、年画进行改造。而在 20 世纪之末，文化产业繁荣昌盛，再次将"大众文化"作为捞取丰厚利润的上选。所以说，自从社会组织走向成熟，"大众"作为获取话语权力所必须掌握的资源，就一直是各种意识形态角逐的目标，其文学形式也未能超然其外。

在这一次次的角逐中，尽管各种势力都在争取"大众"，它们却往往避免以"俗"的面貌出现。即便为了做出姿态放低身段，也要坚守"雅俗共赏"的"底线"。所以"庸俗"和"通俗"的分野，往往由文化的"驯服"程度而定，"通俗"只是形式问题或深度问题，但在主旨上是符合要求的，而"庸俗"则是方向问题和本质问题，是必须加以抨击和抛弃的。所以"通俗"可以与"高雅"进行沟通（雅俗共赏），"庸俗"则是一个人人唾弃的假想敌。

但在文化市场化的 20 世纪之末，人们似乎忽然不再耻于谈"俗"。作家大大方方地说自己"就是一个码字的"。既然《金瓶梅》也可以成为"传统文化"的经典，那么《废都》又有什么理由不能作为"纯文学"热销呢？在这一点上，人们空前地心照不宣。雅与俗中间薄薄的一层纸，在后现代的浪潮中飘摇不已，却又安然无恙。所以当有人对"粉饰太平、歌颂皇权"的《康熙王朝》《雍正王朝》拍案而起时，面对《还珠格格》中"你是风儿我是沙"蹦蹦跳跳的小燕子和阿哥们，他们在不屑一顾的冷峻与端庄之外，往往流露出无能为力的失落。急剧变化的文化市场，急剧变化的大众口味，的确让我们对"雅"与"俗"，对社会文化的格局更难以把握。正因如此，我们更应以耐心和包容的态度，对作家的创作进行更加细致的解读，对社会文化的格局做出更加全面深入的把握。

文学创作的决定性因素在于作家，作家的创作根本上源于生活。从写作的具体过程而言，作家所汲取的文学营养和素材，在很大程度上影响到其作品的美学风貌。从新时期明清历史题材小说作者们的"出身"来看，带有较明显的"非主流性"。所谓"主流"，即新时期以来占据文学发展方向选择权、阐释权的作家及评论和研究者。尤其是从"寻根"文学开始，当代文学创作的实验性、前卫性日益明显。这种"实验"和"前卫"，在一定意义上表现为对主流意识形态话语和大众消费文化的疏离，从而有意识地向西方现代派、后现代理论和创作实践寻找借镜的样本和创新的资源。所以不难发现韩少功、阿城与马尔克斯，余华、残雪与卡夫卡等中外作家之间的"映射"关系。在"西风再渐"的 20 世纪 80 年代，他们很容易在知识界形成合力并赢得"出位"机会，而坚守传统创作路数的作家则往往很难"抢眼"。这种话语资源的选择决定了话语权力的分配。因而在"主流"与"非主流"之间往往难以产生对话与共鸣。

这些明清历史题材小说的作者无疑属于"非主流"。不仅二月河、唐浩明属于半路"杀"进文学圈的"程咬金",即便曾分别凭《请举起森林般的手,制止!》和《星星草》在文学界崭露头角的熊召政和凌力,其声誉基本上仅限于 20 世纪 80 年代之初,而在 80 年代中期的"方法年""观念年"并未见到他们的活跃身影。这决定了他们的写作不可能具有文学弄潮儿的新锐。具体考证这些作家的文学修养,也基本上来自中国传统文学典籍(最重要的是《红楼梦》)和西方古典主义、现实主义经典作家(如托尔斯泰、高尔基、雨果、巴尔扎克);他们在古典文学方面的修养也具有较高水平,如二月河作品中的不少诗词即出自己手,熊召政也是从小就练就了诗词创作的"童子功"①。所以他们的这种创作,总体上可以说是"守成"的。

"通俗"的印象,或许还源自作家们自己的定位。由于价值观念上更加倾向于大众意识形态和主流意识形态,他们普遍较为缺乏追求"形式"的动力。所以尽管他们的作品凝聚了深邃的理性思考,蕴含着厚重的文化内涵,展现出宏阔的历史场景,洋溢着灵动的思想情感,但他们仍然更多以"面向读者大众"的姿态示人。这当然不是"矫情",而是其自身气质使然。尤其在八九十年代以来大众消费文化日益强大的背景下,他们对大众的倾心认同就显得更加理直气壮。所以有了称读者为"上帝"并要"买通"的表白,而面对批评家则"多少有了腹诽的心思:你自家尚且'昏昏',叫我如何'昭昭'"。② 因为后者"固然鉴别得我用材的虚实,钻研得诗词的真伪,挑剔得取舍的当否,可惜的是书的命运在读者掌握"③。

但在一个急速变迁的时代,任何固守都只能意味着被淘汰。我们看到,这批明清历史题材小说的作家立足于传统文学与文化资源,立足于大众化的审美风格,并在此基础上努力吸收当代文学与文化的表现手法,

---

① 参见以下文章:凌力:《路漫漫其修远兮》,《文学评论》1992 年第 1 期;《二月河告诉你:我的读书生活》,见冯兴阁、梁桦、刘文平:《聚焦"皇帝作家"二月河》,广州,广东人民出版社,2003 年;李从云、熊召政:《寻找文化的大气象——熊召政访谈录》,《小说评论》2006 年第 1 期。这些作家的文史功底,或来自家学,或来自自学,而很少见到科班的印记。

② 二月河:《与鲁枢元先生的通信》,见《二月河作品自选集》,郑州,河南文艺出版社,1999 年。

③ 二月河:《〈康熙大帝〉自序》,见《二月河作品自选集》,郑州,河南文艺出版社,1999 年。

实现了对传统历史演义的积极超越，也在某种意义上达到了"雅"与"俗"的融合。

和纯文学的价值观由作者主导不同，大众化的历史通俗文学的审美趣味更多由其读者——特定时代的大众决定。《三国演义》中的关羽形象、《水浒传》中的宋江形象，背后都与中国历史悠久的"忠义"观念相呼应。但过分向俗会牵制作家的创作创新，使得他们缺乏俯瞰历史的气魄和独立不倚的批判精神。在雅俗间的平衡把握与尺度拿捏方面，二月河、凌力、高阳的尝试都给我们很多启示。比如二月河，他从文体上选择了易于读者接受、故事连贯便于阅读的章回体结构形式，对康雍乾三朝的描绘从帝王将相如何经国治世的高谈阔论，到鸿儒运筹帷幄、决胜千里，再到具体饮食服饰、典章文化、礼仪制度、勾栏瓦肆、江湖大盗，无疑增加了阅读的趣味性。作品中的故事环环相扣、彼此勾连，集言情、武打、公案等于一身，深深切中了中国大众的关注点、兴奋点，舆论大热、市场大卖就是必然结果了。

第二节　对史实的倚重

一、对历史的切入与"求真"

这些作家切入历史题材创作，一方面在于对文学的理想和兴趣，另一方面则在于"观今宜鉴古，无古不成今"的现实诉求。他们对历史的思考，始终着眼于现实的需要。唐浩明谈到自己的创作时说："曾国藩、杨度、张之洞都生活在社会大变革的特殊年代。其时内忧外患，危难重重，他们本身也深具影响力，都在深刻思考国家和民族的命运，并且试图改变这命运。……我选择的历史背景和我们现在的历史背景也有某些相近——'洋务运动'本身也是试图使中国与世界接轨，其中心目的是富国强民，与当今的改革开放也有类似之处。"①

从借古鉴今的初衷出发，这批作家历史题材创作的切入时代都集中在明清时期，尤其是有清一代，这当然不是巧合。短短两个多世纪中，既有清初开国的艰难与坚持，也有康雍乾三代盛世中国封建社会的"回光返照、所谓'最后的辉煌'"②，还有"与中国现代社会关联最大"的晚清，

---

① 唐浩明：《打开尘封〈张之洞〉》，《中国青年报》，2001-12-12。
② 二月河：《新年杂想及雍正》，见《二月河作品自选集》，郑州，河南文艺出版社，1999年。

所有这些，都"值得思想家去思索，历史学家去总结，小说家去表现，老百姓去回顾"①。同时，这段历史也是当下人们历史记忆中除了新中国历史之外最为刻骨铭心的一段鲜活而隽永的记忆。在中国社会由古代向近代转型的最为剧烈的阵痛中，一系列新问题被提出，构成整个20世纪乃至21世纪我们仍需要面对的诸多课题。而明代则是在平静的表面之下，发生着急剧的社会结构变革，资本主义的萌芽在这一时期产生，却终究未能推动中国走上现代化道路，其中的曲折教训，至今发人深省。朱东润在抗日战争时期写作《张居正大传》时说，他想从历史的陈迹里，看出是不是可以从国家衰亡的边缘找到一条重新振作的道路。应该说，他的出发点与半个多世纪之后的熊召政是相通的。

但长久以来，这段历史成了我们讳莫如深的过去，这种讳莫如深并非遗忘，而恰恰是一元单一视角造成的对这段历史的政治功利性书写，以致历史深层的诸多因素被搁置，甚至被忽略。拨去这段历史上空的层层迷雾，对于民族历史的反思是极其必要的。这样的工作还必须由那些既富于中国传统史家秉笔直书、还原历史本真的激情，又富于现代知识分子启蒙与反思理性的人来完成，才可能避免重新走上当代文学历史上意识形态主导历史叙事的老路。

之所以选择帝王将相，很大程度上出于他们身上所代表的意识形态。传统观念将其视为天下共主，人中之杰；革命者将其视为推翻的对象；启蒙者将其视为封建奴性根源。这些在以往意识形态中带有鲜明"封建主义"标签的人物，自新中国成立之后，除了在极少数历史题材爱国主义影片中，作为抵抗外族侵略的民族英雄给以正面表现（如电影《虎门销烟》中的林则徐，但其作为封建大臣的文化人格已被清除殆尽）之外，几乎没有在小说创作乃至整个文艺创作中享受过"主人公"的"待遇"。在八九十年代之交，尽管思想解放已经深入人心，但对他们的浓墨重写，仍是冲破"禁区"的表现。比如唐浩明笔下的曾国藩就极富争议。对此唐浩明强调说，做出这样的选择，"主要的原因是我喜欢文学，有志做点文学事业"②。

但这恐怕不是单纯的文学爱好所能承担的了。从深层次来看，这些作家笔下的帝王将相有着共通之处：在风云激荡的历史中，他们的才情与抱负、生命与能量，都在时代大潮中充分地展露；他们身上也贯穿着

---

① 尚晓岚：《唐浩明：曾国藩之后走进张之洞》，《北京青年报》，2001-08-13。
② 唐浩明：《我写〈曾国藩〉》，《战略与管理》1994年第3期。

历史时代的悲剧与个人命运的悲剧，故而当代知识分子的激情在他们身上找到了共鸣与升华；而他们的际遇与悲剧轨迹，又恰可以通过当代知识分子的理性去进行深入探究。此外，他们身上所映照出来的传统文化的命运也具有丰富的思索与观照价值，对于当代知识分子思考现代化具有极大的关联性和借鉴价值。所以在精心营构历史的具体场景、追索历史事件的来龙去脉之外，他们无不以饱满的笔墨，极力抒写历史图景中人的情感与命运，并在塑造丰满的艺术形象基础上，挖掘知识分子的心路历程与命运轨迹，反思历史运行的总体脉络。作者们既不愿对主流意识形态做出简单比附，在历史讲述中图解现实政治话语；又不愿按照当时流行的"新历史主义"思路对历史进行轻松酣畅的解构，把历史转化为叙事操作的一种凭借，标榜历史的虚无，将历史本身退化为故事叙述可有可无的背景。离开了"革命"和"启蒙"，他们剩下的选择就只有依靠植根于知识分子集体无意识深处的激情与理性来实现对历史的"还原"。因此他们的历史探索呈现出"紧贴地面的飞翔"姿态。对于历史本相的探求，要通过创作主体自身尽可能地重返历史现场，通过对正史典籍、野史记录的全方位考察，经过独立而沉重的思考而达成。因此对于"历史真实与艺术真实"这一问题，他们的回应显得厚重："虚构的事，虽不曾在历史上发生过，但却是有可能发生的，也就是说，将虚构的成分置于整个小说的历史氛围中是浑然一体的，令人可信的。"①而"反映在创作中，就是普遍采用建立在深入历史研究基础上的那种史传式的客观写实和理性把握的宏观叙事"，并"切近历史的本色，实现最大限度的历史还原"②。这样的一种姿态并没有什么新意，只不过在社会观念急速变革、理论工具的选择极大丰富，并且按照现成理论进行创作相对轻松的创作氛围中，这种近乎"原始"的写作姿态显得令人感佩。

　　其实回顾整个 20 世纪中国新文学的演进，求真尚实的现实主义始终占据主流位置（尽管有各种各样的流派或口号，但现实主义早在 20 世纪 30 年代便取得了文学方法的领导地位却是毋庸置疑的）。从外部看，这是中国近现代至今社会变革的要求与反映；从内部看，则是中国作家还原历史、服务现实的激情和理性综合作用的结果。历史真实是作家历史理性的开掘，艺术真实则是作家主体情愫在历史面前的焕发。对于明清历史题材小说创作而言，"真实"既是历史的也是艺术的，

---

① 唐浩明：《我写〈曾国藩〉》，《战略与管理》1994 年第 3 期。
② 吴秀明：《当代历史小说中的明清叙事》，《文学评论》2002 年第 4 期。

对于任何一个叙事单元都是如此。在艺术真实与历史真实的背后，是创作主体的内在情愫——理性和激情的互动。因此，我们不难理解这些作家在创作"投入"和"产出"上的厚积薄发。以二月河、唐浩明、凌力、熊召政为例，在长达二十余年的创作中，他们总共所出的作品不过十余部三十来卷两千余万字。相比其他题材的作家，他们的创作远远谈不上高效，更谈不上轻松。二月河三部十三卷五百余万字的作品的创作，历时十三年；《张居正》从构思到完稿历时十年；《曾国藩》从构思到完稿历时九年，《杨度》《张之洞》的写作也长达五年。唐浩明自己这样描述十几年来的生活："白天清理僵冷枯燥的前代卷宗，晚上和脑海中那个有血有肉的曾国藩作心灵上的沟通。""十五年来，除了我在岳麓书社的编辑工作以外，我几乎将全部的时间都用在写作上，但也仅仅写了三部历史小说，每写一部都要耗费五年多的时间。"①在写作《曾国藩》之前，他已发表十万字的相关研究论文。正是由于这种对历史的"敬畏"感，他们的艺术创作才能"随心所欲而不逾矩"②。尽管这些作品中几乎所有细节都来自虚构，但却给人一种真实朴素之感。在"戏说"历史、"歪批"历史成风的风气下，这种真正"严肃的历史小说"、知识分子的写作便显出其独特的价值。

二、作为知识分子的历史沉思者

面对转型时期产生的多样和复杂的问题与矛盾，20 世纪 80 年代到90 年代的明清历史题材小说作家反思历史、反思现实，也反思自身。他们希望通过反省历史来认识现实、展望未来。他们在反思现实中，认同在政治稳定的条件下渐进的现代化改革。他们通过自身的反思甚至解剖，看到改造国民性中的偏执、狭隘和教条化，发展理性精神的重要。这些都是他们以艺术的方式表现出来的思考。他们赞同思维方式的规范化、严格化，对知识分子浮躁、亢奋与激进浪漫的心态有过相当的反省。他们关注国家政治的同时，对人文主义理念也相当执着。《曾国藩》《张居正》《倾城倾国》三部小说，都以国之栋梁为主人公。这些古代的贤能之辈，或者以刚健有为、自强不息的精神投身社稷大业，匡扶时政；或者以心忧天下、匡时济世的精神影响帝王基业，施惠社稷民生。

---

① 唐浩明：《我写〈曾国藩〉》，《战略与管理》1994 年第 3 期。
② 凌力：《天子—孙子—孩子：有关〈暮鼓晨钟〉创作的思考》，《当代作家评论》1994 年第 1 期。

在这里，有必要对中国知识分子的分类和谱系做一下梳理。

"知识分子"这一概念出现于西方 19 世纪后期，指受过相当教育，关注社会、政治、文化思想，因对现行独裁体制和社会落后不满而具有强烈的社会疏离感、批判精神特别是道德批判意识的社会群体。社会批判、社会关怀因此成为他们的共同特征。葛兰西强调知识分子的社会职能，并以所承担的社会职能区分出传统知识分子与有机知识分子。在他看来，无论体现历史的连续性的传统知识分子还是体现历史阶段性、行使技术职能的有机知识分子，作为上层建筑的"职能者"，他们都会通过传播所属阶级的世界观，使本阶级的意识形态内化为人民大众的普遍观念，引导人民大众的价值选择。同时，"作为民族精神文化的综合者、表述者、传播者、延续者"①，知识分子理所当然地负有创造民族文化并且提炼出其价值核心的职能与使命。因而，他们自身的强健就尤为重要。

尽管"知识分子"作为一个完整概念在中国的出现是近代以来的事情，但中国的知识分子传统源远流长。"士"是中国古代知识分子的传统称谓。传统中国道统与政统一体化，"士大夫"是文化的承载者、传播者，也是传统文官阶层的基本来源和皇权政治的重要支柱。所以，中国士大夫讲究被德怀义，仁厚忠恕，同时又将个体的荣辱穷通与社会的兴衰治乱关联，以修身、齐家、治国、平天下为现实目标，并依此建构出重个人德行和"士志于道"的人格理想，形成尊君从势心理。清末民初，废除科举、派驻留学等社会政治、经济、文化思想的深刻变化带来中国知识分子的转型，一大批具有资产阶级政治思想、积极投身于社会变革实践的新型知识分子出现。"清末一代"以人格尊严、民族尊严、学问尊严为立身治学、立国处世之本，从道德关怀、社会关怀、知识关怀层面展示了对精神价值的追求。五四之后，个人观念的崛起在意志和理性上强化了知识分子的个体意识，他们在怀疑和思索中觉醒、成长。在五四时代背景下，进入新闻报刊、文化出版和教育领域，在这些"公共空间"里开启了现代中国先进知识分子"铁肩担道义，妙手著文章"的进程。资产阶级革命派知识分子中分化出激进民主主义者，如陈独秀、李大钊、鲁迅等人，后来则进一步产生出现代革命知识分子，投身争取自由和民

---

① 摩罗：《由从势者到求道者的位移——20 世纪中国知识分子的精神历程》，《文艺争鸣》1996 年第 6 期。

主的政治运动。人民民主专政政权在建立之前，就已经借用了列宁主义把知识分子定义为介于资产阶级和工人阶级这两个敌对阶级之间、由脑力劳动者所组成的社会阶层的观点，把知识分子视为同人民大众相对的一个带有资产阶级思想印痕、需要改造自身融入社会的对象。五四以来知识分子确立起来的"主体"地位，于无形间转化为了革命主体的"他者"。中华人民共和国成立后，一系列的思想改造运动，通过对知识分子的界定、分类、惩戒和规训，更是一步步达到了让知识分子改过自新的目的。直到新时期思想解放运动和社会转型，改写了知识分子与权力场域的关系——这正是我们所探讨的这批帝王将相历史小说先后问世的历史时段。

80 年代，随着改革开放进程，高考政策的恢复，"科学是第一生产力"等口号的提出，知识分子的地位得以恢复，成为"工人阶级的一部分"（社会主义中国的领导阶级），又随着社会主义市场经济的建立和社会格局的变动，成为更加自由的社会活跃力量。特别是一批人文社会科学领域的知识分子，在社会生活和文化中的发言权日益增大，参与日益增多。在"西风再渐"的背景下，长期与外部世界隔离的中国知识分子们或许来不及对外来文化、思想、理念进行理性的仔细分辨，一股脑地全盘接受西方理念和文化的情况比较多，在对现实的批判与思考中缺失了耐心与独立主体性，因而其批判、思考往往显得过于"超前"。由于过于急切地对标西方，不免对现实发出太多失望的"牢骚"。法国思想家在 20 世纪 70 年代的"知识分子死亡了"之叹，近乎宿命式地在 20 世纪 90 年代的中国知识分子中得到回响，从这个角度理解当时的人文精神大讨论，我们便可窥见其激情背后隐隐露出的急切与偏颇。在自己的理想（实际上不少是借鉴和"拿来"西方的思想文化资源）没有得到现实满足之后，一部分知识分子彻底放逐自己，走向市场。其中杂糅着知识分子的主体性思考、对历史文化的反思，以及对社会大众想象与审美趣味的迎合。或者可以这样说，80 年代以来的明清历史题材小说创作，折射了知识分子的民族之思与时代之思。

《曾国藩》将曾国藩如何赚得封侯拜相与权术、风水、命相之说结合，一一道来，显示出历史耻辱柱上的曾氏作为晚清重臣曾经的"显赫"：因反人道的杀戮被称为"曾剃头"，其实也是"霹雳手段""乱世重典"；因镇压太平天国和处理天津教案成为史书中的"汉奸、刽子手"，皆因臣子使命使然。历史上的反面人物，一个天资平平的"中人"，如何以只手扶大厦于将倾，让一个萎靡涣散的王朝又延续了半个世纪，最终做到了传统知识分子"立功、立言、立德"的最高理想境界。曾国藩的身上那些传统杰出人物的刻苦和执着，脚踏实地，自胜胜人，践行迤逦数千年的天人之道、伦常之理的现实主义与理想主义结合的精神气质，与现实的国家民族振兴主题是相关联的。在对中国传统文化的儒、释、道三家进行研究、分析，尤其是在明确了帝王小说兴盛是中国知识分子与民众都对皇权充满崇拜的结果之后，熊召政还是决意创作《张居正》，这同样源于作者济世救时的热情与知识分子的担当。张居正于明王朝由兴转衰，朝廷昏庸、权奸当道、宦官弄权、赋税沉重，而国库日渐空虚之际，实行万历新政，通过胡椒苏木折俸减轻国库压力、子粒田征税增加国库收入、整顿学校肃清思想，这都是切实的业绩。作为明代中后期的一位有作为的首辅，其忧国忧民情怀、经国济世之才、践行改革勇于担当的胆识，其前其后的宰辅无人堪比。中国新时期的改革开放急需"治世能臣"，就如张居正所说：要循吏而非清流。熊召政是在把握张居正这一历史人物的过程中理解了历史，也是在用文学的方式担当"为民族思考的责任"。

《倾城倾国》的时代坐标为明朝崇祯帝时期，当时，外有后金政权的崛起和对中原政权的虎视眈眈，内有朝政被宦官把持，文臣不用命，武官不出力的情况，百姓生活处于水深火热之中，政权摇摇欲坠。儒将孙元化在这一大环境之下，以天下兴亡为己任，筑台制炮，竭力抗击后金。但这一切努力，却难敌崇祯皇帝的猜忌狐疑，朝廷内部的掣肘。孙元化抗金之业未竟，却被崇祯处死。这与宋朝的岳飞命运何其相似。小说深刻揭示了明王朝"黄钟尽毁、瓦釜雷鸣"的败亡结局之不可改变，和处于上升时期的清王朝取而代之的历史必然。强健的精神是国家民族所需，而站在民族精神前沿，率领风气，对一个社会的风俗和精神产生重大的影响同样重要，这也是明清历史题材小说重要的表现内容。孙元化以现代军事技术报效国家，又因相信基督教"补益王化，左右儒术，救正佛法"，将其作为自己的信仰。两事均与西学东渐相关，明末社会对新思想、新观念的渴求，已见一斑。

第三节　虚构的力量

一、对历史的评价与"务实"

钱穆曾说，一个民族对自己的历史必须有温情，这个民族才有希望。在激情与理性的驱使下，明清历史题材小说的作者们不可能对历史的风云激荡、历史中人物命运的坎坷曲折无动于衷，而进行所谓"零度写作"。他们必须确立自己的评判标准，对历史进行反思。这个评判标准，由于作家对"革命"和"启蒙"的自我放逐，而最终落实到"务实"上面。换言之，这个"务实"在很大意义上正是对"革命"和"启蒙"的双重反拨。

二月河为雍正辩解时，列举了一系列事实数据："我在图书馆见到的《雍正朱批谕旨》，线装平装足有半米厚。再看资料，这只是一少半……十三年，千余万言的政务批语，康熙、唐太宗上溯到秦始皇这些勤政君主，没一个比得上他的。就是我们这些书生，谁又有过这么大的文字劳作？他'荒淫'的印象就此土崩瓦解。再看他政绩：康熙晚年库中存银七百万两，十三年间骤增到五千万，这是'振数百年之颓风'，刷新吏治的功效，整治贪官污吏赃银入库，不但给乾隆的'十全武功''极盛之世'垫下了家底子，也留下了一个不错的吏治环境。"①而二月河在通过克服困境、埋头苦干的事实讲述，塑造勤政务实的帝王将相正面形象的同时，也传达着一个强烈的讯息："不以道德论英雄，应为苍生谋福祉。"②因此即便主人公有这样那样的道德缺陷（主要是个人品行方面的私德），作者也不改其赞誉褒扬。熊召政说得很明白："道德关乎个人，而事功关乎社稷，孰重孰轻，自有定论。清流们认为，道德与事功应该是统一的，这只是一个善良的愿望。事实上，这两者之间没有必然联系，有时它们甚至水火不容。"③而且，这务实所体现的，是和以往革命历史小说中主人公的踏实苦干并不一样的品格。

总体来看，由于将叙述的焦点定位于帝王将相——现实秩序的主导者，因而这些小说所表现的，不是统治阶级与被统治阶级的革命斗争，而是"统治者"为主导的国家治理与集团内部的政治斗争。因此不难发现，作品中主人公行为模式的总体倾向是由"革命型""颠覆性"向"改革型""建设性"的转换。姚雪垠笔下的李自成，属于"被压迫阶级"的代表，他所要做的，是从根本制度上推翻现政权，从而对社会结构完成革命型的重构。李自成形象之所以高大，乃是由于在"砸碎万恶的旧世界"方面所表现出的坚定、勇气和智慧。"革命者"必须破坏既有秩序，必须重造历史。但"改革者"的最高准则是维护和完善现有秩序，从而延续历史。他们往往在危难关头挺身而出，以大中至正的姿态，拯救黎民社稷。因此革命者

---

① 二月河：《新年杂想及雍正》，见《二月河作品自选集》，郑州，河南文艺出版社，1999 年。

② 熊召政：《闲话历史真实》，《理论与创作》2004 年第 1 期。

③ 周百义、熊召政：《关于历史小说〈张居正〉的对话》，《出版科学》2002 年第 2 期。

的主要行动在于攻击、颠覆，而改革者的主要任务是还击、建设。所以他们笔下的帝王将相，往往以精明务实的形象出场。他们每天必须应对的，是无休止的分裂、叛乱、自然灾害、国库亏空、吏治败坏、民生危殆，他们的应对之道，当然不能是通过天下大乱达到天下大治的思维，而应是首先承认现实的合法与合理，以自己和同时代人的努力，承当"历史原因"所造成的困境和危难，以建设者的积极心态，不计繁复勉力为之。因此在这些文本中，以往革命历史小说中集中笔墨所渲染的阶级斗争、阶级矛盾（比如民间起义、地方叛乱）被弱化到可以调控的范围之内，而将叙述的中心定位于"建设"的实务——不仅是传统的历史演义小说热衷的权谋争斗和宫闱内幕，还有更具时代色彩的"经济"情节。下面的文字，无疑受到了当时"经营城市"或者"炒作"的启发：

> 皇上来巡，看似县里花钱铺张了些，奴才仔细思量，单凭修这条路，没有皇上来，仪征就得穷十年！……修这座行宫，还有驿馆、接官亭、接驾亭，平日努出吃奶的劲也不成，一下子就都有了。……事过之后，行宫改成学官，学官我也有了，腾出修学官银子，孔庙我也修起。修起的这条路，有人说奴才虚耗钱粮，其实他们根本不懂，五十里铺每年要烂掉十万亩桑叶，运出去就是银子，银子换织机，一下子这里就变成金窝儿！这还是一笔小账。往大里算，三棵槐抱迎春，皇上、太后老佛爷、娘娘都来看了，这是多大的声名！过后谁不要来看？陕西的、山西的大财东都瞧准了这是风水宝地，住着人等着买地造宅子，地价已经涨到两千两一亩还在涨！更甭说往后各处到南京观光做生意的阔主儿来观光圣迹，钱就会淌河般地往我仪征流！①

与对"务实"的强调或许相关的是，作品普遍对坐而论道的"空谈"流露出一种矛盾态度。即便是书卷气十分浓厚的唐浩明的历史小说创作，其中知识分子形象也值得玩味。以《张之洞》为例，主人公的成败，在主观因素上正是由务实主义与理想主义的一念之差而决定的。张之洞本是清流，激扬文字慷慨陈词本也不逊于人。但他个人成就、地位的取得，却是从与清流集团分道扬镳，赴任地方官开始的。也正是在面对地方现实之后，他的认识开始了转变。他的成功，正赖于务实进取，抛开名教

---

① 二月河：《乾隆皇帝·天步艰难》，武汉，长江文艺出版社，2001年。

之分，兴办洋务，以实业救国。他提出的"中学为体，西学为用"，实际上是对清流"立国之道，尚礼义不尚权谋；根本之图，在人心不在技艺"教条主义的迂回。而他的失败，却是由于文人本性不谙实务好大喜功而一味脱离实际导致的恶果。同样具有讽刺意味的是，作品安排了一位清流文人张佩纶，在声讨崇厚卖国行为时妙语连珠大出风头的他，一旦身临战场，却免不了临阵脱逃。

这当然不排除湖湘文化"经世致用"学风的影响，但浸淫着深厚中原文化的二月河的作品中，广为知识界所诟病的康雍乾时期"文字狱"竟丝毫没有提及，反而在《康熙大帝》中，以曾因戴名世《南山集》获罪的方苞被"不计前嫌"简拔任用这一情节，说明康熙对待士人的"宽大为怀"。总体上，作品中士大夫文人的身份和命运也颇为尴尬：在掌握实际权力的帝王将相面前，他们的地位永远只能是附属和服从，而所发挥的作用也只能是提出建议而供帝王将相选择。对文人墨客的描写，都只表现他们服务、附属于帝王将相而为之出谋划策、粉饰文章的方面，而至于他们的个人生活、内心都尽量从略。辅佐康熙、雍正而立下大功的伍次友、邬思道，都不是实有其人的良臣谋士。如果说，这样的虚构尚不足以暗示作者下意识里对现实中士大夫文人的不满意、认为他们无法当此重任，那么作者对这些意气风发的文人命运的安排，至少可以折射出作家对知识分子命运的担忧：帝师伍次友命运蹭蹬，与苏麻喇姑、云娘暗生情愫却有缘无分，最终郁郁而终；才高八斗的高士奇长期被当作康熙的东方朔而不得真正重用；一代儒将周培公也是为情所困，英年早逝；帮助雍正夺位的幕后推手邬思道身体残废，归隐林泉后仍受监视；才貌双全的刘墨林也只能饮恨而终……即便在作品中出现了曹雪芹、孔尚任等真实文人形象，这些形象也只在主要情节的缝隙中若隐若现，并且缺乏"血性"和人格魅力（至少可以说，这些文人身上并没有寄寓任何"启蒙"的个性主义理想），也从未对小说的整体叙事起到任何推动作用。而总体观之，虽然他们的才华是如此超流拔俗，但命运却总是跟他们开玩笑：自古文人多薄命！

或许并非偶然的是，20 世纪 90 年代以来，知识分子形象也在经历着一次改写。尤其在大众文化中，知识分子不再以启蒙者的形象出场，而是退守到社会的边缘角落。从《废都》里知识分子绝望的堕落，到《顽主》系列中对知识分子极尽辛辣的调侃与嘲讽，它们与这批作品中所呈现的知识分子形象一起，共同构成了当代人们不得不面对的一个现实。

二、作为小说家的叙述者

对小说家而言，他主要关心故事的可读性、意义传达的明确性与读者的接受程度。历史题材、帝王将相故事，一旦进入小说家的素材库，就会在实用主义原则下被选择使用，当然是根据现在的兴趣和需要。但是，小说家的初衷，和小说的历史作用与命运常常发生错位。当代作家对现实的关切，自然而然地在历史题材小说创作上体现出强烈的以古注今、借古喻今的心态，甚至忽视了对历史的尊重。比如，姚雪垠在《李自成》的创作中，按照农民革命领袖的概念来塑造李自成和高夫人形象，带上了过于明显的脱离历史的现实印记。《张居正》的作者明确提出"写什么"对小说的创作尤其重要，他认为明代的国家体制对后世影响非常之大，故而以"知识分子的道德良心"，立志要将比商鞅、王安石的改革要成功得多的"万历新政"写好。《张居正》获得茅盾文学奖，可以看作是对作家充分的准备和激情的投入的回报；可是，这部作品改编的电视剧，最终并没有如作家所愿地出现在中央电视台的荧屏上。究其原因，小说虽突出了张居正于内外交困之际，大胆改革的强烈的报国心和超人魄力，与时代所需的精神契合，但是，立功为先、工于权谋，都是有争议的范畴。而北京、东方、浙江卫视播出后，对张居正形象所做的妥协化、正面化处理，观众那里又不买账，作家也难逃弄巧成拙的尴尬处境。

小说家的笔下写的什么很重要，怎么写同样重要。凌力以女性特有的柔情审视着充满血腥杀戮与残酷压迫的历史，细腻的细节描写、儿童的视角、逐渐明晰的女权主义立场，都是她面对大历史开拓出的诗性理想。这足以使她的作品曲折动人，并区别于其他帝王将相历史小说的风格与品味。由政治而至文化视角的拓展，凌力又开风气之先：《星星草》中，曾国藩这一历史人物在当代文学中被第一次赋予"体态修硕""气宇凝重"的名臣气度和"道学大师"的复杂精神世界。"百年辉煌"三部曲（《倾城倾国》《少年天子》《暮鼓晨钟》）在广阔的历史空间里书写盛世的谱系：从清太祖努尔哈赤，至清太宗皇太极、清世祖顺治帝福临、清圣祖康熙帝玄烨、清世宗雍正帝胤禛、清高宗乾隆帝弘历，一个个智勇双全、治国有方，最终把大清帝国推上了中国封建社会的最后一个高峰。《梦断关河》《北方佳人》中，"朱明亡元，元帝北奔"后数百年间的风云史，以及带给中华民族深重灾难又促使民族觉醒和奋发的鸦片战争等重大事件，被处理成了背景，浮出地表的，是普通的"底层"视角和个体意识、女性意识的自觉成长。《北方佳人》中，凌力凭借深厚的学养，钩沉元政权消亡后有限的后续史料，展开大胆合理的艺术想象。以身处大漠政治、战争旋涡中的两位倾城倾国的蒙古贵族女性萨木儿和洪高娃的坚韧性格与她们被战乱、阴谋、血腥裹挟的悲剧人生为主线，既解构了正史与男权，也解构了"爱情神话"。《倾城倾国》中，平民百姓的悲剧命运同国家民族的遭际同步发展，融为一体。关河陷落、旖旎梦断，弱者的小人物之痛，也是当时这个疲弱民族之大痛，这一艺术结构堪称历史小说创作的重大突破和创新。凌力会讲故事，她倾注个人感情、弘扬个人艺术想象，在对历史记录里人与事的再发现中，在对历史的正说与戏说之间，以越来越突出的小说化、文字风格的温婉与女权主义的立场，构成一抹嫣红，成为史诗化气质浓重、充满男性气质的其他帝王将相历史小说营造的明黄天空里一道别致的景观。

为了人物形象的典型化和深刻性，小说家往往于矛盾冲突的拓展与强化中，去塑造人物形象，突出其品行或者能力。从哲学上说，矛盾对立面相互依存，用俗话说，就是"不是冤家不聚头"。所以，写历史人物，王侯将相，往往必须拓展矛盾双方的行动和内心世界，写出他们在严峻的情境和尖锐的冲突中的各自具体的感受和心理活动。以《张居正》为例，作者正是在张居正与高拱的斗法中，以丰富高拱的形象达到丰富张居正形象的目的。张居正与高拱都是明中晚期难得的俊彦，在首辅任内都政声卓著。张居正与高拱的关系状态，可用"十年政友，千古冤家"这八个字来形容。和高拱的直率正派相比，张居正则深藏不露、深思笃行、不怒而威。皇帝病情危急，在东暖阁的值房，在高拱因碗上的春宫图，一再要求调换粥汤之际，张居正却气定神闲地喝下了第二碗粥，还饶有趣味地指给高拱看碗上"春宵一刻值千金"的诗句，他的立场是："皇上吃得下，我们做大臣的，焉有吃不下之理。"从这个细节可以看出张居正更能够以静制动、以逸待劳，和他但求事功、不问手段的策略。道德与事功的统一是一个善良的愿望，在历史中二者有时却是悖反的。对最高权力的觊觎，终使高张二人反目成仇。先是高拱在内阁加入高仪牵制张居正，后是张居正依靠冯保的帮助排挤了高拱。小说详细描写了张居正如何一步步与太监冯保相互借力，又形成与李太后的权力"铁三角"。两位政治强人的硬碰硬，最终以高拱惨烈败北收场。小说为了让两人的对抗性的性格对照更鲜明，还安排了两条线索：一是二人与玉娘的情感瓜葛，二是二人对好友的态度对照。玉娘受邵大侠调教，真心仰慕高拱，可是高拱至死不为所动；张居正的真心帮助和爱抚，终于水滴石穿打动了玉娘，玉娘甚至最后以身殉情，成就一段忘年情缘。玉娘这个人物就是一颗试金石，高拱的德行操守与迂腐同义，张居正情愫暗生，懂得怜香惜玉，也算重情之人。而在友情方面，邵大侠是经商之人，逐利之外，更兼侠气，多次助高拱过"关"。二人的关系中，只有高拱负邵大侠，没有邵大侠负高拱。金学曾之于张居正，堪称心腹。他聪明机警，帮助其渡过多个重要关头。二人之间，很多事不需说明就能相互了解。张居正身后凄凉，金学曾有锥心之痛，发出"精于治国，疏于防身"的慨叹。从个人情感与交友方面同高拱的比对中，可见作者对于张居正的赞赏态度。张居正在艰难曲折中一步步走向事业的顶峰，却难逃兔死狗烹的历史规律。变法之悲壮、个体在历史面前的无奈和渺小，会激发人们对历史文化的深沉思考和对改革的痛切追问。可以说，作者煞费苦心从多角度全方位刻画了人物。

《暮鼓晨钟》中，凌力铺陈了 15 岁的康熙皇帝如何一步步缜密安排扳倒鳌拜，其个人的成长如何与王朝皇权的巩固惊心动魄地同步发展。最点睛的一笔，在于描写康熙扳倒鳌拜之后，内心除了成就感，还有无法扫除的惋惜：两人其实都想兴盛大清，本来存在相互欣赏、可以相互扶持的忘年交，却因为权力的争夺，不得不进行如此你死我活的争斗。这里，作者以对鳌拜功高权重压主的"过"之外的"功"的肯定与赞赏，展示了具有帝王心胸的少年皇帝真正的心理成熟。作者对复杂与真实的人性的把握功力，同样见于对鳌拜的塑造。可见，有了典型而生动的人物塑造，小说就有了真血肉。

第四节　守成与奔突

一、纯文学、雅文化底线

古代的纯文学偏重载"道"的诗文，注重有韵、文采、比偶、藻饰；现代文学受西方知、情、意标准影响，建构出主情、审美、重意的纯文学观念，既以区别于科学之文，又以区别于通俗之文。梁启超以小说界革命倡导首次提高了小说的文学地位；现代报刊业的发达和现代读者的产生，以及白话新文学发展，最终使得诗文传统衰竭，小说文体大发展。纯文学性小说本应是一种非工具论小说，但是，从最初梁启超的倡导，它就是出于政治宣传的实用目的，在报刊发行中，小说又带上了不可避免的消费性质。所以，现代小说一路走来，一直在文人主体意识灌注的纯文学观和实用取向影响下的趋时与趋势之间盘桓：

小说家传承久远的文学功利观，变更"文以载道"观念为工具论，注重了现实抒发，却钳制了小说固有的虚构功能，是小说实用取向之一种；以一意的故事营构迎合取悦读者，为谋求销行量而丧失真情实意，是另一种实用取向。这两种取向的极端，都伤害了纯文学的审美本质，也就偏出了纯文学范畴。

明清历史题材小说的向"俗"，一直是以纯文学的主情、审美、重意为底线的，但又避免了纯文学脱离读者的自说自话。20 世纪 80 年代末之后，"纯文学"由于神话破灭后的不甘，逐渐形成政治、意识形态、商业性是文学的原罪的理念，将含有"非文学"的历史内容、不以追求形式创新为主的历史小说，尤其是明清历史题材小说，视为文学领域的二等公民。这就出现了这些小说在读者中热销和在学界遇冷的错位景象。客观来看，尽管此类小说在美学上相对保守，注重的是故事内容讲述而非形式创作，二月河、熊召政等甚至采用的是传统章回体，但这些非主流的写作具有的主体明确的文学意识、严肃的审美取向和审慎的社会文化思考，都使其属于严肃文学而非娱乐消闲的通俗文学范畴。

审美超越性是作为纯文学的小说区别于通俗小说的显著特征。依照美的原则来镕裁生活，就超越了现实而包孕着创作主体独特深刻的生活体验和审美感悟。主流"纯文学"强调文学的美学品质和人文精神，以此对抗文学极端功利主义主张。但是，因此走向另一个极端——"唯美主义"也不足取。明清历史题材小说秉持既求美亦求善的文学观，有侧重有简略地选择史料加以重新虚构，既追求艺术真实，又传达出时代意识形态、作家个人之思，当然比我行我素的先锋文学面目可亲。根植于市民文化土壤的通俗小说则以关注现实生活情趣和感官刺激而区别于纯小说的审美品格。通俗小说注重阅读的当下快感，而纯文学小说则努力铸造阅读的长远审美愉悦，侧重诗性、高雅情趣、对社会人生的深层发掘。明清历史题材小说根据一定的美学理想来进行艺术的创造，叙事者对历史人物事件的选择和塑造、评价，重视的就不仅是人物事件的历史价值，更多是其美学价值。

《张居正》中对于万历皇帝的塑造就是如此。在封建社会，"朕即国家"，家国一体，皇帝是政权的代表、国家的象征，处于封建社会秩序的顶尖。但同时，皇帝又是活生生的个体，他们的思想、理念、个性如何形成？作为如何施展？《张居正》的史实是万历在张居正教育辅佐下长大登基，最终却在其死后降罪，将对其的封赏尽数褫夺。还有一个依据，就是"鸟尽弓藏"的历史规律。这个基础上，《张居正》虚构了大量情节，展示小皇帝少小时如何依赖倚重张居正，长大后历练政事的疑心却也指向张居正。老师和母亲既向他灌输要树皇帝之威，却又常于钱财用度和人伦礼法上节制和敲打他，令他内心隐秘的恼羞日积月累。曲流馆艳事被母亲撞见并差点因此被废，张居正代拟罪己诏，更令这个皇帝耿耿于怀，可是羽翼未丰的他只有将怨恨深深埋在心底。尤其是自小到大，每见母亲李太后对张居正过于看重关切，更逐渐成为他的心结。所以，张居正病危时，万历感情矛盾，"治国政务他离不开这位师相，没有张居正替他排忧解难，多少揪心事还不把他压趴下？但他又嫌张居正对他钳制太多，头上总有一道紧箍咒儿，让他轻松不了。因此，对张居正患病，他是既怕他死了，又怕他活过来，这份心情，他一丝儿也不敢在母后面前表露"。有政治抱负、有雄才大略的帝王是推动历史前进的动力，帝王的一己之私、偏狭性格更容易造成祸国殃民的巨大的祸患。而万历这份敬重憎恨、依赖忌惮终于爆发：借为外公出气之由，撤换了张居正的爱将戚继光，找借口除掉了冯保，终于以"切不可有妇人之仁"为由抄了张居正的家。"送金像君王用权术　看抄单太后悟沧桑"一回，将这个一心挣破"铁三角"束缚的君王心理演绎得入骨三分。把帝王作为历史的个体和推动历史前进的动力引入小说创作，突出他的个体性格心理，而不是某种定型的观念，作家在重构历史时就会更具历史的合理性，人物塑造当然更具真实性。同时，作家又是在"大历史事实"的基础上来进行虚构的，故能以历史发展趋向、发展逻辑和结果事实与艺术真实的张力，产生出作品的艺术感染力。

明清历史题材小说的雅文化底蕴丰厚，也是其与通俗文学的本质区别。中国的传统文化，除了经史子集所包含的反映历代统治者和上层人士思想的儒、道、法、墨等统治文化、教化文化或学理文化这些雅文化，还包含深植于广大民众头脑中的传统俗文化。作为经过长久的历史沉淀而形成的雅文化，是精神活动的深层境界，可以反映出一个民族的文化和文明到达的程度。俗文化则注重娱乐、消遣功能。由于对大众审美趣味和文化取向的不同态度，经典艺术因为没有与时俱进而失去读者和观众，大众文化却因为"接地气"而始终保持着强大的生命力。明清历史题材小说坚守住了雅文化的底线，虽或有俗文化的场景与事件描写，却始终指向对某些雅文化的弘扬与认可。

二、情感演绎的典雅化突破

在一定意义上，对情感的深层次挖掘与细致表现，正是中国传统历史叙事所欠缺的，也可以说是明清历史题材小说中的主要突破口之一。读者也能感受到这些作者艰苦尝试的有限努力。在他们的笔下，无论是君臣、父子、师徒、友朋之间，还是情侣、夫妇之间，无论是庙堂、书斋、宫闱，还是闺阁、商肆、行院、河工、战场之地，都充盈着一股股强劲的情绪张力，书中的风云际会、悲欢离合常常令人荡气回肠、拍案叫绝。而且必须承认，在很大程度上，正是情感线索的加入，舒缓了由于枯燥的军政琐务叙述所带来的文本的紧张感与单调性。

但笔者也不得不指出，总体上，明清历史题材小说的人物情感描摹还缺乏更强烈的主体意识和深入剖析。或许是性别的巧合，男性作家更多是一种客观的外在叙述，而缺乏细致入微的内心体验。二月河、熊召政笔下的爱情也未能脱离中国历史小说传统中才子佳人、英雄美姬的叙事套路，较之《桃花扇》《杜十娘怒沉百宝箱》《长生殿》则多有逊色。他们笔下的男女情感仍然是男权中心背景下的男女情爱，作用在于映托出英雄才俊的风流倜傥：苏麻喇姑与伍次友、乾隆与棠儿的情爱明显是作者服务于叙事的虚构。从"主体性"的立场来看，李太后对张居正、张居正与玉娘的情感，本可以作为对历史人物情感"还原"的良机，但在"礼教"与"理性"的束缚下，作家的表现中规中矩。尤其是玉娘这一人物形象，其命运的悲剧性缺乏足够的心理支撑。这些作品中的女性，往往都是爱情的被动接受者，与其说是"爱"，不如说是"敬"和"怜"，与其说爱的是"人"，不如说是才、貌、权。《雍正皇帝》中，雍正与小福、引娣的爱情更多在于渲染他的心灵痛苦与命运悲剧，而引娣显得甚为迟钝，小福则更是若有若无的背景了。唐浩明超越了古典小说的才子佳人套路，却未能达到热情奔放、酣畅淋漓的情感境界。《曾国藩》中彭玉麟与小姑的爱情，《张之洞》中张之洞和佩玉、桑治平和秋菱的情感，并不能构成整体情节中必不可少的要素，而且其作品中的爱情主体也未能根本摆脱贤才配弱女的模式，毋庸说女方的情感刻画蜻蜓点水，作为爱情主动方的男性也太过机械，彭玉麟之爱小姑、国秀，张之洞之爱佩玉，桑治平之爱秋菱，其实更多的也是敬或怜。其情感的发生、变迁都缺乏具体的交代，高潮的渲染就更不用说了。从情感角度来看，男性作家笔下的"人"的还原丰富了历史人物的形象与内涵，跳出史料钩沉而体现出作家的主体性。但就文学作品而言，"人"的发掘与还原还应远不止于此，往往因为负载太多的沉重与理性——文化的思考、现代化的观照、知识分子命运的考量等——而缺乏"一种自由：想象的自由，选择的自由，移情于历史的自由"①。熊召政的辩解较有代表性："如果用大段的心理描写，我怕像巴尔扎克的心理描写一样，让读者烦，从而影响叙事的情节节奏，同时，我要吸取托尔斯泰的教训，《战争与和平》中大段大段哲学上的议论，读者看了非常枯燥。"②

相比之下，凌力的爱情自觉突破传统历史小说、才子佳人小说套路，而以现代女性特有的细腻，真挚热烈、荡气回肠地写出了历史人物的七情六欲、悲欢离合。《暮鼓晨钟》中的少年玄烨与冰月的朦胧情感令人叫绝，同春与梦姑的爱情更是叙事的主要依凭。《少年天子》将帝后之恋还原为刻骨铭心、惊天动地的男女之情，乌云珠的爱情宣言堪称空谷足音："从前我爱皇上胜过爱福临，现在我爱福临胜过爱皇上。"

从这个层面反观这些小说，我们发现它们似乎不仅带着《红楼梦》的气息③，甚至与新历史小说对历史荒诞感的表现也颇有相通之处。这不仅是一个文本问题，也是一个鉴赏问题，即所谓"俗中见雅"。因为我们不得不承认金庸小说所受到的小仲马和莎士比亚宫廷戏的影响，不得不承认琼瑶小说中和《简·爱》《飘》等隐约共享的"灰姑娘"母题，不得不承认卫慧的《上海宝贝》与杜拉斯的《情人》的某种映照。尽管这些对应存在着"品位"和表现技术上的差距，但它们在内核上又如此接近。所以有人说，读《金瓶梅》，生效法心者是禽兽，生欢喜心者是小人，生畏惧心者是君子，而生怜悯心者则是菩萨。在这个意义上，阐释决定了文本价值。但这种价值只是"使用价值"而非"绝对价值"，它不能为每个读者所平均拥有。同样，"雅"与"俗"本身永远是相对的，即所谓"雅俗转化"。这是一个社会心理的时代性问题。比如小说，本身是市民社会的产物，《三国演义》《水浒传》乃至《红楼梦》等，原本就是面向布衣百姓而作的，古人甚至说："俗不可通，则义不必演矣，义不必演，则此书亦不必作矣。"④但这些在问世后数百年间一直被当作不入流的"末技""邪书"，到今天又被

①　雷达：《历史的人与人的历史——〈少年天子〉沉思录》，《文学评论》1992年第1期。

②　李从云、熊召政：《寻找文化的大气象——熊召政访谈录》，《小说评论》2006年第1期。

③　有学者从《红楼梦》影响的角度，对二月河、凌力等人的创作进行了研究。可参见张书恒、许宛春：《诗与历史的困惑与选择——论二月河"帝王系列"的审美特征》，《河南大学学报（社会科学版）》2001年第3期；张喜田：《性别话语下的历史叙述——凌力、二月河历史小说创作比较》，《河南师范大学学报（哲学社会科学版）》2001年第5期；田小枫：《千古文人名士梦——论二月河小说的名士情怀》，《郑州大学学报（哲学社会科学版）》2003年第4期；陈娇华：《〈红楼梦〉对凌力历史小说创作的影响》，《阜阳师范学院学报（社会科学版）》2006年第2期。

④　甄伟：《西汉通俗演义序》，见丁锡根编著：《中国历代小说序跋集（中）》，北京，人民文学出版社，1996年，第878页。

供奉于文学经典的香案之上，享受着难以计数的学究的皓首穷读。

在一定意义上，"雅"与"俗"的辩证法决定了文学创新的复杂性。不同时代人们审美趣味和价值倾向的变化，当然会导致雅俗界限的迁移；同时，文学自身的不断探索与创新也是雅俗变迁的直接推动力。客观上，文学的创新与大众审美趣味和价值倾向的变迁必须保持适宜的张力关系，才能形成"雅"与"俗"的和谐。新时期以来文学实验的风靡，在很大程度上推动了文学自身的发展，但过犹不及。尤其是文学的实验一旦滑落为作家个人纯粹的形式游戏，那么它必将陷入曲高和寡的尴尬。在这个意义上，90 年代以来"先锋"文学的衰落是必然的。因此在满怀激情地向新的"可能性"发起冲击的同时，也有必要对传统的尤其是经历过时间淘洗的经典美学形式予以必要的珍视与尊重。这样的话值得我们反思：

> 无数事实却告诉我们：小说技巧的现代化并不必然以牺牲传统小说美学为代价，那种失落了传统形式和历史内容的所谓现代"新历史小说"，充其量只是以西方新潮技巧解构中国历史，在历史之外找寻历史的意义，其放逐民族性行为会将艺术传统置于无根状态。这种"长篇小说失去了民族的中气和底气，就会从形式到内容走向怯懦"。①

其实早在形式探索热火朝天的 80 年代，就有人泼过"冷水"：过于频繁的形式探索与文体实验"给作家造成极不稳定的文学声誉和艺术命运，在高频率的跃进和大幅度的升沉中，作家往往不易自知和难于把握自我"②。

第五节　还原与祛魅

一、通俗化的情景展现与叙事动力

从作品来看，明清历史题材小说"通俗性"的一面，除了对帝王将相的"名人"资源的充分挖掘、对权谋斗争淋漓展露等，同样值得称道的，是其精巧复杂的情节设置和精彩纷呈的情景展现。情景展现就是最大程

---

① 杨建华：《新时期历史小说的古典情怀》，《宁夏社会科学》2004 年第 2 期。
② 杨义：《当今小说的风度与发展前景——与当代小说家一次冒昧的对话》，《文学评论》1986 年第 5 期。

度上还原历史事件或者人物的真实生活。

　　明清历史题材小说的故事性无疑是极强的。这种故事性具有宏阔的气魄，为读者描述出极为博大的历史时空。经过作家的精心剪裁，历史中最为诡谲复杂的风云变幻得到集中呈现，中国社会的民族、派系、家族矛盾和军事、文化、内政、外交各方面的危机都被纳入文本，其中，从君王后妃、官吏将佐到士子平民，都历经了人生的沉浮聚散，尝尽了人世的诸般悲喜。可以说，凡是矛盾冲突最集中、最富于戏剧性的桥段，最为回旋激荡、最为曲折繁难的场景，最能试炼人格品格、最能体现命运矛盾的情节，作家们都抓住机会作了尽情的挖掘，并展开充分的想象，呈现出复杂精巧的故事内容和丰满立体的人物形象。凌力的《少年天子》紧紧围绕福临的爱情与变革两个方面展开；《倾城倾国》从"登州兵变"展开，重点以孙元化的宦海沉浮映射时代万象。《曾国藩》也从主人公年届不惑回乡守制起笔。其叙事节奏安排上的紧凑性，或许受到姚雪垠《李自成》第一卷的影响，但这种取向无疑为作家对历史细节的想象留足了空间。由于集中于情节的表现，文本的叙事节奏充分适应了当代读者的欣赏习惯，叙事主要由动作和对话来推进。二月河、熊召政甚至干脆直接采用了传统小说的章回体制和说话人口吻，每回叙述两件主要情节，回与回之间的情节之间一阴一阳，交错相连、环环相扣，既保证了叙事节奏的紧凑，又防止了叙事线索的过分枝蔓。这不仅是对传统小说艺术手法的继承，也是在对当下大众阅读习惯和兴趣焦点充分了解和尊重基础上的形式选择。

　　这种紧凑的叙事节奏，由于主要依靠人物的外在动作和对话来推动，因此作家的情节设计就必须通过外在情节的丰富性而不是内心灵魂的复杂性和矛盾性来调动读者的阅读兴趣，所以文本必须设计出传奇化的细节满足读者的阅读期待。所谓"无巧不成书"，实际上是中国传统叙事手法的精华。"巧"最能体现作者的想象力，也最符合情节戏剧化的需要，一个个"巧"的连接，能为读者带来一次次阅读与再想象的高潮体验。这种传奇化特点或许为"现代派"甚或"现实主义"流派所不屑，但在中国大众的审美习惯中是极受欢迎的。以《康熙大帝》第一卷《夺宫初政》为例，康熙一派有伍次友、魏东亭、苏麻喇姑、明珠等良师干将，对手则在朝有跋扈擅权的鳌拜一党，在野有反清复明的杨起隆、胡宫山一干人等，南方还有吴三桂蠢蠢欲动。仅这些人物之间，就构成犬牙交错、难分难解的复杂关系。如魏东亭乃康熙乳母之子，与魏东亭青梅竹马的史鉴梅与义父史龙彪因田地被圈占而被迫卖艺并遭陷害，史鉴梅沦落鳌府，由此引出魏东亭与康熙的同仇敌忾；而伍次友则先后与苏麻喇姑、云娘暗生情愫，与前者的惺惺相惜导出与康熙的"三角恋"，与后者落难江湖时又引出曲阜孔家数代人的恩怨，《桃花扇》的作者孔尚任由此登场；此外，明珠又与胡宫山深爱的师妹翠姑两情相许，胡宫山则与鳌拜势不两立；内廷太监中，站在康熙一边的小毛子等竟充当起杨起隆与康熙的"双料间谍"，站在杨起隆一边的黄敬又兼着联系吴三桂一派，与翠姑合谋用美人计杀害康熙，却被吴三桂手下干将皇甫保柱在最后关头拦住；后者为康熙所宾服而弃暗投明，却因此害死了自己多年未见的亲姐姐……错综复杂的人物关系与纵横交织的情节线索纠结在一起。这种蜘蛛网式的人物关系和情节线索结构，令读者置身云山雾绕之中，时而峰回路转，时而柳暗花明。

从情节的叙事动力来说，这些小说总体上还是倾向于传统历史小说的。尽管表面看来，明清历史题材小说情节的推动和西方小说一样，是以主要英雄人物的行动来实现的，但实质上，前者中人物的行动过程被一个道德性的内在叙事框架制约，而不是像西方史诗一样由人物的内在情感决定其外部行为。可以说，人物的活动不是主动性的，与其说是受个人的意志动力驱使，不如说是受到外界环境的压迫。或者说，这些小说所表现的更多是人物与外界环境的斗争（对权力的争取正是集中体现），而不是像西方历史小说名著《艾凡赫》那样，通过传奇情节表现主人公内心的斗争与变化。

这种情形之所以出现，一种解释是，中国受众更偏爱精彩热烈的场景以及离奇曲折的事件，而愿意将形而上的人生思辨付之阙如（这些思考在老百姓看来既艰深又痛苦，与他们追求阅读快感的悠闲心态背道而驰）。可以作为佐证的，是小说中屡屡展现的各类场景，它们融合了武侠、言情、公案等各种类型的因子。有人说，"通俗艺术最显著的特点是，它反复运用传统的容易处理的格式"，因为这样能"使人们从痛苦之中解脱出来而获得自我满足"。① 试举一例，下面的场景如果单独列出，几乎与金庸的武侠小说一般无二：

> 在树丛中隐藏着的穆子煦全身毛发都倒竖起来，双手一撑就要站起，清风忙小声说："鱼壳在里头！他是我师姐的关山门弟子，又有这么多人……"一语未终，那边江岸早有人厉声喝道："什么人？

---

① 〔美〕阿诺德·豪塞尔：《艺术史的哲学》，陈超南、刘天华译，北京，中国社会科学出版社，1992年。

出来!"随着话音，一支钢镖带着风声飞了过来，"啪"地钉在他们隐身的一株马尾松上。清风没再说话，身子一蹿，早到一丈开外的空场上，拱手说道：

"鱼师叔，清风在此听了多时，师叔一别九年，风采如旧，晚辈不胜欣羡!"①

这样的场景当然不是最精彩的，但"师叔""师姐""弟子"等暗示，已足以将读者引向错综复杂的江湖世界；隐身、带着风声的钢镖，一丈开外的一跃等细节更营造了十足的武侠打斗氛围；而关门弟子、一别九年又隐隐透露出江湖的恩恩怨怨。

此外，对传统民俗风情的展现也是明清历史题材小说所呈现的重要场景，用《京本通俗小说·冯玉梅团圆》中的话说，"话须通俗方传远，语必关风始动人"。在这些小说中，由于其在表现视野上将江湖与庙堂连成一片，以扩大人物的活动空间，增加历史的厚重感和广度，因此历史上的民间世界得到了细致生动的表现。比如饮食服饰、礼仪乐律等娓娓道来，勾栏瓦舍、寺庙堂肆、市井乡野、客旅古渡在笔下徐徐展开，作品中还不时插入大量的对联、笑话、民谣、逸闻趣事，以及医药、曲艺、历史、天文地理、阴阳八卦、堪舆面相等方面的知识，为读者展开了一幅疏密有致、纵横交错的多样历史文化图景，大大提升了作品的文史知识信息量和可读性，呈现出"百科全书"式的宏阔与丰富。比如《少年天子》，开篇即从河北民间的东岳庙会切入，展开虹桥镇的具体场景：寺庙周围布篷林立、摊贩如云，铜勺敲着锅边卖着油炸果子、油豆腐、豆浆、杂碎汤，小贩挎着筐叫卖各种小吃水果和玩具饰品，以及穿着各色异服的赛神队伍、满蒙汉等各族看客，还有空中招展的各色幡帕……将读者带入生动而具体的历史时空。

《张居正·火凤凰》第十八回对法坛祈福礼仪的介绍，也颇细致周全，对法坛祈福的历史、程序、做法等的介绍也具有生动的现场感。有研究者还通过对二月河小说作品中的"无赖"形象进行探讨，发现其形象塑造具有鲜明的地域特色。如犟驴子、穆里玛、刘一贯等京师无赖的狡诈强硬，狗儿、坎儿等江南无赖的擅于调弄骗局等，都形象鲜明并且和谐地融汇到浓郁的民俗文化氛围中。如《康熙大帝·夺宫初政》第四十五回"乌龙镇明珠济贫女 关帝庙大令诛恶官"中所展示的南阳习俗、《乾隆皇

① 二月河：《康熙大帝·玉宇呈祥》，武汉，长江文艺出版社，2001年，第379页。

帝·夕照空山》第二十七回"查民风微服观庙会　布教义乱刀诛恶霸"中写无赖申氏三兄弟搅闹馄饨摊时对庙会社火和舍药民俗的交代、《雍正皇帝·九王夺嫡》第五回"狭路相逢鬼魅相斗　猢狲用智孩儿倒绷"在写无赖奸诈时对清代客店常备狗皮膏药习俗的提及，以及《雍正皇帝·雕弓天狼》第三十三回"游戏公务占阄分账　忠诚皇旨粗说养廉"中出现的民间见贼行窃不语和《雍正皇帝·恨水东逝》第四十四回"文盘武功弘历纳士　持正割爱弘时被擒"中的贼不采花等禁忌民俗的表现，都给读者带来了不少惊喜。①

二、个人化与可读性

　　20世纪末文学显示出流动不居，同时也更加多元与包容的文学标准。明清历史题材小说以"非主流"文坛地位却成畅销书的现实，和很多同类文学现象比如青春文学、网络文学的走红一样，令学界一时错愕失语。相对新时期以来其他题材小说，明清历史题材小说有更大的可读性是显而易见的。而这种可读性之具有长久的生命力，绵延十几二十年畅销不衰，却是批评家和纯文学界没有预料到的。究其原因，这种可读性的鲜明个人化，是最不可忽略的。而这种个人化，既是区别于他人的特色，又是形成这批明清历史题材小说整体缤纷感与丰厚性的基石。

　　明清历史题材小说所向之"俗"，既包含小说的可读性效果，也包含贴近大众接受的情感和思想，小说家以自己的艺术个性和审美趣味，使原本无生气的历史材料，经过他们的"翻炒"，获得不同的口味和新鲜感，让读者感同身受，获得阅读的快感。正如高妙的大厨，即使用相同的材料，也会炒出特别的味道。凌力往往选取独特的创作视角和多样的手法，使历史更鲜活，充满韵致，其创作精神也更加自由。二月河则更注重故事性，设计一波三折的情节，并熔历史、情爱、武侠、推理等小说因素于一炉，让正史的严谨与杂学的趣味交融，营造了大雅大俗的品位。唐浩明则擅长从知识分子和官场文化角度揭示惊心动魄的政治角逐和权力斗争，深刻犀利却又层层铺垫、娓娓道来。高阳对史实的演绎，则基于从容不迫和潇洒自信的叙事。宫廷、官场，商贾、"红曹"，侠士、名妓，一系列"可爱"的历史人物，展现了他对历史的温情。

　　对洋务运动，《曾国藩》《胡雪岩全传》等作品中都有所涉及，却角度

---

① 参见刘克：《民俗学意蕴与二月河清帝系列小说的理论创新》，《四川大学学报(哲学社会科学版)》2004年第2期。

各异，所见不同。《曾国藩》以《血祭》《黑雨》《野焚》等标题奠定的沉重基调之下，主人公善恶兼有、美丑并存的多重复杂人性逐渐显露。小说以曾国藩洋务思想作为切入点，客观反映了他经世致用思想的实践。理学和经世之学，是他镇压太平天国运动和开展洋务运动的思想基础；而他镇压太平天国运动和开展洋务运动，又使得其经世致用思想得以发挥发展。这一过程中，"打碎了牙和血吞"的勇气，携带了深刻的时代与人性信息。从被动处理洋务，到主动投入发起洋务运动，作者对人物痛苦内心带了理解与足够的包容。《胡雪岩全传》揭示出晚清一代巨贾传奇成在三"场"，败亦在三"场"（官场、商场与洋场）的实质。胡雪岩抓住洋务运动的机遇，大力推进钱庄、丝绸、药材等生意，十多年间，其钱庄遍及半个中国，事业达到了鼎盛。可是，一旦靠山倒了，同洋人打"商战"自然斗不过。小说透过偶然事件，抓出必然原因：在蚕丝竞争中，他的败北固然与洋商的商业战术密不可分，但根本在于当时中国"手推磨式的"生产力远远无法与西方的工业化生产抗衡，必然造成主体动机与结果的悖反。结局固然悲壮，其实正是国力衰败的背景下个人无力回天的命运演绎。宏观历史视野中那个时代纷纭复杂的历史世象，揭示出兴衰的原理。小说对胡雪岩突破了"恶则无往不恶，美则无一不美"的设定模式，着重于在人物身上开掘属于他特有的"人生价值"，其兴衰史给人们的震撼便是强烈的；而作者的广泛涉猎、精细求证，又迎合了大众猎奇心理与标准、优雅的文人格调的张力，成就了创作的活力。

再来看女性形象的塑造。明清历史题材小说塑造的女性形象种类多样，身份性格各有不同。在大部分的明清历史题材小说中，她们是辅助性的存在。她们的介入，使在男人的权力欲望之争的刀光剑影、紧张单线书写之外，有了协调性的舒缓节奏和曲折传奇的故事可能。她们见证着帝王将相的千秋伟业，作家和他的男性主人公都缺不了她们。同是如此立场，表现到笔端，却也各有不同。唐浩明有明显的男权思想，在他笔下，彭玉麟的初恋梅小姑、妻子国秀的形象不可缺少，可是，她们不过是印证和陪衬这个钟情男子的客观外物，作品根本谈不上对她们的真实情感和丰富形象的刻画。读完《曾国藩》，读者会感觉浩浩时代洪流中，俱是豪杰男儿。革命文学要想获得大众认可，还得走革命加恋爱的路数，历史小说中加入市民大众可能愿意接受的事态写实、浪漫言情，更可以吸引读者。二月河深谙此道，他的明清历史题材小说虽侧重的是国家大义与帝王的情怀抱负，但也总是将帝王和将相的风流韵事演绎尽致。他写康熙与阿秀、陈潢之间的情感纠葛，写雍正与乔引娣的关系，写康熙与伍次友和苏麻喇姑的三角恋情，胡宫山、李云娘、明珠之间的纠葛等，虽然侧重点落在士大夫的舍生取义情结上，但是多角情戏与惊心动魄的宫廷较量的绞缠，使得小说故事性与可读指数陡增。高阳在史料素材上显然更青睐"野史"，甚至宫廷生活素材也多取自野史传说、民间立场、奇闻艳遇，其结果当然"有村镇处有高阳"。《慈禧全传》突出了慈禧在漫长的统治生涯中，一方面充分享受权力欲的满足、拥有天下的威严；另一方面作为西太后的从属地位永远无法改变，皇太后的尊贵并不能抵消身为寡妇的苦楚和空虚。小说还描写了她的荒淫举动与小产血崩等事件，以满足人们的窥视欲。和男作家作品不同的是，在凌力的小说中，女性或许可以成为男人的一切，就如乌云珠对于福临，而男人未见得就是女人的一切；或者对于女人来说，男人可以什么都不是，她要的其实是自我的确认，如柳摇金在几个男人间的辗转，或者女人如洪高娃和萨木儿可以母性与姐妹情谊超越男权。女性形象由次要人物到主人公，由行为、性格被动到主动，凌力"透过历史烟尘"的女权主义立场，令明清历史题材小说更加纷繁多彩。

　　合理的通俗化，便容易是大众化的；而健全的大众化，也必是通俗化的。这是明清历史题材小说成功立足纯文学、向俗适雅给我们的启示。

第三章　英雄崇拜：明清历史题材小说的主题学研究

祖国是人民最坚实的依靠，英雄是民族最闪亮的坐标。歌唱祖国、礼赞英雄从来都是文艺创作的永恒主题，也是最动人的篇章。我们要高扬爱国主义主旋律，用生动的文学语言和光彩夺目的艺术形象，装点祖国的秀美河山，描绘中华民族的卓越风华，激发每一个中国人的民族自豪感和国家荣誉感。对中华民族的英雄，要心怀崇敬，浓墨重彩记录英雄、塑造英雄，让英雄在文艺作品中得到传扬，引导人民树立正确的历史观、民族观、国家观、文化观，绝不做亵渎祖先、亵渎经典、亵渎英雄的事情。要抒写改革开放和社会主义现代化建设的蓬勃实践，抒写多彩的中国、进步的中国、团结的中国，激励全国各族人民朝气蓬勃迈向未来。

——习近平在中国文联十大、中国作协九大开幕式上的讲话①

中华民族是一个崇尚英雄的民族，历史讲述中的英雄形象灿若星河。明清历史题材小说的一个突出特点，就是在新时期以来日渐开放多元的文化氛围下，顺应了社会大众对英雄的崇拜。

第一节　英雄之梦：明清历史题材小说的理想人格

一、英雄之梦的复归

梁启超在 1903 年的《新小说》中指出："吾以为人类于重英雄、爱男女之外，尚有一附属性焉，曰畏鬼神。以此三者，可以赅尽中国之小说矣。"②并认为除了司马迁、杜佑、郑樵、司马光、袁枢、黄宗羲"六君子"所著之外，其余史家著述均乏善可陈，作为"正史"的二十四史不过是

---

① 习近平：《在中国文联十大、中国作协九大开幕式上的讲话》，北京，人民出版社，2016年，第 8～9 页。

② 陈平原、夏晓虹：《二十世纪中国小说理论资料·第一卷（1897—1916）》，北京，北京大学出版社，1989 年，第 67 页。

"二十四姓家谱"，是"地球上空前绝后之一大相斫书"①。由此，他要借小说这一形式来"改良群治"②。这样的激情和理性在叙事操作上体现出来的，正是史诗追求。

英雄崇拜，是人类的本能，也是文明传承、社会进步的重要动力之一。人类的历史往往以被英雄拯救或者英雄诞生而开始，英雄往往被神化（如女娲、耶稣）或国家化（如大禹）。在自古以来的神话、史诗，以及各类历史讲述中，对英雄不同凡响的德行、能力和丰功伟绩的赞颂占据着非常重要的地位。在后者，英雄的诞生与国家的诞生被同一化，国家因英雄而创设，其历史便具有了意义与合法性。即使在国家诞生之后，也仍需要新的英雄不断涌现，以延续这一历史谱系。世俗政权理所当然地将国家的代表帝王及其周围的杰出人物英雄化，以凸显国家政权的光荣与伟大，同时也给国家的民众带来确定感与安全感。因此，帝王将相成为各类英雄中最为显赫的一种。西方的亚历山大大帝、凯撒大帝、奥古斯都，以及彼得大帝、拿破仑、俾斯麦、华盛顿、林肯、丘吉尔、戴高乐等，中国的"三皇五帝"、秦皇汉武、唐宗宋祖、成吉思汗，以及屈原、魏徵、张良、诸葛亮、刘伯温等，都占据着历史讲述的重头戏。这些贤君名臣，往往有着一统天下、救民于水火的丰功伟绩，也因其纵横捭阖、坚韧不拔的超人才干，成为人们崇拜敬仰的楷模。无怪乎英国作家卡莱尔在其专述英雄的著作《论英雄、英雄崇拜和历史上的英雄业绩》中，将英雄分为神明英雄、先知英雄、诗人英雄、教士英雄、文人英雄和帝王英雄六类。在他看来，帝王是最重要的伟大人物，对我们来说，实际上他是集各种人物的英雄品德之大成。③

在新中国成立后的漫长岁月里，尽管我们在《林海雪原》《野火春风斗古城》等革命历史叙述小说中仍能找到传统历史演义的基因，特别是对其中英雄表现手法、故事模式的借鉴，但历史讲述的主角、英雄的身份已经从之前的帝王将相转换为共和国的主人——工农兵。新时期所展开的，是一个完全不同于此前历史阶段的时空。在这样的时空中，当80年代初伤痕文学、反思文学、改革文学在中国文坛风起云涌之时，除了姚雪垠的《李自成》，一批历史小说的出版几乎成为前者的陪衬，以至于我们今天甚至难以在一般的文学史中看到它们的身影：《陈胜》（刘亚洲）、《星星

---

① 梁启超：《新史学·中国之旧史学》，《新民丛报》，1902-02-08。

② 梁启超：《论小说与群治之关系》，《新小说》1902年第1期。

③ 参见〔英〕托马斯·卡莱尔：《论英雄、英雄崇拜和历史上的英雄业绩》，周祖达译，北京，商务印书馆，2005年。

草》(凌力)、《黄梅雨》(蒋和森)、《黄巢》(郭灿东)、《九月菊》(杨书案)、《方腊起义》(李跃武)、《水浒别传》(王中文)、《白莲女杰》(蒋维明)、《括苍山恩仇记》(吴越)、《天国恨》(顾汶光、顾朴光)、《大渡魂》(顾汶光)、《庚子风云》(鲍昌)、《风萧萧》(蒋和森)、《戊戌喋血记》(任光椿)、《义和拳》(冯骥才、李定兴)、《神灯》(陈亚珍)……这批作者立志写就"史诗"①，但这些作品却如流星一般，在 80 年代的文学天空一闪即逝，今天的普通读者恐怕已经很难回想起或者再次听说这些作品。

帝王将相形象在新时期文学中的回归，最初并非源于作者的主动选择，而是读者的欢迎与认可。比如《李自成》《星星草》《倾城倾国》等作品中，其作者在创作时花费的笔墨和精力远远超过帝王将相的农民起义领袖，却出现了不同程度的概念化和脸谱化倾向，并未给读者和评论家带来"亮色"，反倒是崇祯、曾国藩、左宗棠等人物形象有血有肉，赢得好评。这种无心插柳柳成荫的结果，一定程度上是由于作家们尚未从此前的"高大全"创作观中脱离出来，没有跟上读者大众已经更新了的欣赏趣味。

敏锐的批评家很快发现了这些帝王将相形象的价值，并给予正面评价，其目的是倡导文学的"主体性"，赞赏"把人放到历史运动中的实践主体的地位上"并"注意人的精神世界的能动性、自主性和创造性"②，表现复杂性格与丰富曲折的精神历程，将"扁平人物"扩充为"圆形人物"，从而呈现出深刻的悲剧性。在一切求新求变的大背景下，这一倡导很快成为作家和评论家共同遵循的时代律令。这虽与当时西方思潮的引进密切相关，但从根本上说，也是文学创作长期受到"规约"、写作自主性被抑制之后的本能的反弹。因为它表现出一种自由："想象的自由，选择的自由，移情于历史的自由，把僵硬的史料意象化、心灵化、审美化的自由，一句话，作者主体重构能力的自由。"③

所以在这个意义上说，帝王将相在新时期以来的"复辟"，是读者、作者、批评家某种无意识的"合谋"的结果，既与文学主体性的回归不谋

---

① 20 世纪七八十年代创作出版的历史小说大部分以中国历史上农民起义为题材，流露出普遍的史诗化追求。这些小说的作者们不仅试图矫正传统正史对农民起义的歪曲和污蔑，也力图借对一个时期农民起义的艺术描绘，反映出历史时期的社会生活、民情风俗，表现出强烈的"百科全书"情结。如蒋和森在谈到其《黄梅雨》时说："历史往往被颠倒，而失败的英雄则更易遭到各种莫须有的诬蔑。这一切，不禁使我在心中升起想按照历史的本来面貌把黄巢以及唐末的社会面貌再现出来的愿望，并使之带有一种诗意的、悲壮的艺术境界。"(蒋和森：《黄梅雨》，后记，上海，上海文艺出版社，1985 年)

② 刘再复：《论文学的主体性》，《文学评论》1985 年第 6 期。

③ 雷达：《历史的人与人的历史——〈少年天子〉沉思录》，《文学评论》1992 年第 1 期。

而合，也与"启蒙"的回归不谋而合。与其说是对历史的重新阐释让大众耳目一新，不如说是对历史人物的主体性呈现让批评家眼前一亮。这样的历史书写仍然属于"启蒙"与"艺术"的范畴，尽管它的创作观念仍然没有跳出几十年来的"框框"，表现手法也只是启用了近现代文学传统中的一些成熟范式，但已经让读者感受到了新意，让批评家看到了好苗头，更让作者坚定了探索创新的信心。

　　以1987年出版的《少年天子》为标志，新时期历史小说以一种特殊的姿态——帝王将相的"复辟"回归到大众的关注视野之中。但最初这种影响更多发生在文学界、知识界。其实早在《少年天子》之前，后来被称为"皇帝作家"的二月河所著《康熙大帝》(1985)已经问世，只不过当时反响寥寥。而以1990年唐浩明的《曾国藩》问世并产生巨大社会反响为新起点，帝王将相们的身影开始强势进入大众的关注视野和文化生活。1991年二月河《雍正皇帝》的热卖，向人们再次提示这种"存在"。随着此后《倾城倾国》(1991)、《乾隆皇帝》(1994)、《梦断关河》(1999)，及至跨入21世纪，《张之洞》(2001)、《张居正》(2002)、《暮鼓晨钟》(2004)、《胡雪岩》(2007)、《大清相国》(2007)的先后面市，从开国君主到末代皇帝，从功高盖世的大将到德泽远被的文臣，从宫闱高墙到大漠边疆，从市井间巷到朝廷庙堂，古代帝王将相开始回到文学的舞台中心，也占领了历史题材小说的大半江山。① 这时的这批作品，已经不仅构成文学事件，还构成社会事件。人们惊讶地发现，这些作品中的帝王将相，与以往所看到的同类形象是如此迥异，但又如此富有魅力，并且与他们内心某种神秘而遥远的呼唤如此契合。

二、英雄人物的叙述焦点

　　"英雄"这样的称呼对这些小说中的主人公人物形象而言可谓当之无愧。在这些小说中，英雄之所以为英雄，首先让人感受到的，是其伟大非凡的现实成就，以及这些成就实现过程中所体现出的超拔脱俗的人格力量。套用儒家的话说，就是"外王"与"内圣"。"外王"主要体现在帝王

---

　　① 当然，随着文化市场的逐步放开，呈现在社会文化生活中的历史题材读物以及影视剧，远远不止以上作品。实际上，随着"港台风"和"日美风"的吹拂，人们在茶余饭后孜孜品赏、津津乐道的，还有域外的历史题材文化产品。其中与上述作品最为类似的当数高阳所著《胡雪岩全传》，书中对这位红顶商人周旋于商场官场左右逢源游刃有余的渲染，和当时流行的小说《曾国藩》珠联璧合，为刚刚摆脱体制束缚而摩拳擦掌跃跃欲试的中国人提供了直观和具有说服力的行为典范，以至一时号称"经商须读《胡雪岩》，为官要看《曾国藩》"之盛。

将相在治国理政方面的丰功伟绩，"内圣"则主要体现在帝王将相的个人性格与品德魅力。

二月河笔下的康雍乾三位帝王，是"康雍乾盛世"的共同缔造者。他们不仅个人能力超拔，如康熙皇帝博学多才，在数学、天文、历法、地理、农学、医学、工程技术，以及音律、书法、文学方面颇有造诣，甚至还精通几种语言；雍正、乾隆在书法、诗词等方面也造诣颇深。更重要的是，他们都在治国理政方面做出了非凡的成就，显示出不同寻常的魄力、胆识与谋略。康熙 7 岁登基，15 岁智擒鳌拜，亲理政务；19 岁决定撤藩，27 岁彻底平定三藩之乱；29 岁收复台湾；35 岁与俄国订立《尼布楚条约》；36 至 43 岁，三次亲征平息噶尔丹叛乱；66 岁平定西藏之乱。雍正即位之前，即以王爷身份协助皇帝和太子处理政务，深得康熙赏识。尤其是清理库银亏空，大刀阔斧不避嫌疑，成效卓著。在位十三年间，面对康熙晚年倦政所带来的官场积弊和社会问题，他更以雷霆手段显菩萨心肠，整顿吏治使得官场风气为之一振；铁腕改革税赋制度，排除重重阻力实行官绅纳粮当差，使得国库存银存粮大大充实；而征讨大小金川与大小和卓等，又进一步稳定了边陲，巩固了版图。乾隆则长袖善舞，在乃祖乃父打下的基础上，将国力推向全盛的巅峰。他在处理军政大事上机智果断、捭阖自如。作品中的乾隆"以宽为政"，大大调动了地方官吏的积极性，轻徭薄赋使经济高度繁荣；他还知人善任，对人才培养有着深谋远虑，对傅恒、刘墉、阿桂等人大胆简拔，使他们兢兢业业勤于朝政；而对贪污腐化的官员如高恒、钱度、刘康等人又毫不宽贷；对讳败掩过，甚至嫁祸于人的张广泗、讷亲，他又能明察秋毫，为受到诬陷的兆惠、海兰察等主持公道；对大小金川的战争，以及对"一枝花"的镇压，他刚柔相济，恩威并用，牢牢把握着主动权。康雍乾三位皇帝，均不失为盛世有为君主。

凌力"百年辉煌"三部曲《倾城倾国》《少年天子》《暮鼓晨钟》中的孙元化、皇太极、顺治、康熙等人物，都处在风云激荡的时代。无论是王朝更迭的末世，还是百废待兴的开端，都酝酿着成就非凡伟业的大机遇，都是英雄驰骋纵横的大舞台。这些人物抓住了历史的机遇，以智慧和勇气成就了非同寻常的事业，影响和改变了历史的进程。顺治帝福临作为入关之后的第一位皇帝，勇敢地"背叛"了养育自己并成就帝王之业的游牧文明，而向先进的汉文明敞开了怀抱。他以非凡的睿智，看到入关之后清王朝的种种危机，体会到天下可以马上取而不能马上治；他以非凡的勇气，与周围强大的亲贵势力进行抗争。同时值得一提的是，在凌力笔下，这位皇帝在感情上也是敢作敢为，真诚热烈。他与董鄂妃的深情相恋，惊天动地而又感人肺腑。尽管福临的改革和爱情都以失败告终，但他所坚持的改革方向终究得到了贯彻。他至勇至诚的帝王英雄形象并没有丝毫动摇，反而因浓重的悲剧色彩而更加深入人心。《暮鼓晨钟》中的少年康熙，更是以天子、孩子、孙子的复合身份，为读者呈现出一个十分复杂的少年英雄形象。在女性作家细腻的视角中，少年康熙虽然还未能全面展现自己文治武功的卓越才干，但小小年纪的帝王与寻常儿童既相似又不同的个人气质与生活轨迹，都向读者强烈地暗示英雄的潜在品质与独特命运。在最初委曲求全而最终联合各方力量扳倒鳌拜实行亲政方面，少年康熙有着异乎寻常的深沉与谋略，这一点堪与任何英雄媲美；而他与冰月的朦胧情窦以及最终的感伤结局，又提示着我们英雄内心的丰富与英雄命运的不同寻常。

唐浩明笔下的曾国藩、张之洞、杨度等，则是处于"三千年未有之大变局"中，具有曲折命运和丰富内心世界的末代封建知识分子，折射出深刻的文化、思想内涵和历史底蕴。主人公处在由古代向近代"转型"这一特殊历史潮流中，内心经历着坚守、突围与迷茫。其心灵历程和命运浮沉，都体现出一种"转型"语境下的苍凉与无奈。主人公被置放在"三千年未有之大变局"中：国门洞开，小农经济破产，儒家文化命若游丝，而他们一心赤诚，为的就是卫道保教。不论是曾国藩的攻城略地，还是张之洞的力倡洋务，抑或是杨度为帝王之学奔走，他们对西方器物乃至政治制度的探索与思考，都是服务于这一根本宗旨的。他们的个人成就，不仅在于身前权倾朝野，备极尊荣，而且在于他们的所作所为（尤其是向西方学习、兴办洋务）对近现代以来中国历史走向的深远影响，这使得他们成为历史上难以磨灭的符号。

熊召政笔下的张居正，目睹国家财政枯竭，贪官污吏横行，皇亲贵戚欲壑难填，大明王朝江河日下，可谓受命于危难之时。他不畏艰险，厉行改革，通过实施"考成法"裁汰冗员、整顿吏治，通过与权贵大户斗争，实施"一条鞭法"，抑制了贵戚，大大增强了国力，竭力扭转了大明王朝的"下世光景"，创造了中兴局面。作为一位改革英雄，在当时的历史背景和权力格局下，主人公的命运无疑处在旋涡的中心。而他为了推进新政，毁家殉国在所不惜，闪耀着"鞠躬尽瘁，死而后已"的人格光辉。同样不能忽略的是，为了实现改革的目的，张居正与内廷皇太后、皇帝、太监，与朝野的反对者们所做的迂回曲折的斗争，以及为了实施政策而采取的种种变通与坚持，无不表现出他非同寻常的智慧与谋略。他的改革最终带来了明王朝国力的大大提升，但他个人的荣耀和家族的命运却在身后遭遇了灾难。对照他的新政废除之后明王朝的急速衰朽，我们对这位"宰相之杰"的非凡成就和非凡命运会更有感触。

显而易见，这些帝王将相英雄形象的树立，与其自身的政治地位和权力资源密不可分。而作者笔墨集中之处，也正是他们对军国要务的处理。在具体操作上，作者们往往通过前后连缀的事件焦点，以帝王将相人物的行为推动事件进展，通过具体行动的细节和现实成就来体现其英雄品格与英雄气度。比如，二月河表现康熙的英雄形象，先后以智擒鳌拜、夺三藩、平定"钟三郎"、收复台湾、亲征噶尔丹等事件为焦点来进行；熊召政则重点依靠推行考成法、官绅一体纳粮等事件凸显张居正的英雄才干与品德；唐浩明表现曾国藩，则通过湖南起兵、攻打南京、兴办洋务、治理两江等环节表现英雄人物的成长与发展过程。总之，以事件带动外部行为，以行为表现品格，是这些小说在英雄叙事上的焦点。

三、英雄神话的诞生

如前所述，英雄要满足人们内心对崇高与非凡的渴望和想象，就会在一定程度上被神化。在这一点上，英雄人物的塑造往往带有神话色彩，只不过这种神话色彩更加隐蔽。明清历史题材小说塑造的英雄形象，在很大程度上折射出作家乃至读者的英雄观、历史观。尽管作家因其关注焦点、写作风格等差异，对英雄的表现各有千秋，但总体来说，这些作品在塑造英雄人物时，有着大体类似的评判立场，即政统上的合法性、道统上的合情性，以及法统上的合理性。概而言之，就是"至正、至仁、至公"。这些小说的书写策略，也是围绕这一定位而制定的。

"至正"即合于"天道"，所标示的是政统上的合法性。这要求帝王将相英雄们必须以国家、民众唯一合法的代言者身份出现。其背后的转换逻辑在于"朕即国家"，即将帝王与国家等同化，将权力斗争、行军布阵、镇压反叛乃至情感纠葛都放在"治国"这一宏大主题下进行书写。清代继明而立，按照传统说法，属于"异族统治"。而在这些小说中，"民族"这一能指的外延被放大到现行政治体制下的全体"中华民族"。

而在具体的历史事件层面，权力斗争也好、镇压平叛也好，都被放在"正"与"反"的对立逻辑下展开。于是，凌力笔下福临与济度的斗争变成了正确决策与错误决策的较量；熊召政笔下张居正与高拱的斗争演变为新政与旧政的斗争；甚至唐浩明笔下曾国藩与官场的斗争也成为拯救国家与破坏国家的斗争。同样，二月河笔下的雍正之所以夺权，乃是因为他是革除康熙晚年弊政的不二人选；乾隆下江南劳民伤财也变成了"万几宸函，不计劳倦之身奉太后色笑颐养"，是"以孝示范天下"的"大义"。① 这样的逻辑在小说中是常常见到的。例如，康熙命于成龙坐镇江南多收赋税以备西征之需，后者请其以苍生为念，少动干戈，勿以暴敛时，康熙则抓住"天下苍生"为自己辩护：

> 朕正是以天下苍生为念的。西北人民亿兆，地方万里，如今正在噶尔丹铁蹄下苟延残喘。罗刹国雄视西北已经多年，朕若偏安中原坐视不理，有朝一日土地、人民、玉帛丧于敌手，御辇皇图不出嘉峪关，朕问你，后世该怎样看待朕这个皇帝，又怎样评说你这"爱民如子"的"清官"呢？②

"至仁"即明于仁德，所标示的是"道统"上的合情性。将"正"与"反"的二元逻辑复制到人物形象的刻画上，就变成了"道统"的正邪对立。这些帝王将相英雄，尽管有着这样那样的性格缺点，但总体上都是集优秀品德于一身的"仁君贤臣"。康熙对于骂自己是桀纣之君的郭琇，乾隆对以死相谏的窦光鼐，虽然一时之下盛怒不已，但都能做到心怀宽广包容有度；曾国藩尽管"与常人无异，不存在着什么干出惊天动地大事业的异禀"，但他的"修养却是超等的"③，他受业于名师，自己又刻苦勤学，自我磨砺，在道德操守方面严格自律，是周围人眼中正人君子的典范；张居正为了夺取权力不惜冒险与太后、内廷太监结成联盟，为了推行改革而冒士人之大不韪，父丧而不丁忧守制，在这些方面是有悖于当时道德要求的，但作者却有意无意地将对手的攻击讲述成朋党之争，并且不遗余力地表现张居正的清正廉洁和公忠为国。

尽管作家们声称要摆脱二元对立思维的影响，尽可能保持中立和理性，但事实上，一旦历史潮流分出主流与支流，人物分出对立阵营，那么感情的天平往往很难维持平衡。唐浩明的创作以理性见长，但他笔下的太平天国的最高统治者洪秀全，却更多给人以颠顸骄奢、外强中干的印象，让读者难以明白这样的一个对手，如何在清廷官军面前势如破竹，如何让精明强干的曾国藩与之苦苦纠缠多年。二月河笔下吴三桂仅有的几次出场，不是在与姬妾享乐，就是在收买人心；其子吴应熊则"侏儒一

---

① 二月河：《乾隆皇帝·天步艰难》，武汉，长江文艺出版社，2001年，第139页。
② 二月河：《康熙大帝·玉宇呈祥》，武汉，长江文艺出版社，2001年，第426页。
③ 唐浩明：《〈曾国藩〉创作琐谈》，《文学评论》1993年第6期。

样矮胖"；甚至他的谋士汪士荣也遭到"牵连"而被塑造成"无君无友，无兄无妻，五伦皆乱"的卑鄙小人，最终被名将周培公活活骂死。这样的设计，无疑是作者为了"大快人心"而做出的安排。在《张居正》中，作者甚至在主人公生命垂危之际，仍然安排他为了被当成闹事叫花子的受灾流民向皇帝请命，并劝阻皇帝从弹压改为安抚灾民和惩办地方贪官。通过对其爱民之心的渲染，将张居正的高大形象有效地凸显出来。

　　"至公"则是法统上的合理性。批评者在探讨这批小说中的帝王崇拜时，往往指出封建帝王在侵害人权、强化奴性或残害知识分子等方面的"劣迹"。一个常见的逻辑就是："文字狱"的始作俑者，值得我们颂扬吗？对于这样的问题，这批小说自有另一套逻辑来回应。比如争议巨大的雍正皇帝，在历史上曾被称为"抄家皇帝"，他"阴狠冷峻睚眦必报"，甚至"逼死他的生身母亲，兄弟们也杀的杀、黜的黜，个个翻身落马，还弄了个叫'血滴子'的特务组织，逻查暗害臣下。康熙死后，他勾结隆科多，私自将'传位十四子'改为'传位于四子'"。但二月河首先被雍正辛勤批阅的奏折打动，而其在位十三年的政绩更令作者钦佩："康熙晚年库中存银七百万两，十三年间骤增到五千万，这是'振数百年之颓风'，刷新吏治的功效，整治贪官污吏赃银入库，不但给乾隆的'十全武功''极盛之世'垫下了家底子，也留下了一个不错的吏治环境。"①乃至雍正广为诟病的"文字狱"在作者看来也有其"苦衷"："他确实是整人了，文字狱整平民也整官吏"，而且"连他整弟弟整哥哥杀儿子细查过去，若明若暗也似有不得已的苦衷"。②这样的思路，和熊召政的表白如出一辙："赞颂谁呢？我有一个标准，凡是有功于社稷，造福于人民的这样一些精英，不管是历史中的，还是现实中的，都可以成为我们讴歌的圣贤或者英雄。"③但无论是"社稷"还是"人民"，实际上都只能是一个宏大的集体概念，而不能应用到具体的个人身上。所以只要帝王将相能为巩固统治、增强国力发挥促进作用，就是英雄，就应该受到赞颂。用今天的话说就是，目的证明手段，结果证明过程。

　　在这样的逻辑之下，帝王将相的英雄形象，便不仅有了"唯我独尊"的合法性，同时具有了"舍我其谁"的可能性。并且"合法"与"可能"二者

---

①　二月河：《新年杂想及雍正》，见《二月河作品自选集》，郑州，河南文艺出版社，1999年。

②　二月河：《新年杂想及雍正》，见《二月河作品自选集》，郑州，河南文艺出版社，1999年。

③　熊召政：《作家的责任——在华南理工大学的演讲》，《长江文艺》2007年第4期。

彼此互相论证，互为因果。以二月河笔下康熙为例，他尚值少年便铲除辅臣鳌拜大权独揽，撤掉皇太后亲口承认的"没有吴三桂，便没有大清朝"等三藩，以及发动的收复台湾、亲征噶尔丹等战争，便成为波澜壮阔、令人景仰的英雄行为。道统、政统和法统的天然优势与"独步古今"的现实成就完成了相互的循环论证。而其对手是否也为英雄，其所思所言所欲所为是否亦有其合理性，便不是小说十分顾忌的问题了。如果没有这样的预设，读者完全也可以这样去想：鳌拜的专权乃是由于皇帝尚值冲龄；吴三桂的起兵乃是兔死狗烹的担忧；而郑成功及其后人坚守台湾也是一种"精忠报国"的义举；乃至"朱三太子"杨起隆的"反清复明"，也仍然符合"夷狄之有君，不若诸夏之亡也"的圣训……但经过作者的预设和转换，康熙所致力的"一统中华"的宏愿便成为历史发展潮流的伟大意志的体现。

第二节　英雄之影：明清历史题材小说英雄系谱的现实投影

一、强力开拓者与王者风范

历史转型的时代际遇，不仅催生了明清历史题材小说。我们前面说过，帝王将相的英雄伟绩和理想人格一旦受到大众的认可与膜拜，就会在他们的人生目标和道德理想的确定中体现出影响。再加上"成王败寇"的传统心理作用，能够以强权或者威权治乱致强、统御一方的强者、王者、胜者、勇者、智者，就成为人们的现实偶像。这种社会心态，当然会折射到现实题材的文学创作当中。在反映改革与反映转型期的现实题材文学创作中，我们就看到大量以强者、胜者、勇者、智者为主人公的作品。作家们以开放性的眼光塑造的这些改革开拓者，与帝王将相英雄有很多的精神共性，堪称帝王将相英雄系谱的现实映照。

这些改革英雄都应时代之运而生，在时代舞台上腾挪，以自己的作为在历史的激流中激起回响。他们身上凝聚着全社会对他们的期待、赞誉，乃至维护，带有鲜明的理想化色彩。他们都是道德至上的，没有狭隘的个人主义，愿意牺牲个人利益，一心为公，与古代贤君良臣的至正、至公、至仁相比，有过之而无不及；他们施展才能的空间可能只有一个工厂、一个村落，可这些也是一个个小社会，要应对的纷繁复杂、坎坷波折并不少。蒋子龙的《乔厂长上任记》塑造了放弃优越位置，主动要求到破败的机电厂任厂长的乔光朴形象。果敢、坚毅、锐意开拓进取却又稍带武断和自负色彩的乔光朴面对重重阻挠，采取一系列改革措施，打破内外交困格局，矢志改革。工作中的他大刀阔斧主动出击，生活中也当机立断、敢爱敢当，这一铁骨柔情的硬汉形象，是符合当时人们的现实想象的改革拓路者。柯云路的《新星》描写了李向南这个中国当代文学史上具有突出意义的新型政治家的形象。作为新上任的年轻县委书记，李向南雄心勃勃，准备在古老的中原县城古陵开展改革。然而，有理论水平和实践能力的"李青天"，还是遇到了强大的传统保守势力的抵抗和压制，和以顾荣为首的官僚体系不可避免地产生了冲突。在各种谣言与压力面前，李向南仍有坚强的必胜信念，勇敢向前。

改革文学的作家们将笔下的时代英雄放在新时期的种种机遇与挑战面前，提供了属于这个时代的矛盾冲突。乔光朴之后，蒋子龙立足人物性格与社会历史的碰撞，陆续塑造出以车蓬宽、牛宏、武耕新等强者群像构成的"开拓者家族"。他们全都具有改革者的强烈的社会使命感和历史责任感，他们的言语行动、思想感情等，通过相通理念指导下的文学化创作，形成了一组内在精神相通、互为援引的人物群像。《燕赵悲歌》可以说是最早反映"市场经济"信息的改革小说。武耕新善于自省自律，有担当，有胆有识，敢于挑战成规与权威，作者以"悲歌"为题，对面对重重阻碍的革新路的武耕新寄予了深厚的同情。《沉重的翅膀》《花园街五号》也从不同角度书写了改革的艰难和这些开拓者的步履维艰。

改革文学中，基本上都会有一条爱情或者家庭婚姻辅助线。在开拓者家族成员的人生价值和人际关系网中，没有新时期其他文学作品中男女平等的处理，这里的女性基本都处于从属地位。以《乔厂长上任记》为例，童贞虽然有高级工程师的职业和事业根基，在爱情中却只是等待者角色，只能听任乔光朴安排，甚至从名字"童贞"上，读者都能体验到这个现代高级知识女性在小说故事结构中的传统与被动位置。相对而言，男性主人公大显身手于改革浪潮，与那些叱咤历史风云中的帝王将相一样，俨然是这世界的主宰。

改革小说中，既有强大复杂的对立面，也有与开拓者惺惺相惜的其他助手型人物设置，这种人物关系网络，也与明清历史题材小说的设置相似。高拱的强大衬托了张居正的能量，冀申关系网的盘根错节是乔光朴大刀阔斧的前提。金学曾聪明机智、冯保运筹帷幄、戚继光疾恶如仇，有了这些臂膀，张居正才能"一个好汉三个帮"，成就大业；乔光朴有局长霍大道、老对头变联盟的郗望北、老搭档石敢，改革前景自然乐观。《乔厂长上任记》中，支持乔光朴大胆革新的局长霍大道有一句话，生动地刻画了这群开拓者的强大内心:"我喜爱这一句话:宁叫人打死,不叫人吓死。我在台上,就当主角。"

勇担重任的强者气度,对成功的向往与坚信,以及团结一致的群体组成上以男性为主的特点,使得这个现实英雄家族整体乐观坚定、刚性十足的气质在新时期文坛上十分瞩目。

二、悲情英雄与平民"勇"者

进行个案分析,有时可以得到惊人的发现。在这里,笔者要对《张居正》和《农民帝国》做一下比较。两部作品的主人公,一个是历史上的权臣,一个是杂取现实中诸多人物而合成的一个艺术典型,二者看似风马牛不相及,却在人生轨迹上有惊人的相似,而两部小说的风格精神中都带有相似的哲学指向。他们都有强烈的现实抱负,能力出众,在自己的人生中书写过华彩篇章,然而又都因为各种原因未逃离盛极而衰的悲剧归宿。这类形象体现出时代"英雄"观念的变化及拓展,人们以更加包容和多元的标准审视历史、熔铸现实,而浓重的悲剧意识的根源,是笼罩时代的虚无主义的愁绪。

《张居正》既近史,又主情,强化了居帝王之师、内阁首辅的张居正以天下为己任、敢于担当的政治家品格:"得失毁誉关头若打不破,天下事无一可为者。""苟利社稷,生死以之。"在历史人物自身的丰富性与各种艺术可能性中,塑造出一代"帝王师"加"铁血宰相"的个性化形象。

作为帝王师,他深知"事长君易,事幼君难"。他以"山走路、石头长个儿、男变女"三件怪诞条陈为小皇帝解惑,启蒙了他的君王意识与明辨能力,也确立了小皇帝对他的信任依赖,自此鞠躬尽瘁,死而后已。但是,他十年如一日苦心维系师道之尊与人臣之责,却既没有教育出贤君,又没有逃脱"帝王师"遭帝王清算的历史厄运。与李太后的暧昧情愫虽使得君臣关系达到了前所未有的和谐;但背后,一个少年会怎样为他父亲的尊严受辱暗自生恨都被这些成年人忽略。而身兼首辅、老师身份却忽略了小皇帝生理与心理成长的新需求,终于导致了小皇帝的逆反。《张居正》还安排了邵大侠与何心隐这两个江湖人物。他们处江湖之远,以独到的手段和眼光,起到了其他高官循吏无法发挥的作用。邵大侠为高拱长途奔袭暗杀李延;何心隐以张居正知己自居,不远千里面授张居正进身策略。而当尘埃落定,这两个江湖高人皆落得惨淡收场。邵大侠、何心隐命不由己却仍存志向,高拱、张居正一心为主却仍命运多舛,说到底,都是由皇帝决定的。邵大侠、何心隐,与《雍正皇帝》里的邬思道、《曾国藩》中的陈广敷形象，一起丰富了明清历史题材小说对封建人治制度潜规则的揭示。高拱和张居正的遭遇更加说明：在人治政体中，没有制度制衡，更没有客观公正，臣子生前身后荣辱、国家的兴衰，皆取决于一人的好恶与自我利害的权衡——皇权就是天意，天命难违，所以说"伴君如伴虎"。而且，我们也在"士为知己者死"的传统知识者心理背景下，看到一代英豪的历史局限性：这些庙堂将相、江湖高人能者，毕生追求的意义不过就是一人之肯定。当这一目标最终无法实现，他们人生的悲剧性自然不可避免。

张居正的官场权谋，成功地运用于与高拱斗法、临危受命、与冯保结盟、实行"考成法"、实施"一条鞭"法等重大事件中，个人权谋运用的结果是成功地挽大明王朝于将倾，呈现中兴局面。但每件事功，都会为他个人树立怨敌，人亡政息也就成为必然。高度集权的政治体制下，皇亲国戚、强族权贵就是强大的既得利益集团，不可触碰。张居正数次以个人的微弱力量去同这样一个利益集团较量，即使生前成功，也难免身后的悲惨。《张居正》运用多重呼应来组织情节，从而避免了这些宏大叙事的空泛单调。有的呼应是贯串始终的前呼后应，有的则是渗透到小说的细枝末节的伏笔与转合，它们促成了小说总体布局的有序，突出了重点、亮点、冲突点。比如高拱、张居正、张四维三人的"前车后辙"式的安排：首辅高拱日益骄横、刚愎自用，因为是当朝隆庆皇帝的老师而权倾朝野，此时高拱得意，张居正韬光养晦；幼帝登基附保驱拱，张居正取而代之，大权在握威震朝野；张居正死后，张四维继任首辅，辅助万历清算抄查张居正及其心腹。宫廷内外、君臣之间、朝廷上下，处处陷阱，人人自危。在这个权力场中，没有一个人超然事外，也没有一个人良心发现，每个人都处心积虑、不择手段地想占有与获得权力，表面是一朝天子一朝臣，而最终谁也成不了胜者。这一认识超越了阶级的人性的层次，而使得小说达到了哲学意义上的高度。

《张居正》的创作初是有感于现实，但塑造出的都是悲情英雄。究其根本，当时中国处于改革时期，人们对前景的忧虑，以及世纪之交浓重的虚无主义氛围，都是这些人物以及作品基调形成的原因。

三、从帝王贵胄史到平民家族史

刘汉、李唐、赵宋、朱明，中国封建社会的朝代兴衰史，其实就是帝王贵胄的家族史，无论帝王将相、文臣武将心系之社稷如何关乎民生，其实质也只是一人之天下。同时，在"家天下"的社会里，家庭作为社会及国家缩影，折射出的是民族国家的同构命运。家国相连、共生同辱，中国社会的"家国同构"的特点，使得现代家族小说往往成为国家民族的寓言，家族叙事延展的是国家民族命运，家族小说因之呈现厚重的历史感。80年代中后期以来，随着知识分子社会地位的变化，其作为国家民族代言人的幻影破灭，宏大叙事和家国同构观念也逐渐被抛置身后。但是，这并不意味着作家的史诗情结和身份诉求的终止。于是，在革命叙事、帝王贵胄叙事之后，用对一个家族的血缘与精神承传或者决裂的方式确认自身的家族小说兴盛起来。

因时代更迭而出现的精神上的不安，世纪末人们普遍的怀旧情怀，以及繁杂的现实带来的不安和不适感，使得人们不由自主地将眼光投向过去，希望从先人的风骨中找到精神的归依。在这种社会思潮之下，作家也往往不由自主地通过想象建构实现精神上的"还乡"。比如，张炜的《九月寓言》、李锐的《无风之树》、刘震云的《故乡天下黄花》和《故乡相处流传》、李佩甫的《羊的门》等，以村庄这一社会基础单元的兴衰而展开；而莫言的《红高粱家族》、阿来的《尘埃落定》、张炜的《古船》和《家族》、赵玫的《我们家族的女人》、格非的《敌人》、李锐的《旧址》、刘恒的《苍河白日梦》、高建群的《最后一个匈奴》等，则将视角投向更加微观的家庭、家族命运的浮沉。在一定意义上，帝王贵胄史和家族史，都基于身份认同诉求，都在向历史纵深回溯，只不过前者主要是从政治文化视角正面建构，正统文化思想是其现实支撑点，后者往往注重民间文化精神的建构。中国的由家庭而宗族的家族体系，是社会、阶级、文化、民族性、道德人伦等多种因素结成的实体，历史在家族的延续中得以向前发展。家庭亲情体验、家族文化浸润、传统文化熏陶与对精神家园的追寻，注定了只要家族存在，家族情结就会存在。理性意识再强的人，也会有不同程度的家族情结，如中国讲究的"叶落归根"，就是一种血缘和精神上的向心力。家的颓败对每个从小生活其中的人来说都是痛苦的，反叛和背离带来的失落也是难以慰藉的。家族小说满足了作家通过文学的方式"精神还乡"，在爱恨交织中"怀家"的家族情结。

第三节　英雄之魂：明清历史题材小说的人生体悟

一、人物内在情感的挖掘

作为文学作品，对人物的表现当然不能只限于道义理念的阐发和解说，它必须关注"人"，展示活生生的人物形象。"高大全"的教训告诉人们，文学人物必须具有真实丰满的立体感，才能获得生命力。这种立体感的获得，实际上是人物性格的多面展现与辩证统一。在读者看来，英雄必须既有"神性"的一面，又具有"人性"的一面，才能具有真实感、亲切感。只有实现了这种辩证统一，英雄人物才能获得文学魅力和生命力。明清历史题材小说中的英雄形象塑造，在这方面也有自觉的意识。这种意识的具体效果，直接体现为对人物情感与内心的把握。

经过 80 年代初的思想解放，"主体性"和"人性"在文学中得到了逐步复归。当然，不同作家笔下的帝王将相，其性格表现也各有千秋。最典型的是凌力笔下的帝王将相：吴三桂可以冲冠一怒为红颜，洪承畴也可以拜倒在孝庄皇太后的裙下，更有顺治帝福临和董鄂妃的惊天恋情，虽为礼教所不容，却爱得轰轰烈烈，乌云珠可以喊出"我爱的不是皇上，而是福临"的惊世之音，福临也可以为乌云珠勘破红尘，弃江山如敝屣。同样重要的是，通过对帝王将相内心世界的探究，作家向人们展示了这些天之骄子富于血肉情感的一面。让我们看到，即使地位高居的康熙，面对祖母皇太后的去世，也有摧肝裂胆、五脏俱焚之痛；即使冷峻严厉、杀人如麻的雍正，也会终其一生对自己的初恋情人小福念念不忘，并最终因此而命丧黄泉；即使日省己身、严于自律的理学名臣曾国藩，面对日久生情的小妾，也要忍不住偷偷地感伤祭拜；即使严谨处身的张居正，在轰轰烈烈改革的同时，也少不了要与爱妾花前月下……英雄之所以为英雄，不仅由于其事业成就的光辉灿烂，也由于其生活的多彩多姿。这是中国人传统人生理想和审美习惯的体现。小说中对帝王将相诸多的爱情描写、内心独白等生活场景的加入，既是出于还原历史真实、丰富人物形象的主观追求，也是中国传统英雄叙事的惯性使然，让我们得以在其中看到《三国演义》《水浒传》的影子。

中国古代小说和戏曲中常见的"英雄美人""才子佳人"模式，也因此而获得长久的生命力。在明清历史题材小说中我们看到，革命英雄塑造中被禁锢的情感描写在新时期得到了复萌。而且必须承认，在很大程度上，正是情感线索的加入，使得英雄人物脱离了单纯的"神化"色彩，而更加符合当代大众对英雄的想象。也正是这方面的描写与表现，让我们看到人物内心与外在行为之间的巨大张力，或者说"神性"与"人性"之间的巨大张力。这种张力显然可以大大提升读者的阅读快感。不难发现，这些小说对人物心境的表现，带有浓厚的中国式人生体会，能较好地契合中国读者对英雄人物的想象，因而具有阅读接受上的亲近感。但同时也应该看到，这些情感与内心的把握和探寻，并不像西方史诗或者现代小说一样，在推动人物行动和情节发展方面发挥着关键性的作用。所以，与其说这种张力的出现乃是出于作家的现代主体意识而在书写中有意呈现"人"的丰富性，毋宁说是中国作家基于民族审美心理与人格理想的集体无意识而为之。

由情感描写而更进一步，明清历史题材小说也对英雄人物的内心进行了更深的探究。颇有意味的是，小说在以昂扬激越的豪情表现英雄的壮举与伟大的同时，也以细腻的笔法探究人物内心深处，写出"辉煌的表象所包裹的，却是一颗充满了忧郁和怯懦的心灵"，并且"越是声誉隆盛，他越是忧郁""越是战功显赫，他越是怯懦"。① 毋庸置疑，作家们在这方面是颇费了心思的。二月河说，为了解决雍正的感情问题，就用了两年的时间。② 这里的"感情"，不光是他与小福、引娣之间的恩怨爱恨，更是他自己内心的苦闷与孤独。几乎所有的帝王将相，在激烈的权力斗争之中很难有喘息的机会，而一旦扪心自问，往往深感空虚与寂寞。愈是位高权重，他们就愈是孤独凄凉。他们有阴鸷多疑的一面，雍正在即位前夜，秘密处死了跟随自己多年的坎儿，原因只是后者知道他太多不可告人的秘密；康熙对臣下处处设防，如他派魏东亭监视吴六一，又派人监视魏东亭。但在另一面，他们又显得无比的孤独无助。因为为了获得自由，他们必须把握权柄，而一旦把握了权柄，他们就必须成为权力的奴仆。他们身处高位，万人敬仰，但内心深处不胜凄寒。他们往往荷戟独行，领受着深切的孤独。所以我们不难理解曾国藩一心匡扶朝廷、挽救名教，却处处掣肘，知之者多而和之者少；不难理解康熙面对朱元璋墓时的心理活动：

> 一种孤寂凄冷的寂寞感突然又袭上心头。原先许多想不明白的事，一下子豁然洞开。明太祖以皇觉寺一僧起于草莱，从龙诸臣不数年间被他屠得凋散殆尽。康熙一直想不透，他没来由为何如此狠毒残忍。此时触景动心，才晓得皇帝在世间没有朋友。称"孤"、道"寡"竟不是虚设之词。他有意留下伍次友不做官，特旨许伍次友称自己"龙儿"，原也有心留下这个布衣师友，不料也奄然物化，杳然

---

① 唐浩明：《历史人物的文学形象塑造》，《文学评论》1995 年第 6 期。
② 二月河：《新年杂想及雍正》，见《二月河作品自选集》，郑州，河南文艺出版社，1999 年。

而去。从此天上人间人琴渺茫，斯世斯人斯景怎不令人伤感？①

这种孤独，并不只是情感和心理上的，而是英雄个体无法摆脱的宿命。由此，明清历史题材小说向读者展示出对人生与历史的思考。

对子女婚姻的期盼，本应是天下为人父母者共同的心愿，母仪天下的太后也不例外。但是，面对皇帝与皇后的琴瑟和谐，慈禧不是欣慰，而是总挑皇后的毛病，甚至硬逼儿子去慧妃处，最终令同治哪里都不去，而偷偷出宫去下流场所鬼混，寻求刺激和发泄。而得知儿子染上梅毒，慈禧的反应不是反省而是痛恨皇后，并最终在同治死后不久毒死皇后。《慈禧全传》追究了慈禧对儿子的态度一步步的变化：生儿子时她是高兴的，儿子既是她的骨肉，又是受宠的根源与见证，还是自己将来的荣华的依靠。可是，这个儿子名义上不属于自己，从小又不容她教养。经历丧失、嫉妒等重重身心折磨之后，她对这块骨肉有了复杂的感情，尤其是见到温和的慈安更受儿子接纳。她内心的嫉恨不能表现，只好暗暗怪罪儿子不亲近自己。而经年累月如此，亲情自然淡漠。同治多次无奈地向慈安诉苦："只要能让两位皇额娘高兴的事，儿子说什么也要办到。不过，我可真不知道怎么样才能哄得我娘高兴？"很多事但求糊涂的慈安，在此事上并不糊涂，她知道，"除非不管对不对，事事听从，慈禧太后才会高兴。无奈这是办不到的事，她想掌权，难道就一辈子垂帘，不让皇帝亲政"。同治临朝，取消垂帘，凭着多年对慈禧的熟悉，慈安深知她难以自甘寂寞。慈安给同治支的着儿是：给你娘找点事做。凭着花钱，买她高兴。事实就成了慈安真疼儿子，慈禧因为生儿子居功而欲壑难填。儿子出天花，她马上就要垂帘。母子之间的嫌隙越来越大，终于导致彼此失望、绝望，以至为了权力任何举动都可以采取，并且毫无顾忌。母亲隐秘的内心世界，不见得只有对子女的关怀呵护，还存有人性本来的自私和扭曲异化所造成的不堪，小说对此从正面、侧面甚至背面曲折地加以表现。

小说还呼应慈禧性格，将一个至死都处于生母而兼严父的慈禧太后的积威之下，常常吓得连话都说不清楚的少年同治帝，怎样一步步走上和母亲对抗，最终因此葬送自己的道路铺展开来。

十四岁的小皇帝情窦初开，小说写了他如何做贼心虚地去触摸服侍他的桂连的手脸，偷偷跟姐姐要戒指赏给桂连。这是一种少年情怀，真

① 二月河：《康熙大帝·玉宇呈祥》，武汉，长江文艺出版社，2001年，第435页。

挚深切，容不得半点亵渎与侵犯。慈禧一旦得知即震怒，定要撵走她，而且在儿子生病期间马上执行。连嫡母慈安都舍不得桂连，不知是自己舍不得桂连本人，"还是因为疼爱皇帝，觉得撵走了他喜欢的一个人而心怀歉疚。或者两种心思都有"。作为生母的慈禧，却毫无体恤之情。儿子的成长，对她而言，意味着对儿子的掌控和权力的即将丧失，不可喜反堪忧。而得知真相的同治岂能不怨母亲？从小到大，他无数次想亲近母亲，可都被她的威严逼退；他总想获得母亲的认可，可是每次一腔热情总被迎头浇灭。甚至他想要的平常夫妻之情，也不被母亲允许，根源仍然是没有按照她的意愿选后。小说里有多段关于同治帝对皇后的感情的描写。选后之时，他在貌不甚美但似乎"腹有诗书气自华"的秀女，和母亲选定的美丽但是娇弱看上去很容易控制的秀女间，选择了前者，因为她"在皇帝面前，神态自若，谦恭而不失从容，一看便令人觉得心里踏实，是那种遇事乐于跟她商量的人"。可这换来的，是母亲的震怒。婚后的同治和皇后时常谈古论今，令他"感到很少有的一种友朋之乐。皇帝有时是世界上最寂寞的人，他没有朋友，勉强有那么点朋友味道的……而有时又得顾到君臣之分，这样就很难始终融洽，畅所欲言。""皇帝也像民间新婚的夫妇那样，三天不见，在感觉中像过了多久似的，一定要仔细看一看妻子的脸，好知道这'多久'的日子中，有了什么改变"。[①] 可这温暖，又被母亲嫉恨并生生驱离同治的生活。正是多年的一味苛责，将总是惮于生母严峻的亲生儿子推开，推到慈安的怀抱。

　　一个欲望无限膨胀和扭曲的母亲，一个母亲的阴影下孱弱的孩子，这段悲剧的底色，与张爱玲的《金锁记》何其相似。甚至连这些细节透露都惊人相似。皇后一直逆来顺受，却难得慈禧太后破颜一笑，念及皇帝死后的日子，她"仿佛就觉得整个身子被封闭在十八层地狱之下的穷阴极寒之中，求生不得，求死不能，亿万千年，永无出头之日。这是何等可怕！皇后身不由主地浑身抖战，若非森严的体制的拘束，她会狂喊着奔了出去"。这里皇后的绝望，就是《金锁记》里长白的妻子芝寿的绝望："这是个疯狂的世界。丈夫不像个丈夫，婆婆也不像个婆婆。不是他们疯了，就是她疯了。"而"绢姑娘扶了正，做了芝寿的替身。扶了正不上一年就吞了生鸦片自杀了"。被扭曲的心底里的怨毒，虽没有正面书写，可是受折磨的可怜人心灵上伤痕足以说明一切。

　　还有一个细节值得提及：桂连被撵出宫门前夜，想明白了她放不

---

① 　高阳：《慈禧全传》，北京，新星出版社，2015 年。

下的小皇帝其实是个傀儡，从而释然而去；《金锁记》中的长安，被母亲亲手毁掉了最理想的婚姻机会，最终在母亲死后，还是会有男人给她买吊袜带。可见，对男权社会里的女性命运的关注，使作家们在不同时段、不同文学创作中，都能奉献出这样以触目的残缺惊人心魄的艺术形象。

二、人生的悲剧体悟

"悲剧"这一命题，发源于西方。众所周知，中国传统史传文学中的"悲剧"往往来自人物事功的败落或者家国的衰亡等外在动因，而较少像西方文学那样，涉入本体内在意义上的悲剧拷问。在这方面，明清历史题材小说进行了自己的探索。作家们几乎异口同声地将自己笔下的人物和时代都定性为悲剧。① 以《少年天子》中的福临为例，他已经不属于单纯的政治悲剧，而是上升到人生的高度。顺治帝福临的一生，从积极治世、以唐宗明祖为榜样到消极遁世、勘破红尘，从雄心勃勃、英明有为到心灵破碎、悲观厌世，从崇尚天主教、儒学到退守释家寻求超度，前后悬殊如霄壤。更令人不解的是，这一人生的大逆转，是发生在并无刀光剑影、身家性命无虞的极贵极富之地——皇宫之内，而一位统御着正处于上升阶段的帝国，位居九五之尊、富有四海，在人们看来无所不有无所不能的天子，在没有任何人真正撼动自己皇位的背景下，却做出决绝的举动，从踌躇满志的帝王沦为精神颓唐的绝望者、虚妄者，遁入悲凉的结局。这样的悲剧，当然不是简单的社会政治原因所能解释的，也不是单个或数个事件发生的直接结果。它一方面源于福临个人性格中操切与雄心、怯懦与勇敢、悲观与决心等矛盾的组合。种种在他自己看来理所当然、在别人眼中却乖戾无常的举动，比如两废皇后，比如撤议政、罢六部等行为，使他陷入深深的孤立，环顾宫内，只有董鄂妃一人理解和支持他，因此福临的精神极其脆弱，一旦所依赖的支柱董鄂妃逝去，他的精神世界必将轰然坍塌。另一方面，这样的悲剧具有强烈的历史宿命感。从长远看，福临的种种行动，如满汉民族交融，学习汉制等是符合历史规律的，但在当时必然要遇到强大的阻力，这就是恩格斯所谓"历

---

① 参见唐浩明：《历史人物的文学形象塑造》，《文学评论》1995 年第 6 期；二月河：《新年杂想及雍正》，见《二月河作品自选集》，郑州，河南文艺出版社，1999 年；熊召政：《权谋文化的批判》，《中国作家（小说版）》2006 年第 12 期；凌力：《路漫漫其修远兮》，《文学评论》1992 年第 1 期。

史的必然要求和这个要求的实际上不可能实现之间的悲剧性冲突"①。

这种"悲剧性冲突",在一定意义上,就是个人与时代的错位。这是历史人物命运悲剧的基本模式,也是历史精神与人生追问在创作中的阐发原点。正是"错位",使得历史中的个体往往挣扎在一个不属于他们的时代中,最终被抛弃,被孤立。他们往往荷戟独行,领受着深切的孤独,这种孤独不仅是心理上的,更是命运上的、文化上的。鲁迅说,悲剧将人生有价值的东西毁灭给人看。在错位的语境中,历史人物身上呈现出的美好的东西愈多,其悲剧性就愈强。这是历史与人的"佯谬",因为这个"佯谬",历史时空突然显出一种无法自拔而又悲从中来的荒谬感。由此,历史人物的人生价值被悬置。唐浩明笔下的张之洞在临终前用一句话概括了自己数十年的求索与奋斗:"这一生的心血都白费了。"作者还情不自禁地引用了苏轼的《赤壁赋》:"自其变者而观之,则天地曾不能以一瞬。"真是"多情应笑我,早生华发"的诗人情怀!《曾国藩》中,曾经的对手、前湘军哨长李臣章和太平军师帅瞿荣光竟然成了异姓兄弟,合伙当起了山大王,在失败者的眼里,胜利者已经没有多少分量,在胜利者看来,失败者也没有多少罪孽,两者都扯平了。事实上,二月河、熊召政的作品中对主人公事功烟消云散的结局设计,当然也不只是出于"忧患"的现实考量,《康熙大帝》中时时流露的盛世之下的隐忧,《雍正皇帝》中对主人公生命结局的"乱伦"情节设计,《乾隆皇帝》中对"康乾盛世"表象之下贪腐横行、内乱纷起的表现,以及《张居正》中主人公"新政"的有限效果及其逝世后"新政"的迅速崩溃,也都能引起读者对历史兴替、人生意义等问题的终极性思考。如果"古今多少事"注定要"都付笑谈中",这笑也是带着泪的。就如曹雪芹的"满纸荒唐言",总浸润着"一把辛酸泪"。

这种带泪的笑,折射出荒诞的悲剧风格。我们也由此分明感受到明清历史题材小说中时隐时现的《红楼梦》的魅影。平心而论,唐浩明笔下晚清危局之中的士大夫们、凌力笔下情感充沛性情细腻的帝王们、熊召政笔下勉力革除弊政的将相们,甚至二月河笔下安居盛世却如履薄冰的"圣主"们,在繁华隆盛的表象背后,谁不裹藏着一个孤独、脆弱却又无可奈何的苍凉内心?谁不是抱着满腹的委屈、失落、茫然与麻木含恨而去?在人生的意义上,他们与《红楼梦》中的贾宝玉便有了相通之处,不

---

① 《恩格斯致斐·拉萨尔》,见《马克思恩格斯选集》第四卷,北京,人民出版社,1995年,第560页。

独堂堂帝国王朝如百年贾府，庙堂中端居垂拱的帝王将相们又何尝不与宝玉同病相怜？他们的壮志未酬，与"最后一块"空有补天之志而无补天之命的顽石何曾相似？他们在"花柳繁华地，温柔富贵乡"的一番"入世"，在历经了种种坚守、奔突与迷惘之后，何尝没有勘破"昌明隆盛之邦，诗礼簪缨之族"的罪恶与腐朽，勘破人生与历史的虚妄和沉重？鲁迅品《红楼梦》，感觉"悲凉之雾，遍被华林，然呼吸领会之者，独宝玉而已"。他们身处特定的历史时空，何尝不是"悲凉之雾"的组成因子与痛苦的"呼吸领会"之人？黄仁宇曾这样解释他的"大历史"观点：历史进程总是人类的理想主义、自我牺牲和"原罪"（或如宋儒所提的"人欲"）两种力量之总和，也就是阴与阳之合力。在他看来，自己不能将个人有限度的观测去推论无可知之数。[①] 因为"中国的革命，好像一个长隧道，需要 101 年才可以通过。我们的生命纵长也难过 99 岁。以短衡长，只是我们个人对历史的反应，不足为大历史，将历史的基点推后三五百年才能摄入大历史的轮廓"[②]。在黄仁宇看来，处在当下，或者与历史相距过短的时间内，我们很难对历史作出客观的评价，这是"当局者迷"。只有拉开时间的长度，才能理性地品察历史以及历史人物的是非功过，做到"旁观者清"。尽管黄仁宇的大历史观着重从技术、细节的角度来看待历史，但与马克思的历史唯物主义一致的是，其都认为社会的发展中历史人物扮演的角色、发挥的作用要纳入历史的整体发展中观照。

我们也每每在这些明清历史题材小说中捕捉到超验色彩。浏览这些小说的结局，往往脱不了辉煌之后归于沉寂的苍凉。这种情绪的流露，折射出作家们对历史和人生的体悟，即所谓"敬畏历史，感悟人生"（唐浩明语）。作品中所设置的诸多情节，往往引起读者掩卷而思：为什么严谨冷峻的雍正会走向乱伦呢？为什么雄才伟略的康熙会在儿子们的不孝忤逆中气郁弃世呢？为什么位极人臣的曾国藩晚年如此心灰意冷呢？为什么福临会勘破红尘遁入空门呢？张居正生前备极荣尊，死后何以如此凄惨？在他墓前撞碑殉情的玉娘又作何想呢？由于这些问题的纠缠，人们不由得陷入更大的困惑与思索之中：历史的兴亡真的有那么简单吗？成功的人生为何也不能带来幸福？操弄这一切的隐形的巨手究竟是什么？"多情应笑我，早生华发"，"古今多少事，都付笑谈中"。这恐怕又是历史和爱思考的人们开的一个玩笑。

---

① 黄仁宇：《中国大历史》，北京，生活・读书・新知三联书店，1997 年，第 316～317 页。

② 黄仁宇：《万历十五年》，北京，中华书局，2006 年，第 314 页。

第四节　偶像之镜：帝王将相英雄的文化语境

一、英雄与时代文化的联系

文学是时代的产物，它反映所处时代的精神文化风貌或者叫症候。文学人物是文学作品的构成主体，集中凝聚着作者的情感流露、审美判断、价值倾向等主观因素，也反映出作者和作品所处时代的社会风尚、精神文化面貌等客观背景。尤其是作品中的英雄人物，凝结着作者的审美和价值理想，文学作品能否得到社会的广泛认可，在很大程度上取决于其所表现的英雄人物是否反映时代的精神风貌，是否表达了社会大众的理想要求。换言之，在于是否通过"人人笔下所无"的英雄形象，道出了"人人心中所有"的审美和价值追求，实现艺术个性与价值共性的辩证统一。

康德认为，历史就是人的存在与本质获得和昭示的过程，历史存在于历史中的每一个人身上，每一个人的存在与意识都是历史的组成部分，人构成了历史活动的主体及历史知识的客体。[1] 因此，修撰历史或许就是对人类生活图景的叙写。那么，对英雄人物的叙述，可以说是这种叙写的高度形象化与凝练化。难怪梁启超这样感叹："吾读数千年中外之历史，不过以百数十英雄之传记磅礴充塞之，使除出此百数十之英雄，则历史殆黯然无色也。"[2]无论是文学，还是历史，都离不开英雄。

一代有一代之文学，一代也有一代之英雄。这不仅是文学自身发展所致，根本上，英雄人物乃是时代精神面貌和文化氛围的折射。"时势"不仅呼唤英雄，也创造英雄。英雄首先属于特定的时代，然后才属于历史。"游走在历史与艺术、真实与虚构中的功过是非、得失成败往往给人以情感上的震撼和心理上的抚慰，通过艺术作品可以洞鉴一个时代的世情人心、公共理念与创作者的社会承诺。"[3]在这个意义上，可以说，英雄是时代文化的坐标。

20世纪中国文学与此前一切中国文学的根本区别在于：她处于"现代性"这一个元话语之下。当然，随着人们思考的日益深入，"现代性"的

---

① 参见王春云：《小说历史意识研究》，南京师范大学博士学位论文，2006 年。

② 梁启超：《文明与英雄之比例》，见梁启超著，陈书良选编：《梁启超文集》，北京，燕山出版社，1997 年。

③ 胡明：《历史·历史观·历史题材的文艺创作》，《文学评论》2004 年第 3 期。

内涵已远远不止于 20 世纪初人们面对"进化论"时的单纯狂热，但塑造英雄人物已经成为实现现代性共同想象的基本途径。因此梁启超在痛斥旧小说"大碗酒、大块肉，分秤称金银，论套穿衣服"等旧式英雄主义观念贻误国民的同时，又疾呼新英雄的诞生："不有非常人起，横大刀阔斧，以辟榛莽而开新天地，吾恐其终古如长夜也。英雄乎，英雄乎，吾夙夕梦之！吾顶礼祝之！"[①]

现代作家笔下的英雄，往往服务于"启蒙"话语。其英雄形象大多以个性张扬的"超人"形象出现。用鲁迅先生的话说，就是"掊物质而张神明，任个人而排众数"。他笔下《狂人日记》中的狂人就是现代性语境下个性解放的想象构建。同时，由于五四以来中国人对现代性的追求是在被迫敞开国门的背景下进行的，"救亡"也始终成为英雄叙事的另一个重要向度，民族英雄形象成为中国现代文学中的重要群像。而带有"救亡"色彩的英雄携着战争氛围的日益浓厚而越来越多地占据时代文学的前台。直到新中国成立，个人主义因素从新的英雄身上彻底抽空。如早期在家庭和社会的重压下，不甘平凡、怀着对新生活的向往而逃出家庭的女英雄们，在现代作家笔下是何等柔弱、何等无望，乃至鲁迅先生不禁要问"娜拉走后会怎样"，但新文艺中刘胡兰、赵一曼，以及新中国成立后的江姐、红色娘子军等形象，则已成为引领人民前进的英雄，而不是作为启蒙知识分子微妙情感的抒发与排遣。

从中华人民共和国成立后主流意识形态树立的一系列英雄模范来看，主要集中在革命战斗和生产建设两个方面。前者如为了胜利牺牲自己壮烈献身的董存瑞、黄继光、邱少云，后者如"宁可少活二十年，拼命也要拿下大油田"的铁人王进喜、"先治坡后治窝"的大寨铁姑娘郭凤莲、坚持做好人好事的好兵雷锋。与此几乎平行出现的，是文艺作品中的两大类英雄形象，如《林海雪原》中的杨子荣、《小兵张嘎》中的嘎子、《创业史》中的梁生宝等，无疑可以看作对现实英雄形象的呼应。

新时期作品中的英雄形象，最初是对改革开放主旋律的强烈呼应：《大墙下的红玉兰》中在狱中含冤与反革命英勇搏斗，冒死纪念周总理的葛翎；《乔厂长上任记》中大刀阔斧进行改革的乔光朴；《沉重的翅膀》中"干事而不混事"的郑子云等形象，概括了一代人对"现代化"的重新想象。

---

① 梁启超：《文明与英雄之比例》，见梁启超著，陈书良选编：《梁启超文集》，北京，燕山出版社，1997 年。

20 世纪 90 年代是社会主义市场经济改革"加速换挡"的关键时期，中国社会转型也进入深化阶段，随着改革的逐步深入，日渐暴露的问题冲淡了人们最初的欣喜和对"改革"的单纯想象。经济、政治、文化、社会各方面经历着裂变前的阵痛，人们的思想观念、精神面貌、文化生活与 80 年代有着明显的"断裂"，那些带有浓厚理想主义气质的英雄身影也渐渐远去，人们开始低头向下，在怀旧和温情中抚慰受伤的心灵。那些似乎被人遗忘的尘封历史恰恰此时被发掘出来，人们带着景仰、带着温情，也带着好奇与兴奋，迫不及待地将目光投向"走出红墙"的开国领袖，投向走出尘封故纸的帝王将相们。

如果我们再将自己的视点投向当下，会发现在纷繁嘈杂的文化大合唱中，沉浸在兴奋与快感之中，人们发现自己仿佛身处 21 世纪的渊底，在高度发达的文化工业及其丰富的产品面前，却难以觅得感动。我们有了锐利的目光，有了发达的思维，能洞穿一切表象的蒙蔽，甚至曾经为之感奋不已、激动不已、膜拜不已的高大形象也难以逃脱被"戳穿"、肢解和调侃的命运。"后"时代的人们仍然呼唤感动，呼唤温情，却对"崇高""伟大"具有了根深蒂固的"免疫"。

二、世纪之交的英雄变迁

这样的感慨或许有身在庐山的当局者迷，但我们仍然不难找到例证。不妨拿新时期以来不同时段中出现的英雄形象进行简单比较。当然，每个形象都不能完全代表其所处的时代，因此有必要与同时代的其他相关元素联系起来。

对于 20 世纪 80 年代，《人到中年》中的陆文婷应是一个不会令人太感陌生的形象，根据这部小说改编的同名电影也曾风靡一时，引起过热烈反响。这样一个柔弱的知识分子形象，之所以深入人心，令人钦敬，主要在于她的故事所蕴含的一代人的命运，尤其是作为启蒙者的一代知识分子的命运。她是救死扶伤的大夫，也是负担繁重的主妇，却很少得到社会的关心，她身心疲惫、命在旦夕却仍在默默承受。这样的一个形象，隐喻着当时重新回到正常社会生活中的知识分子：他们追求知识，奉献热情，为党的事业服务，为人民服务，面对窘迫的生存现实仍然不改初衷。这样一个柔弱却坚强、身处困境却心系他人的疗救者，反而取得了一种理想化的崇高感。并且，这样一个"疗救者"的形象，是在一种悲情的气氛中呈现出来的。

将这批明清历史题材小说中的主人公作为 90 年代英雄群像中的一个

代表，或许既不具有主流意识形态的正统性，也不符合知识精英现代精神，却能实实在在深入那个时代（甚至包括 21 世纪的开头几年）的社会大众心中并引起强烈的共鸣。争议越大，影响越大，也就越能说明其内涵之丰富，这就是"典型"的辩证法。尤其是二月河笔下、电视剧《雍正王朝》中的雍正，这位历史上罪名累累的"暴君"以一个力扫颓风、重振山河、不计毁誉、全力苦干的"勤政"君主新面貌出现，居然也得到大众的热烈肯定。他的苦心孤诣、他的夙兴夜寐、他的雷厉风行、他的心怀天下，不仅将大清百年颓风一扫而空，将亿万子民拯救于水火，也将"历史的误会"涤荡无余。

21 世纪的宏大图景刚刚展开，任何鉴定与结论显然都为时过早。但在刚刚过去的数十年之中，我们仍然清晰地记得许多"感动"。并且这感动往往来自"小人物"。在帝王将相陷入"戏说"泥淖无法自拔之后，在"红色经典"遭遇"戏仿"之后，人们仍然可以运用朴素的辩证法在小人物中找到感动与不凡。以 2007 年热播的电视剧《士兵突击》中的许三多为例，这名士兵之所以受到亿万人的热捧，并不是因为他有着多么崇高的志向，或者多么杰出的成就，或者如何超群的才智，而仅仅是因为"不抛弃，不放弃"的简单坚守。在笔者看来，对主人公类似阿甘的性格定位，并不是印证某个"美国梦"式的宏大话语，而是映照出一个充满诱惑的时代中"自我"的迷失。许三多不是启蒙者，也不是拯救者，他所专注的，只是自己朴素得甚至有些简单的内心。而这恰恰足以让当代人感到温暖。

当然，社会的运转和发展不可能与时间的直线前进绝对同步，任一时段的社会图景都是新与旧的混合交融。但某些"点"的提取，往往能尝试着为我们勾勒出虽然不一定准确但多少具有启发意义的"线"。因此笔者尝试着从以上三个个案中勾勒出新时期以来当代英雄主义形象的脉络，并不是要对这一问题做出断定，而是列举出某种思路，以期能抛砖引玉。

每一个英雄形象本质上都是多种意识形态的复合体，并处于现实的多种意识形态并生的语境之中，但每种英雄形象所包含的各类意识形态中，其主次地位是各有差别的。在个人身份上，陆文婷、康雍乾、许三多所隐喻的，分别是疗救者（启蒙者）、拯救者、自救者的角色。疗救者是杰出知识分子形象的缩影，他们承继着五四启蒙精神传统，是"民主""科学"进程中的指路标。陆文婷的遭遇，可以说是对知识分子当代命运的一次凭吊。这一知识分子英雄形象，至少包含着对杰出知识分子的颂扬，而"医生""因疗救别人而倒下"等情结，显然能与"启蒙""殉道"等隐喻联系起来，因而具有典型的知识分子启蒙意识形态色彩。康雍乾这类帝王，位高权重，强势无比，总能在危难关头振臂一呼，为迷茫与困惑中的人民指明方向，带领和引导人民开创辉煌与光荣梦想，他们也因此成为国家和民族的化身。而许三多则凝聚着典型的"草根"人格理想，他像我们每个普通人一样，面临着大大小小的与国计民生似乎无关的人生困境，"不抛弃，不放弃"事实上无关宏大的理想与蓝图，也无关高蹈的精神苦旅，只是对自己心志的重复而单调的磨炼。许三多的成长，就是自我的拯救历程。

三、"明君""清官"与"忠君""爱国"之思

当然，任何一个描述都只能是一个侧面的。明清历史题材小说的英雄形象并非铁板一块，而是充满了内在矛盾。王一川教授指出，典型是社会结构和意识形态的复杂矛盾在创作中的辩证解决，英雄人物形象概莫能外。他借用德鲁兹在《反俄狄浦斯》中提出的符码化—超符码化—解符码化—再符码化阐释模式，将1956年以来的当代文化分为四个时期，即1956年至1965年的符码化时期、1966年至1976年的超符码化时期、1977年至1984年的解符码化时期，以及1985年以来的再符码化时期（明清历史题材小说基本上产生于这一时期）。据其观点，这一阶段乃是经过对以往典型人物过度"高大全"的解构、恢复理性精神之后出现的，其主要特征是重建典型规范。在新的对立因素、异己因素和差异因素的日益增长过程中，社会活力也与日俱增，因而矛盾、冲突不可避免。现实化浪漫主义在新的意识形态压力支配下遭遇典型毁灭的严峻挑战，差异、裂缝或冲突在所难免。在以往"高大全"英雄典型遭到彻底解构之后，社会文化迫切需要新的典型形象来填补这一空缺。作家们也通过各自的典型人物创作提供着自己的答案，取得成功的并不少。比如"寻根文学"中的丙崽、王一生，以及或许并不属于"寻根文学"的《白鹿原》中的白嘉轩、朱先生，《古船》中的隋见素、隋抱朴等，这些人物形象为新时期文学的"再符码化"提供了丰富的资源。

明清历史题材小说中的英雄人物形象无疑也是"再符码化"的重要选项，而且由于其面向对象是更广泛的社会大众，因而在很大程度上已经成为社会文化再符码化的事实成果，或者说成为相当长一个时期内社会文化的重要符号。他们往往在混乱之际临危受命，以无人能及的气魄和能力创造历史。他们以强势领导者、改革者的姿态，以一往无前的勇气开拓中华民族的繁荣盛世，或以力挽狂澜的坚韧支撑危局。事实上，这样的勇气与坚韧，都是转型期的中国所热烈呼唤的，对于转型期的中国

社会，对于处于改革加速但仍然"摸着石头过河"而对前路心存疑虑的中国社会，无疑是一面耀眼的旗帜。这批明清历史题材小说也极力刻写英雄主人公的伟大，同时又着力表现臣属和民众对于他们的拥护、跟随与奉献，其统治的合法性正是来自这两个基础。

尽管有对人物悲剧命运的探讨，对其性格复杂面的多维展示，但总体上，帝王将相被塑造成"明君贤臣"，引起了学术界的激烈反应。尤其是由二月河作品改编的电视剧《雍正王朝》播出后，批评文章不绝如缕。秦晖先生的《〈雍正王朝〉是历史正剧吗？》和程青松先生的《皇帝的新衣与英雄的梦呓——评〈雍正王朝〉》可作为代表。其主要批判对象，即是作品中对君王至上权威的表现。批评者们指出，对皇权的一味歌颂，对于正走向现代化的中国并无裨益，尤其在当下，许多封建观念仍然未能涤荡无遗，披上古代的装扮，演出宫廷与豪门的故人旧事，用赞美和羡慕的眼光为旧梦招魂，其本质上与科学民主的现代观念是背道而驰的，因此这样的倾向虽然只是关于历史题材，但却是在开历史的"倒车"。① 更有甚者，对作品将雍正皇帝塑造成"为了大清王朝、黎民百姓忍辱负重、鞠躬尽瘁的人"，并将其每天批阅密折的恐怖政治行为改写为勤政爱民之举大加歌颂感到匪夷所思。② 在他们看来，对"明君"的颂扬和对"清官"的歌颂一样，实际上都产生于封建专制主义思想的温床。其逻辑是：因为明君的存在使得人民在稽首礼赞中放松了警惕而自我麻醉，也丧失了自尊，由此为封建统治合法性提供了支撑。以致即使面对暴政，人们仍然寄望于明君、清官的开明统治，从而放弃对封建专制的反抗和对民主的追求。

但总体上，批评的声音基本上来自学术界。而对帝王将相的正面形象给予肯定者也不乏其人。有论者指出，虽然批判封建专制主义、捍卫现代文明没有错，但在封建制度下，贪官污吏横行肆虐之下，也有舍家为公、清廉爱民的"青天大老爷"，这样的人物形象至少说明了"人格"的重要。③ 当然，更加"强硬"的回应是这批作品的畅销不衰和同类电视剧的热播。

对明清历史题材小说及同类题材电视剧的批判，往往有一个十分重要的预设：封建制度是不好的，现在不好，过去也不好。因此对于作为

---

① 分别参见秦晖：《〈雍正王朝〉是历史正剧吗？》，《新华文摘》1999 年第 6 期；程青松：《皇帝的新衣与英雄的梦呓——评〈雍正王朝〉》，《北京电影学院学报》2000 年第 2 期。

② 王春瑜：《历史剧：历史的无奈》，《光明日报》，2003-11-19。

③ 国孚有：《换个角度看帝王剧》，《齐鲁晚报》，2004-12-22。

过去封建制度集中代表的帝王将相，应该给予否定。这显然有悖于在具体历史环境下评价历史人物和事件的基本准则。马克思主义历史唯物主义清楚地指出，封建制度，以及其代表帝王将相，在特定的历史阶段，发挥过积极的作用，并有力地推进了历史的发展。因此对于其历史功过，应该给予全面辩证的看待。

更重要的是，历史上曾经备受尊崇的帝王将相，在已经处于现代社会的世纪之交，仍然得到众多支持者的认同，在大众文化心理中仍然占有重要的地位，因此必须考虑现阶段的现实情况。因此笔者赞同，在特定阶段的中国社会，仍然尊重老百姓对强势人物的期待与信赖。这涉及中国传统政治文明与西方现代政治文明的辩证统一。对历史传统的尊重，也就是对当下和未来的负责。这样的倾向，实际上植根于长期以来中国大众文化心理。由于儒家的成功世俗化，使得历史上中国的统治集团与民间社会虽然处于不同的地位，并且往往在具体问题上产生龃龉甚至对抗（极端的如农民起义），但二者在社会理念、统治理念、思维方式等方面却是总体一致的。因此在缺乏民主思想酝酿的土壤与温床的背景下，自汉代至晚清，中国历史的发展，只有改朝换代而没有制度发展。王朝的衰败，往往肇始于帝王将相总体上的腐败懦弱，而强盛则主要得益于明君贤臣的鞠躬尽瘁。这导致了长期以来中国大众对社会历史发展的关注焦点——帝王将相，成也由他，败也由他。因此大众所关心的，不是制度设计的好坏，而是制度环境下领导者的素质。这样的集体无意识在今天仍然有着巨大的惯性。更重要的是，这一惯性不可能因为现代民主理念的引入而顷刻消解，因此我们必须正视其客观存在。更何况，对理念的绝对化，又何尝不是一种崇拜呢？

明清历史题材小说所塑造的明君贤臣形象，在很大程度上即来自对这种集体无意识的呼应。尤其在社会文明日益发展，大众主体意识日益强化的背景下，人们一方面在后现代主义思潮的影响下，在文艺创作商业化、娱乐化的汹涌潮流中，用"告别崇高""颠覆经典"等非英雄化甚至反英雄化的极端行为释放快感发泄压抑。在把"英雄"变成"狗熊"，将"崇高"引向"虚无"的"祛魅"行为、搞笑闹剧中，英雄形象的内涵和意义遭遇无情的消解，从而滑向历史虚无主义的深渊。① 这样的倾向，必将导致社会价值观念的解体，随之会影响社会的凝聚力和稳定，这绝不是国家、民族和社会之福，也不是文学、文化和知识分子之福。而另一方面，平

---

① 　参见徐放鸣、杨森：《英雄、形象塑造及其他》，《文艺报》，2006-09-07。

凡的芸芸众生和默默无闻的自我，面对层出不穷的问题与困境而自己又无能为力时，便会迫切地呼唤英雄的出现，以图解决和超越当下的困境。因此，包括明清历史题材小说在内的各类文艺作品，会将帝王将相塑造为站在大众立场上的强势人物，在金戈铁马、运筹帷幄中完成对非凡人生的想象性实现，在惩恶扬善的过程中完成对现实困境的想象性解决。

文学艺术作品中的英雄形象，是反映时代文化思潮与社会精神面貌的重要侧面。新时期以来，无论在文艺作品中，还是在现实社会生活中，英雄与偶像日新月异，无论是 20 世纪 80 年代初出现的改革英雄、人文英雄，还是 90 年代出现的强势英雄、21 世纪的默默无闻的个体英雄，都已成为当代中国文化不可忽略的重要符号。对于每一类、每一个英雄形象背后所折射的社会心理和文化症候，我们既需要敏锐的捕捉，也需要宽容的理解，更需要积极的建设。

《曾国藩》中，唐浩明表现了乱世中一代知识分子的家国之思。以主人公曾国藩为首的大批将相都视君恩沐泽为最大殊荣，因此在他们心中，"忠君"等同于"爱国"。曾国藩在权倾一方、似可问鼎的处境中，关于自我和国家关系的选择，即是根深蒂固的传统忠君爱国思想的体现。他忽略深谙帝王学的王闿运当面进言"鹿死谁手，尚未可料，愿明公留意"，是避重就轻的回避；他将左宗棠"神所依托，将在德焉；鼎之轻重，似可问焉"的"似"字改为"不"字，是以明确的立场回应旁敲侧击；他面斥彭玉麟"今东南半壁无主，涤丈岂有意乎"的肝胆相向的追问，则是基于理智约束感情的清醒；他对王闿运的极力煽动，以连书"狂妄狂妄狂妄"应对；对王韬坐享清廷与太平天国渔人之利的建议深恶痛绝，当面斥责；对弟弟曾国荃仿效赵匡胤陈桥兵变的提议，他思前想后的结果，还是不能做无父无君、犯上作乱的叛臣逆子。并且，他进一步确定了裁军去除朝廷戒心、停解厘金取悦百姓、恢复江南乡试获取士子之心的三大举措，以期确立自己安邦定国、经世治民的贤臣伟业。然而，曾国藩知其不可为而为之的"致君尧舜上，再使风俗淳"的毕生努力，在被他敬重的陈广敷称为"小节"之后，曾国藩受冲击很大：他翻检中华历史，忠君敬上和拯国救民，孰大孰小，孰重孰轻，孰为小节，孰为大义，最终无力回天，只能以洋务运动的开展自慰。相对曾国藩，王闿运、王韬没有明确的忠君思想，聂缉椝明确中国不缺官员而缺造炮制船人才。他们不狭隘地忠君，拥有放眼历史与宇宙、关注国家民族的走向这种可贵的开阔的思维。这是封建社会发展到清季，从内部成长起来的知识分子自身现代价值定位与宇宙观念的最早萌芽，《曾国藩》因此就有了超越性的国族之思。

第四章　认同与规约：明清历史题材　小说的传播与接受

中华民族有着深厚文化传统，形成了富有特色的思想体系，体现了中国人几千年来积累的知识智慧和理性思辨。这是我国的独特优势。中华文明延续着我们国家和民族的精神血脉，既需要薪火相传、代代守护，也需要与时俱进、推陈出新。要加强对中华优秀传统文化的挖掘和阐发，使中华民族最基本的文化基因与当代文化相适应、与现代社会相协调，把跨越时空、超越国界、富有永恒魅力、具有当代价值的文化精神弘扬起来。要推动中华文明创造性转化、创新性发展，激活其生命力，让中华文明同各国人民创造的多彩文明一道，为人类提供正确精神指引。要围绕我国和世界发展面临的重大问题，着力提出能够体现中国立场、中国智慧、中国价值的理念、主张、方案。我们不仅要让世界知道"舌尖上的中国"，还要让世界知道"学术中的中国""理论中的中国""哲学社会科学中的中国"，让世界知道"发展中的中国""开放中的中国""为人类文明作贡献的中国"。

——习近平在哲学社会科学工作座谈会上的讲话①

第一节　疏离与遇合：明清历史题材小说的时代际遇

一、对立与隔膜

众所周知的是，自 20 世纪八九十年代以来，明清历史题材小说凭借并不庞大的作家阵容，以及并不众多的作品，在当代中国文坛构成了一道不可抹却的风景，成为这个时期中国大众文化生活中不可或缺的文化元素。在市场经济语境下，这种成功首先用作品的销量来衡量。据不完全统计，90 年代之初"空降"文坛的《曾国藩》至 2004 年已重印 30 余次，

---

① 习近平：《在哲学社会科学工作座谈会上的讲话》，北京，人民出版社，2016，第17 页。

印数近百万套 300 万册①；二月河更是早早赢得了"千万富翁"的"嫌疑"，由此还引出"笔墨官司"②。同样，熊召政、凌力的作品至今仍占据着图书市场小说热门读本的前列。

与此形成鲜明对照的是，尽管批评界对这批小说的关注日益增多，但总体上，大部分批评虽以书评形式出现，却"带有媒体批评的特点，甚至包含有商业动机"③。而在较为深入的研究中，学术界在承认其现实影响的同时，对其历史观念、艺术手法仍有保留看法。主要体现在对"美化"历史上帝王将相的担忧乃至反对，以及对其艺术手法缺乏"创新"的遗憾。对于"美化"问题，批评家们对封建帝王将相被解读成鞠躬尽瘁为国为民的"好人"感到不适。一方面，他们围绕"封建主义"进行批驳，根据"历史是人民创造的"这一论断，对帝王将相的个人作用提出质疑（如对二月河笔下康熙皇帝的争论），或者根据帝王将相的个人行为，指出其道德操守方面的瑕疵（雍正皇帝尤以为甚）；另一方面，批评家们通过历史考证，对小说中的历史人物、情节进行实证性批判，如围绕《张居正》所涉及的历史事件，批评家认为小说的"厚诬与粉饰"，严重伤害了历史小说的真实品德。④

而对于艺术手法的"创新"问题，批评家们往往不自觉地拿这批历史小说与"新历史小说"进行对照，对后者把历史作为"挂小说的钉子"（大仲马语）的自由想象表示青睐，而对明清历史题材小说较多拘泥于史实的传统创作手法缺乏兴趣。在这些批评家的眼中，唐浩明的创作过于沉滞，二月河流于俚俗，凌力不够大气，熊召政笔下的张居正也未能达到"人性"深度。

而对这批小说持肯定态度的评论家，则往往针对批评者的意见提出相反观点。比如对历史人物功过问题，通过史学研究成果，证明所谓"美化"只是旧有阶级斗争观念的余音；对其艺术成就，往往用"史诗"进行概括，肯定这批作品所展现的宏伟壮观的历史画卷、丰富多彩的人物和波谲云诡的斗争，对于反对者所诟病的"权谋叙事"，他们往往从"人性阴暗面"或"命运悲剧"的角度进行解读，这一阐释策略在一定程度上提升了作品的人文深度。

---

① 杨子云：《面对历史的独立思考——访唐浩明先生》，《法律与生活》2004 年第 11 期。

② 参见杨于泽：《作家二月河腰缠千万元》，《桓台工作》，2001-11-30；二月河：《古今卖友记》，见冯兴阁、梁桦、刘文平：《聚焦"皇帝作家"二月河》，广州，广东人民出版社，2003 年。当然，所谓"笔墨官司"终究是"发乎情止乎礼"，点到为止，且并非发生在以上二人之间。

③ 徐亚东：《冷与热的背后——"二月河现象"文化解读》，《文艺评论》2004 年第 6 期。

④ 马振方：《厚诬与粉饰不可取——说历史小说〈张居正〉》，《文学评论》2003 年第 6 期。

但总体来说,赞同或者反对的意见,大致上基于相通的思维惯性。首先是对历史小说的历史化。事实上,尽管不少批评家都指出历史小说不是历史,而是小说,但这样的"宽容"似乎只有"新历史小说"才能充分享用。批评家们隐含的逻辑是,如果作家说明了要"游戏历史",那么就尽可以天马行空,所以《故乡相处流传》中孬舅先后为袁绍、曹操和慈禧搓脚的游戏笔墨,只会引来批评家的欣喜和赞许,就像面对一个淘气可爱的孩子。但以严肃创作、社稷思考为出发点的明清历史题材小说,既然作者本意都具有借古鉴今的反思意图,那么就必须首先做到历史事实的真实,符合必然律和可然律。但问题在于,无论必然还是可然,都是在一定意识形态框架之下做出的判断,因此,这样的批评自然会无休止地循环下去,不分胜负,而小说文本本身则逐渐虚化为历史观念论证若即若离的幌子。

这种"误读"的出现,或许正如有学者指出的,乃是 20 世纪 90 年代"学院批评"形成气候,"一批从学院走出,拥有较高学历和较深厚学术功底、少谈学术而多谈'思想'的中青年学者成了批评阵容中的重要力量"①。这样的阵容,当然有利于提高批评的规范化、学理化水平,但对理论的过分推重乃至迷恋,往往导致批评的"贴标签",文本不是作为批评的出发点与目的,而是成为理论推演的道具与范例。而那些在 20 世纪80 年代曾经在批评界辉煌一时的正统批评家,则由于理论武器的相对滞后,往往只能将笼统的赞美(最常见的褒扬就是"史诗")献给这些作品。他们的赞许,往往来自"丰满"的人物形象塑造,严肃的写作姿态和深厚的历史内容,但对这些作品究竟何以如此深受大众欢迎,何以成为一种社会文化现象,以及这些文本与相关文化现象、社会现象之间的隐性联系,却缺乏足够的剖析。因此,不论是新锐的后现代学者,还是正统的文学批评家,他们对"新历史小说"的褒扬或者隔膜,对"传统历史小说"(指写作路数偏于传统者)的漠视或肯定,都在相当程度上表现出对社会文化现象积极介入意识的匮乏。

客观上,批评界总体缺乏力度的反应,在很大意义上是对自身话语权力的放逐。因为批评的价值不由批评对象决定,而由批评态度与力度决定。且不论明清历史题材小说的价值究竟如何,但作为一个巨大的文化现实存在,是任何理由都无法阻止批评家的积极投入的。甚至自身理论批评武器与批评对象之间的"型号不合"也不应成为拒绝与回避的理由。

---

① 　贺桂梅:《批评的增长与危机》,太原,山西教育出版社,1999 年,第 43 页。

毕竟理论来自现实，并且服务于现实。韦勒克在探讨文学理论、文学批评和文学史关系时指出："我们必须回到建立一个文学理论、一个原则体系和一个价值理论的任务上来，它必须利用对具体的艺术作品所作的批评，并不断求助于文学史的支持。"①对一些人们习焉不察但往往大有深意的现象和对象的耐心探讨，往往能为理论建设带来新的亮点和支点，并且在很大程度上能够有效缓解话语与现实之间的既紧张又疏离的关系。

二、认同与规约

这些肯定一方面来自以码洋为标志的市场反馈，以及民间群体的肯定，如1999年6月《雍正皇帝》《曾国藩》被列入"二十世纪中文小说百强"，2000年4月美国中国书刊、音像制品展览会又授予二月河唯一的"最受海外华人欢迎的作家作品奖"，这些作家的作品也先后被评为全国优秀畅销书；另一方面也来自以"主旋律"为倡导的文学界，如2003年姚雪垠长篇历史小说奖首届评奖，二月河、唐浩明、凌力、熊召政四人全部获奖。尤其值得注意的是，主流意识形态对这批作家作品给予了积极肯定。二月河的作品先后获得河南省优秀图书奖（1989），河南省第一、二届优秀文艺成果奖（1993、1996），河南省改革十年优秀图书一等奖（1993），"八五"（1991—1995年）期间全国优秀长篇小说奖（1998）等；凌力的作品先后获得国家图书奖提名奖（1995）、第二届北京市文学艺术奖（2000）等；唐浩明的作品先后获第二届湖南图书奖（1993）、第十届中国图书奖（2005）等；熊召政的作品先后获湖北省优秀图书奖（2001）、湖北省第二届政府图书奖（2002）、第十届全国精神文明建设"五个一工程"文艺类图书奖及中国图书奖提名奖（2007、2008两届）②。主流意识形态所给予这些作家的，除了以上荣誉，还有政治身份的提升。除了凌力，唐浩明、二月河分别当选湖南省作协主席、河南省文联副主席，熊召政当选全国文联全委会委员，获得湖北省人民政府授予的"湖北省特殊贡献奖"、湖北省五一劳动奖章，二月河还被推选为中国共产党第十五次全国代表大会代表。

需要指出的是，这些作家得到主流意识形态的承认，是一个逐步的过程。茅盾文学奖作为中国具有最高荣誉的文学奖项之一，在一定意义上反映出这批明清历史题材小说作家作品乃至整个当代历史题材创作的

---

① 〔美〕R.韦勒克：《批评的诸种概念》，丁泓、余徽译，成都，四川文艺出版社，1988年，第28页。

② 有关这些作家作品的获奖情况，详见本书附录。

"待遇"。获得第六届茅盾文学奖的五部作品中，采用传统现实主义手法创作的历史题材作品占到三部。① 其中值得一提的是，二月河的《雍正皇帝》曾以得票第一入围茅盾文学奖评选，有茅盾奖读书班评委称之为"五十年不遇、甚至百年不遇的好作品"②，但终究与奖项失之交臂。而几年之后，同样写帝王将相、同样采用章回体，甚至多数评论家认为在艺术功力、思想内涵，以及大众欢迎程度等方面还略有逊色的《张居正》却以全票毫无争议地获得该奖。这种状况的出现，一方面正如有研究者指出的，"长篇小说的文体特征决定了'过去生活'总是它创作的一个优势领域"③，否则第六届茅盾文学奖对《张居正》的评语④只要对其中个别词语略作代换就完全可以适用于二月河、唐浩明作品中去。另一方面，更重要的原因在于主流意识形态姿态的调整——从戒惧犹疑走向主动肯定。事实也证明，这样的调整能够极好地调动文化市场资源，并为对其进行意识形态的微调性改造赢得了主动。所以国家领导人会对历史题材文艺作品做出这样的肯定："历史与现实，雄伟与细腻，严肃与诙谐，抒情与哲理，喜剧与悲剧，只要是能够使人们得到教育和启发，得到娱乐和美的享受，都应受到欢迎。"⑤

当然，意识形态的认同是有着效益考量的，这体现在媒介的选择上。从传播学的角度看，电视这一媒介的特点在于它消除了文字符号对大众的限制，使文化通过声像的形式得以传播，因为不管是谁，也无论其所受教育的高低，任何人都可以通过电子媒介的声音、图像与文化接触，这是电视成为有史以来影响最广泛的传播方式的根本所长。电视的兴起，在人类文化史上也是一次革命，它以强大的传播威力，高度的逼真性和即时性等特点，形成电视时代的一种文化情势和氛围。⑥ 因此"电视剧已

① 范国英的研究显示，历届茅盾文学奖获奖作品中，历史题材作品在获奖作品中的比例呈稳步上升趋势，分别为2篇、1篇、2篇、2篇、1篇、4篇；而历史题材作品中，革命历史题材作品所占的比例又在逐步下降，分别为2篇、1篇、1篇、1篇、0篇、1篇。参见范国英：《历史题材获奖作品与茅盾文学奖的生产机制》，《廊坊师范学院学报》2007年第1期。

② 陈建功等：《"中国官场政治的百科全书"——〈雍正皇帝〉研讨会纪要》，见冯兴阁、梁桦、刘文平：《聚焦"皇帝作家"二月河》，广州，广东人民出版社，2003年。

③ 吴秉杰：《长篇的收获》，《人民日报》，2000-11-11。

④ 评语是："四卷本长篇小说《张居正》，以清醒的历史理性、热烈而灵动的现实主义笔触，有声有色地再现了与'万历新政'相联系的一段广阔繁复的历史场景，塑造了张居正这一复杂的封建社会改革家的形象，并展示出其悲剧命运的必然性。"

⑤ 江泽民：《1997年5月25日同部分电影工作者的谈话》，《人民日报》，1997-05-26。

⑥ 参见田本相：《电视文化学》，北京，文化艺术出版社，1990年。

经成为目前国人重新想象历史的基本方式"①。

更为"难得"的是，《宰相刘罗锅》《一代廉吏于成龙》《雍正王朝》《康熙王朝》《天下粮仓》《汉武大帝》等历史题材电视剧往往又是"反腐剧""明君剧""盛世剧""亲民剧"，具有强烈的"服务现实"的自觉。历史剧影写现实的强烈针对性与时效性甚至堪与新闻同步，以致有人将历史剧称作"别一种焦点访谈"。就如电视连续剧《天下粮仓》导演吴子牛所说："《天下粮仓》里面有一种来自民间的忧患意识，就是富国不忘强民。现在我们国家的形势非常好，但忧患意识是要常在的。观众在看这部戏的时候，找到了很多跟现实的心灵感应，虽然有几百年的历史跨度，但是剧中的很多人和事，换上服装就是今天的人和事。而且政治上任何微小的变革，都与人民的生活息息相关。"②这种自觉，与主流意识形态对历史题材创作的积极认同不可分离。像《一代廉吏于成龙》这样的古装反腐剧，由中共中央纪委、监察部电教中心和太原电视台联合推出，时任中央政治局常委、中纪委书记的尉健行甚至亲自接见演职人员，这些所带来的不仅是政治上的荣誉，也是具有无上效力的市场通行证。③

这样的结果，是皆大欢喜的"经济效益和社会效益的双丰收"，也是市场经济条件下国家意识形态自我调整的结果。有学者这样描述这一调整："随着经济、政治和文化活动三大领域不同级次的分离，当代中国的文化发展正进入宾克莱所说的'相对主义的时代'，即文化的多元发展时代。在各种文化形态的'杂语'中，'主导文化所张扬的崇高和精英文化的秩序失去了往昔震撼人心的力量，一种日常意识形态获得了……支持，现世主义观念、消费意识成了世俗社会的价值准则'。"④从官方对历史小说及其改编影视剧的重视，我们已经看到国家、英雄与消费、娱乐的奇妙结合，这与其说是改造与被改造的关系，不如说是共谋。

但历史题材如此敏感，无论是历史事件、过程的真伪，还是历史人物形象、评价的当否，常常触及主流意识形态的神经，所以往往有"出格"的作品遭遇修改、停播、禁播和封杀。但显然，这种刚性的强制措施也暴露出主流意识形态的无奈。主管部门救火队员式的左支右绌，正说

---

① 恒沙：《现代化意志的历史想象——对大陆近年历史题材电视剧的反思》，http：//www. cuhk. edu. hk/ics/21c/media/online/0306042. pdf，访问日期：2024-02-23。

② 张维国：《吴子牛的粮仓与良心》，《北京青年报》，2002-02-20。

③ 《尉健行会见电视剧〈一代廉吏于成龙〉演职人员》，https：//www. gmw. cn/01gmrb/2001-01/10/GB/01％5E18661％5E0％5EGMA1-116. htm，访问日期：2024-02-23。

④ 傅守祥：《大众文化的市场逻辑——后革命氛围中的中产趣味与消费想象》，《社会科学战线》2007 年第 2 期。

明意识形态核心价值维护的被动与脆弱。① 历史题材文艺作品至少向主流意识形态提出一个十分紧迫的问题：如何构建与大众文化更加和谐的关系，从而为主流意识形态建构确立更加巩固的社会文化基础。

三、前进动力的缺乏

尽管帝王将相在社会文化生活中的身影日益活跃，人们对他们所带来的历史人事仍然保持着高度的兴趣，但这种兴趣的满足，不仅是通过这些小说文本，而是有了更多更具吸引力的选择：影视、读物、网络论坛、博客等。所以我们不得不承认，以这些人物为讲述中心的历史题材小说正在悄悄走向沉寂。这些小说就像社会文化中的某种酵母原，在短短数年间唤醒并满足了中国社会大众对历史、英雄、宏伟事迹的想象与渴望，成为中国社会观念重构与传统重建的重要凭借。但在文学史意义上，他们似乎已经定格，作家们也在悄悄走向蛰伏（但愿真的是蛰伏）。

从文学创作而言，这批作家自身较厚实的文史功底和严谨的创作态度最终促成了他们的脱颖而出，成为 90 年代以来历史小说创作渐入佳境的重要标志。从思想艺术趋向来看，这批作家更多继承了前辈作家的传统，总体上偏向于传统守成；但也抛弃了前辈作家常见的较为封闭的思维惯性，表现了相当的开放性和包容性，形成了其总体创作上的深沉、厚重、稳健的艺术风貌。这种艺术风貌在 20 世纪 90 年代保守主义的持续升温中取得了大面积丰收，正如有学者总结的："如果说七八十年代是《李自成》的时代，那么 90 年代以来便是这批中年作家以及……更为年轻的新历史小说作家的时代。再进一步，如果说 90 年代以来的新历史小说以其激进的叛逆姿态在为历史题材创作提供种种可能性时，也使自身陷入了种种不可能性，表现出了行之不远的困乏；那么真正标志这一时期创作实绩，代表这一时期文学成就的主要并不是新历史小说，而是上述这些中年作家创作的作品。"② 但这种风格的形成，既需要辛勤的创作积累，又需要艰苦的历史知识积累，因而是一个厚积薄发的过程，才力的过度开掘往往会导致成功后的身心疲惫。熊召政尚当壮年，但二月河等

---

① 姚爱斌：《暧昧时代的历史镜像——对 90 年代以来大众历史文化现象的考察》，《粤海风》2005 年第 6 期。

② 吴秀明：《论 90 年代的历史题材小说创作》，《社会科学战线》2003 年第 4 期。上述这些"中年作家"包括凌力、刘斯奋、唐浩明、二月河、熊召政、吴因易、韩静霆、王顺镇、马昭、刘恩铭、张笑天、赵玫等 20 世纪四五十年代出生的中青年作家。

作家似乎精力多少有些不济，唐浩明也流露出疲惫之意："小说创作对我来说，并不是一件轻松的事情，如果再写一部，我担心精力不够。若随便地粗制滥造，不要说对不起我的读者，在我心里便先过意不去，所以我不想写长篇了。"①从二月河与薛家柱合著的《胡雪岩》（长江文艺出版社2007年版）来看，这部同样采用章回体写作的历史题材小说，力图以"作者惯有的历史小说的笔法详解红顶商人胡雪岩从无到有、从小到大的经商之道……（既要展示）晚清官场的波谲云诡、政治的风云变幻……（又要展示）胡雪岩纵横驰骋政商两界的智慧谋略"②，但事实效果却不尽如人意。甚至可以说，"二月河"的文学"品牌"内涵已经大打折扣。而以写《国画》等小说蜚声国内的王跃文在同年推出的历史小说《大清相国》，虽然得到大众媒体的一定关注，但其艺术水准与二月河等人的创作仍有相当差距，甚至比作家自己的《国画》也多有逊色。

而历史小说作为社会言说的一种，本身是特定时代社会文化观念的产物。从历史小说本身的发展来看，红色历史叙事，以及这批明清历史题材小说和新历史小说正好分别契合不同的社会文化观念。新时期以来，随着思想观念和社会现实的双重解放，社会历史观念已经逐步从机械教条中摆脱出来，而进入独立和自由思考的新阶段。在市场经济条件下，知识分子的理性思考和大众文化是推动历史观念变革与发展的双重动力，也决定了这一语境下历史想象与叙述的基本风貌和价值倾向。《李自成》是阶级斗争观念指导下历史认识的摹写，新历史小说则是改革开放以来社会躁动情绪的释放。而这批明清历史题材小说，一方面对应着中国当代知识分子的责任感与民族情怀，另一方面映照着社会转型期的大众历史想象与文化趣味，这种二重性决定了它的丰富性。一方面，作家们能够扬弃姚雪垠等人过于执拗和单一的阶级观念与斗争意识，同时又能承续其可贵的使命激情与责任意识；另一方面，他们得以矫正新历史小说过于偏激的叛逆姿态，但同时又不免"残留"着传统历史观念的某些因子。随着21世纪中国日益走向开放，民主建设日益进展，传统历史观念终将走向超越而呈现出新质（从这个意义上说，必须承认知识分子从民主、现代化等角度对明清历史题材小说的批驳是符合历史观念发展的必然的），因此这批小说在新的时期必将遭遇更加强烈的质疑。从其受众群主要为中年人群可见一斑，而从90年代更为完

---

① 张智敏：《唐浩明：从〈曾国藩〉到〈张之藩〉》，《法制日报》，2001-08-10。
② 二月河对《胡雪岩》的评语（见该书封面）。

整的市场经济语境中成长起来的新一代国民，其历史想象更多受到《还珠格格》这类"戏说"的影响，对于严肃的历史思考感到沉重，对于微妙的权谋细节感到厌倦，对于深邃的人生体悟感到隔膜。在皇阿玛和阿哥的羽翼下自由撒野的小燕子，正符合他们对历史的想象，至于艰辛的史实考证，就更难以引起他们的兴趣了。以20世纪末的文化心态与视点在21世纪的市场文化氛围中进行创作，更确切地说，是以现代知识分子心态在带着后现代意味的语境中写作，这批作家都在经受着现实和心灵的空前煎熬。

他们所遭遇的，同样是文化工业时代的空前挑战。市场经济业已全面浸入文化的生产、传播各环节，成为社会文化中无所不在的"霸权"，同类影视产品对历史意义的抽空、对人文内涵的扁平化挤压、对现实观照的摒弃，已使严肃创作陷入四面楚歌，播放媒介对历史的庸俗展示比新历史小说曲高和寡的反叛更具不可阻挡的魔力。而快餐化的历史读物、便捷的网络博客等载体，在阅读的便捷性、经济性等方面，比厚重的历史小说创作更加适应快节奏下国人的文化需求。这里不由得提出一个看似杞人忧天的问题：在空前强大的影视工业、出版工业和网络媒介的挤压下，究竟能否放下一张安静的书桌，来供人们心平气和地翻阅厚重的小说？尽管明清历史题材小说源于大众文化并且本身即是其重要成分，但略显沉重的它们显然对大众文化本身眼花缭乱的跃进有些不知所措。影视改编、快餐读物和网络化写作，正日渐蚕食它们本身原本就稍显单薄的人文气息，使之只剩下干巴巴的情节和场景供人随意肢解。

人们在回顾曲波、杨沫、梁斌等"红色经典"作家时，颇有意味地为其加上"一本书作家"这样一个令人啼笑皆非的"头衔"。这样的称呼，隐隐透出遗憾甚或轻慢。其潜台词大约是：著作本身才是作家实力的象征。这样的观点当然不无道理。但辩证地看，"一本书作家"之所以形成，一方面是作者创作才力、精力的局限，另一方面也是时间不断淘洗的结果。如果一位作家的众多著述多年之后能让人记起的只有一部，那么他是否也属于"一本书作家"呢？或者说，"一本书"能否反映出作家的实力呢？比如说，我们可否要求吴承恩、罗贯中、施耐庵和曹雪芹再写出新的"四大名著""八大名著"呢？对这样的问题人们尽可以见仁见智。但不能否认的是，"一本书"的最终凸显，无疑是时间这一神奇力量假读者之手而做出的选择。所以问题呈现出另一面：文学价值的评判，是以作家为本位，还是以作品为本位？前者的实质是文学精英趣味在文学话语中的权力化，后者则是读者趣味的权力化。回顾漫长的文学史，能著作等身而篇篇脍炙人口者又有几人？即便作家的作品确实字字珠玑，但为何时间的河床上，偏偏只留下了寥寥无几的佼佼者？其中的奥妙何在？纯粹的"文学性"究竟占有多大成分呢？

第二节　策划与改编：明清历史题材小说的财富神话

一、文化市场的财富神话

自 90 年代起市场经济改革加速推进，中国大陆文化市场日益走向开放和多元，尽管这样的市场仍然不免带有计划经济时代的诸多残留，而且由于意识形态在"精神文明"领域的审慎，这一市场体系在体制规范等方面依旧存在诸多缺憾，但文化的生产活力已经得到最大限度的释放。以往由意识形态主导的"文化事业"逐步丧失一元独尊的绝对垄断，而"文化产业"从观念、政策和实际操作上都在逐步成型并日益凸显。"产业"强调的是资源的整合和渠道的拓展。在这样的语境下，帝王将相，不仅作为大众历史想象和观念重构的重要凭借，也成为文化产业的重要领域。由于这批小说家的开掘，加上时代社会文化氛围的因缘际会，更重要的是，由于"文化产业"语境下的市场运作，不仅为社会大众提供了众多丰富多元的精神文化产品，也为一大批相关群体带来了巨大利益。

众所周知，大众文化的特点就是消费性、娱乐性。从文化产业角度来看，这一特点要求文化产品的资源首先必须具有最大限度的社会共通性，即其主题与最大多数的大众能产生联系，获得受众（消费者）的亲近；同时必须具有最大限度的实用性，即能满足社会大众的好奇心态、求知心态和娱乐心态。此外，还要求其在具有社会共通性和实用性的前提下，能与主流意识形态构成之间要么和谐互动、要么两两相安。① 从这样的标准来衡量，帝王将相历史题材无疑是文化产业的优质资源，它不仅与中国大众在文化心理上构成一脉相承的亲近感，也是满足大众好奇心、

---

① 当然，这一标准的界定，仅仅是笔者从大部分文化产品运作所做出的。不能否认的是，由于文化市场本身的多元，更由于在当下文化领域产品数量极大丰富，颇成"供过于求"之势的背景下，为了争取"上位"而不惜剑走偏锋、以"出格"姿态获取轰动效应者不乏其例。但由于现实意识形态对其底线的坚守，这样的"出格"往往更侧重于姿态的显露。为了获得大面积的市场准入，必须对意识形态的"规训"时刻保持警惕。

求知欲和娱乐需要的绝好选择，并且由于"封建时代"与"革命历史"不发生直接的关联，无论是借古喻今，还是纯粹娱乐，都具有相对的"安全性"，因而成为文化产业运作的重要凭借。无论是传统的出版媒介，抑或已经处于传播优势地位的影视媒介，还是迅速崛起的网络媒介，无不对这一题材领域青睐有加。

事实也证明，"历史"和"帝王将相"确实是文化产业的优质资源。仅以《财经时报》2006年、2007年分别发布的"中国作家富豪排行榜"（表4-1）来看，2006年在中国收入最高的前25位作家中，余秋雨以1400万元位列第一，二月河以1200万元紧随其后，唐浩明以820万元名列第六，而以在央视《百家讲坛》讲《三国演义》而闻名的易中天教授则以800万元收入名列第七。在2007年，"历史"仍然为不少作家带来丰厚收益：以在央视《百家讲坛》讲《论语》而走红的于丹以1060万元名列第二，仅逊于第一名郭敬明40万元，易中天则以680万元名列第三，而靠网络历史题材小说《明朝那些事儿》一炮打响的网络写手"当年明月"则以225万元名列第二十二位。需要说明的是，这些数字仅仅是榜单制作者根据所掌握的部分出版数据保守算出的版税收入，而影视改编、出席活动，以及海外版权收入尚未列入。

表 4-1　中国作家富豪排行榜①

2006 年排行榜			2007 年排行榜		
名次	姓名	收入/万元	名次	姓名	收入/万元
1	余秋雨	1400	1	郭敬明	1100
2	二月河	1200	2	于丹	1060
3	韩寒	950	3	易中天	680
4	苏童	900	4	郑渊洁	570
5	郭敬明	850	5	饶雪漫	520
6	唐浩明	820	6	王朔	500
7	易中天	800	7	杨红樱	480

---

① 2006、2007 年度的数据分别来自《财经时报》2006 年 12 月 15 日、中国经济网。版税计算方法均为：版税＝发行册数×定价×版税率（取平均值 10%）。

续表

2006 年排行榜			2007 年排行榜		
名次	姓名	收入/万元	名次	姓名	收入/万元
8	郑渊洁	780	8	曹文轩	450
9	杨红樱	750	9	王跃文	435
10	姜戎	720	10	余秋雨	430
11	安妮宝贝	700	11	蔡骏	405
12	王蒙	500	12	都梁	400
13	陈忠实	455	13	韩寒	380
14	贾平凹	420	14	毕淑敏	365
15	铁凝	400	15	安妮宝贝	350
16	海岩	380	16	王海鸰	320
17	周梅森	375	17	海岩	315
18	张平	355	18	阎崇年	300
19	余华	350	19	天下霸唱	280
20	莫言	345	20	陆天明	250
21	阿来	330	21	石钟山	230
22	池莉	320	22	当年明月	225
23	张悦然	300	23	刘心武	200
24	刘心武	275	24	杨志军	180
25	刘震云	250	25	贾平凹	150

在市场经济语境下，这种收益的取得必须借助繁复的技术操作。无论是高雅文化还是大众文化，要想在强手林立的文化市场中分一杯羹，就必须依靠并按照生存法则参与竞争，自我推销，因而推销的策略和渠道（媒介）就成为关键。此外，因文化产业将包括作家在内的文化产品生产者都纳入市场轨道，故而他们的生存方式、生产策略都要发生主动或者被动的转变。

二、文学出版的市场运作

尽管出版机构需要将社会效益和经济效益作为出版选题论证的双重标准，但市场的魔力显然更具指导性。20 世纪 90 年代以来的文学出版，正从以生产为本位的计划机制逐渐向以销售为本位的市场机制转型。在计划经济时代，发行与销售在整个出版流程中是边缘的附属部门，而在市场经济时代，发行则"逆袭"成为选题、编辑工作的指挥棒。"品牌竞争与包装宣传成为出版机构抢占市场份额的重要手段。"①根本原因，在于创作导向从呼应社会主旋律变成了迎合市场。

一个往往被忽略的细节是：当唐浩明拿着写好五万字的中篇小说《曾国藩出山》给湖南《芙蓉》杂志编辑主编朱树诚时，后者果断地建议他先不发表中篇，而是直接写长篇。② 同样，二月河的帝王系列、凌力的"落霞系列"以及熊召政的《张居正》，均是在未经文学刊物发表的情况下直接出版的。这一做法在今天并不新鲜，但在 20 世纪八九十年代之交，却是有悖惯例的。因为此前的文学作品出版，往往是先在文学期刊上发表，产生一定影响后才进入出版机构的操作程序。但在 90 年代，像唐浩明、二月河等人一样直接出书的作家日益增多并成为主流。"布老虎""草原部落"等系列书籍的出现和热销，正显示出出版机构在主导文学生产方面的强硬姿态。这样的转变，在一定程度上削弱了以文学期刊为代表的文学精英的"认证权"。一批作家不经过文学精英的认证，"空降"文坛，从此大众化的文学作品和读物日益占据出版市场主流就顺理成章了。所以在这个意义上，唐浩明等作家是文化市场体制的受益者。

选题的确定，只是出版机构市场运作的第一步。对他们而言，市场营销（发行）甚至更为重要。因为在出版物极大丰富的前提下，作品题材的同类化竞争就在所难免。换句话说，酒好也怕巷子深。要在浩如烟海的同类"产品"中脱颖而出，必须有效地整合各类资源，最大限度地抢占读者（消费者）的眼球，才有可能创造市场效益。其实 90 年代以来，出版上市的历史题材小说难以数计，但这批作家的作品始终在销量排行上名列前茅，其中当然有作家功底、作品质量的关系，但出版机构自身营销策划的作用是不可替代的。以二月河为例，在《康熙大帝》出版之前他并无文名，而且《康熙大帝·夺宫》1985 年由黄河文艺出版社出版后，反响寥寥，发行并不理想。而真正将二月河推向大众瞩目的中心，并成为文化市场标志性人物的，是 1991 年由长江文艺出版社出版其《雍正皇帝·九王夺嫡》开始。该书责任编辑周百义（现任长江文艺出版社社长）的《咬定青山不放松——〈雍正皇帝〉一书营销体会》一文，正是 90 年代出版机构文学作品营销案例的典型总结，为我们描绘出出版机构对媒介资源和

---

① 黄发有：《准个体时代的写作——20 世纪 90 年代中国小说研究》，上海，上海三联书店，2002 年，第 211 页。
② 唐浩明：《我写〈曾国藩〉》，《战略与管理》1994 年第 3 期。

话语资源的整合与运用。

一是通过组织专家研讨会、组织书评，借助专家话语，让社会和图书销售部门认可作品的价值与市场前景。这种研讨会当然不是学术界的自娱自乐，而是通过大众媒体，以社会消息而非文学消息的形式，对作品进行宣传。这里所利用的，只是专家话语的权威表象，而对其话语的深度并不苛求（这也是不少评介二月河作品的学术论文浮于表面的原因之一）。二是通过组织作家签名售书和讲学、借助社会名流和高层领导的影响继续扩大作家知名度。三是通过评奖申报来制造光环效应。甚至二月河在第四、第五届茅盾文学奖评选中以一票之差落选也成为新闻制造的由头。所有这些策划，出发点与落脚点都在于"不仅要包装作品，更重要的是包装作家"①。这种作家品牌化、机构品牌化的模式数年来持之以恒的自我复制，使"二月河"及其作品一时成为大众舆论的焦点议题，将二月河作品推向一个销售神话，尽管有盗版的干扰，但《雍正皇帝》在短短三年之间，就销售了60余万套，获得了3000余万码洋。而"不仅要利用一切可能宣传促销的方式，还要抓住一切可能造成影响的契机"的理念已经盛行于当今出版界。"一本书，你认为畅销，就会畅销"的自信，足以说明营销在文化产业中的主导地位。

通过精品文学作品的带动，"历史"和"帝王将相"显然已经成为消费文化中的畅销通行证，成为收益颇丰的选题金矿。由此也带动了一大批相关图书跟风面市。以《曾国藩》为例，1990年该书出版之后，关于"曾国藩挺经""曾国藩为官之道""曾国藩相人术""曾国藩处世金言""曾国藩最惯用的22种手段"等话题的出版物大行其道，与其同时代的左宗棠、李鸿章、康有为、梁启超、慈禧等人不计其数的传记故事也纷纷面世。仅以唐浩明2002年由岳麓书社出版的《唐浩明评点曾国藩家书》为例，这部上下两册的评点读本尽管文义偏于艰涩，对读者文化功底要求颇高，但仍然在两年时间内卖出了近10万册。②

三、借势影视传媒

与20世纪90年代中国文化市场、文化产业逐步成型相伴随的是，随着经济发展和技术革命而产生的媒介格局的调整。在80年代之前，书籍、报纸、期刊和广播是中国社会文化、信息传播最主要的渠道。而电

---

① 周百义：《咬定青山不放松——〈雍正皇帝〉一书营销体会》，《出版广角》2002年第2期。
② 佚名：《城市热读》，《海峡消费报》，2003-05-15。

影则只限于人们周末等节假日的奢侈享受，至于电视机更是尚未普及。但到 90 年代，随着经济发展，电视机已经成为中国社会大众家庭的生活必需品，电视剧也随之发展繁荣。

电视剧的发展与电视机的普及是密切相关的。后者不仅扩大了前者的传播覆盖面积，也改变了人们的欣赏方式。电视机数量的剧增带来电视台的广阔利润空间。尤其是各省电视台上星，电视市场的区域保护被彻底打破，行业竞争白热化。观众在某种意义上成为电视台竞争大赛的评委，而他们的打分，正是通过手中的遥控器完成的。电视剧是电视台收视率的重要支柱之一。电视剧的拍摄也首先成为市场行为。电视台要赢得生存，必须以最大多数观众的趣味为标准，才能赢得收视率，从而获取广告资金的投入。

只有在这种氛围下，"历史"才能在电视剧中以有别于以往的面目出现。小说改编影视剧并不是 90 年代的发明，却被赋予了鲜明的时代特色：即市场和官方意识形态的无缝对接。以《雍正皇帝》的影视改编为例，小说原作总体上所表现的，是雍正的悲剧人生，以及他在位时期嵌在中国封建社会"回光返照"的"大悲剧中一幕幕激烈的悲剧冲突"①，这显然是人文主义的观照视角，但在电视剧中，国家视角则更为突出。二月河笔下帝王形象的励精图治、奋发有为被突出，而豺声狼顾、鹰视猿听的冷面形象被抹去，雍正与女儿乱伦、道士贾士芳作法等情节也被"净化"，雍正皇帝被渲染上了隐忍坚毅、忧国忧民的崇高色彩。导演胡玫一语中的：中国荧屏需要塑造英雄形象，我们历史上的雍正或许有这样那样的毛病和不足，但这不妨碍我们去肯定他，不妨碍我们去鲜明地刻画他。②因此电视剧的主题便清晰地定位为"改革英雄"的塑造。全剧围绕皇帝的"当家难"展开，并细化为"谁来当""怎么当""怎么难"等主题，无怪乎批评家抱怨"高大全"的皇帝形象让人几乎看不出这位皇帝身上还有什么缺点或缺陷，他简直就是一个"圣人"，是一位"理想"的皇帝——为亲王时，他儒雅大度，受命赈灾，怀民之苦，受命追缴库银拖欠，铁面无私；为帝时，则疾恶如仇，整顿吏治，雷厉风行……他是一个国家利益至上者，是一个一心为国日夜操劳的圣明之君。至于他在生活作风上，更是勤俭朴素，掉在桌子上的一粒米也要捡起来吃掉，吃过饭的碗也要用水涮涮

---

① 二月河：《新年杂想及雍正》，见《二月河作品自选集》，郑州，河南文艺出版社，1999年。

② 单文河：《两个"雍正"哪个更真实？——〈雍正王朝〉起争执》，见冯兴阁、梁桦、刘文平：《聚焦"皇帝作家"二月河》，广州，广东人民出版社，2003 年。

喝了，绝不浪费奢侈；他严于律己，绝不贪恋美色。几乎可以说，屏幕上的这位雍正是一位集种种美德于一身的"好皇帝"，是一个志高行洁、心苦德厚而不为世人所知的"英雄"。①

而这样的英雄，正是老百姓众望所归的，也是国家意识形态积极倡导的。所以尽管作家本人对这一改动并不满意，批评家们甚至称之为"好皇帝主义"并加以挞伐，但这并不妨碍观众的热烈反应。老百姓这样的感受，正是对该剧主题歌《看江山由谁来主宰》的绝好回馈②：

> 我是《雍正王朝》迷。这部戏不仅深刻地揭示了康熙末年诸子夺嫡事件，展示父慈子孝、兄睦弟恭等等的脉脉温情，都被"皇权大位"的诱惑与威胁（夺取不到，可能面临杀头危险）撕得粉碎，更主要的是，这部戏说明了改革难，不改革更难。我们必须把艰难的中国改革不断推向前进，中国才有希望！③

同时值得注意的是，《雍正王朝》的制作团队中，不仅有剧作家，还有地方党政领导干部，制片人则由时任中央电视台台长亲自担任。

不仅市场和主流意识形态完成了无缝对接，传统媒体和新锐媒体也在寻求新的合作契机。值得注意的是，在 1999 年由《雍正皇帝》改编的连续剧《雍正王朝》央视热播之际，长江文艺出版社进行了一系列图书与电视传媒互动的尝试，通过在主要媒体头版刊登启事，悬赏十万元"捉拿"盗版者，并起诉侵权单位，与正在热播的电视剧形成强烈的关注聚焦。这种图书与电视的互动，通过大众传媒的放大，不仅制造了社会关注的热点，也制造了图书销售的神话。其后在《康熙王朝》播出期间，这一模式继续复制，促成了 2001 年该社二月河作品销售码洋过千万的业绩。这

---

① 张德祥：《〈雍正王朝〉三昧》，见冯兴阁、梁桦、刘文平：《聚焦"皇帝作家"二月河》，广州，广东人民出版社，2003 年。

② 由刘欢演绎的该剧主题歌《看江山由谁来主宰》，随着该剧播出，在社会上广为传唱。歌词为："数英雄，论成败，古今谁能说明白／千秋功罪任评说，海雨天风独往来／一心要江山图治垂青史，也难说身后骂名滚滚来／有道是，世间万苦人最苦，终不悔九死落尘埃／有道是，得民心者得天下，看江山由谁来主宰／轻生死，重兴衰，百年一梦多慷慨／九州方圆在民心，斩断情丝不萦怀／谁不想国家昌盛民安乐，也难料恨水东逝归大海／有道是，世间万苦人最苦，终不悔九死落尘埃／有道是，得民心者得天下，看江山由谁来主宰。"同样表现帝王丰功伟业的《康熙王朝》，其主题歌则名为《向天再借五百年》。

③ 方进玉：《"改革皇帝"走红荧屏，〈雍正王朝〉火爆京城》，见冯兴阁、梁桦、刘文平：《聚焦"皇帝作家"二月河》，广州，广东人民出版社，2003 年。

一模式已经成为当今图书销售的重要手段，足以见其对文学作品营销的影响。

通过电视媒介制造影响促进图书销售，已经成为今天人们屡见不鲜的互动模式，这一互动模式不仅盛行于影视媒介与纸质媒介之间，也盛行于网络与纸质媒介之间。仔细解读上述作家富豪排行榜，不难发现，尽管榜单排名所依据的是纸质图书销售的版税收入，但绝大部分人的上榜，都少不了影视媒介、网络媒介的推动。这种推动当然不只是寻常的新闻宣传报道，而是起到了在发生和飞跃层面上的决定性作用。且不说余秋雨、二月河、苏童、郑渊洁、周梅森、张平、余华、莫言、池莉，以及王朔、王跃文等人都与影视媒介渊源不浅，更不用说易中天、于丹、海岩、都梁、王海鸰，以及安妮宝贝、当年明月、天下霸唱等人。可以说，没有电视，就没有易中天、于丹，没有网络，就没有安妮宝贝、当年明月。而且谁能否认，没有在央视《百家讲坛》讲《红楼梦》并引起（不排除其中的炒作成分）轰动，刘心武又何以多年之后重返社会文化话题的热点之中呢？

就历史题材而言，网络和影视对它的改造，要比这批明清历史题材小说文本走得更远。这种差异，往往不见得体现在思想的深度和敏锐度之上，或者说不在于意识形态观念的新锐之上，而在于其大众实用主义淋漓尽致的发挥。易中天的"品三国"节目中，古代的朝廷、军队，不断与今天的政府机构乃至公司团队进行等量代换；而对历史人物的讲解，也聚焦于其才德、品性与成功之间的联系。也就是说，"三国"的历史，被他拿来作为成功学的生动范本。曹、刘、关、张等帝王将相成为纯粹的成功人士范例，分分合合的历史也成为现实商场、政界乃至日常人际斗争的古装版本。而在网络上走红并获得巨额经济收益的《明朝那些事儿》中，夹杂的是小说、散文、剧本、札记等多种文体的印记，糅合的是古龙、金庸、《读者》甚至励志读物等多种流行时尚的口味，从"正统"观念来看，属于"非驴非马"的异类，但其在网络上两个月内点击量突破百万，图书在一年内码洋超过两千万元。这样的文本中，历史只是与我们今天似乎无关痛痒的"那些事儿"，书中的人物，如朱元璋、徐达、胡惟庸、常遇春、蓝玉等人，不过是"那些事儿"中匆匆来去的过客，至于人物的情感、内心、命运，历史的兴亡、更迭等"形而上"的追问，都被付之阙如，而只剩下日本卡通式的动机描述与单薄的自我鼓舞。

如果人们对二月河、唐浩明等人的帝王将相历史题材小说感到不足，或者对它们在文化市场大行其道大惑不解的话，遇到这样的"事儿"就更觉匪夷所思了。的确，我们不得不承认，一方面，在新媒介所向披靡的魔力主导下，付出和收获之间再也无法完全画上等号；另一方面，大众对"历史"的想象与需求在日益强烈的同时，也日益单薄和"肤浅"。

这里又回到前文提出的"雅"与"俗"的话题。人们在逐渐认可原本"通俗"的大众文学中也含有某些深度与高雅因素之后，仍然会不断面临更加"俗"的对象的出现，因此往往不得不跟在汹涌澎湃的价值变迁浪潮之后气喘吁吁：所以如果认为《雍正王朝》篡改历史，那么还有《还珠格格》；如果认为《还珠格格》毕竟还有一定的文学性，那么网络写手可以抛开一切审美与价值的成规，汪洋恣肆天马行空。在其中所能看到的，是大众文化主导的时代，大众文化不断蔓延、不断更新的过程。"大众"被市场经济的主体精神解放之后，不仅理直气壮地宣布了"通俗"的合法性，更是进一步将"雅"文化纳入自己麾下，让后者成为自己的点缀。

这是否宣告了大众文学和文化的胜利呢？实际上，"雅"与"俗"的争斗从来没有结果。即便五四以来来势汹涌的新文学"虽然占据了文坛的制高点，被目为正宗，但在它周围汪洋恣肆的仍是通俗小说之海"[1]；而网络时代所提供的表达的自由与便捷如果不加以自律，也必将走向集体的沉沦。因此必须超越对立，走向辩证；超越绝对，走向相对。这样理解"雅俗共赏"不见得有多少新意，但笔者相信，活生生的现实胜过任何新锐的思辨。

第三节　戏仿与观赏：明清历史题材小说的功利解读

一、权谋：叙述的热点

在很大程度上，关于明清历史题材小说中的争议话题之一，就是其中的"权谋文化"。20 世纪 90 年代《曾国藩》面世之后，一时洛阳纸贵，其中重要的原因之一就是作品中对官场波谲云诡的权谋斗争的细致展现。观众所感兴趣的，当然不会只是曾国藩如何行军布阵、慷慨忠义（作者的表现重心也不在此），而更多的是主人公在复杂的人际环境中，如何从孤立无援的挂名侍郎，稳扎稳打成为天下督抚之首，权倾朝野，以致一时人称"经商须读《胡雪岩》，为官要看《曾国藩》"。而事实上，《曾国藩》一

---

① 孔庆东：《超越雅俗——抗战时期的通俗小说》，北京，北京大学出版社，1998 年，第 16 页。

书在领导干部之中传阅也十分广泛，甚至出现中央部委集体购买的情况。因此在某种意义上说，唐浩明倾力刻画的知识分子悲剧并没有引起大众的深刻共鸣。在流行的文化产品中，曾国藩被解读成一个圆滑处世、毅力超常、识人善任的"成功人士"和人生智者。而其后的《旷代逸才》《张之洞》，虽然并不以"权谋叙事"示人，但杨度所毕生追求的"帝王之学"和张之洞从清流向封疆大吏的升迁过程，不仅是对主人公所从事事业的描绘，也是对主人公个人奋斗、权势不断累积扩展的过程的展示。

二月河的作品同样花费相当大的篇幅展现宫闱内外的权力争夺。在一定意义上，其作品所展现的就是帝王将相对权力的巩固、争夺和扩充过程。在传统封建政治文化语境中，主人公要成就功名霸业，首先必须夺取权力、巩固权力。而功名霸业的成就，也是以权力的不断膨胀来体现的。康熙皇帝之所以在作者笔下独步古今，首先在于其对权力运用的捭阖自如。智擒鳌拜、撤三藩、征噶尔丹等重大举措，不仅需要宏阔睿智的战略运筹，更需要具体执行中复杂深沉的策略运用。以智擒鳌拜为例，在一般记载中，只是少年康熙明里示弱，暗中训练布库（摔跤）手，在鳌拜猝不及防的情况下顺利完成。金庸的武侠小说《鹿鼎记》甚至将这一情节传奇化为一个市井无赖（韦小宝）机智应变的结果。但二月河的《康熙大帝》则始终围绕一个"权"字展开：康熙之所以决心擒鳌拜，乃是因为后者擅权跋扈，严重危及皇帝的正统权威；而之所以"智擒"而非直接罢黜，乃是因为权势对比悬殊；鳌拜之所以中计，并不是武力输于康熙，而是对权势的运用，对各派力量的拉拢把握不到火候。因而整个"智擒鳌拜"的过程被扩充，康熙示弱制造假象迷惑鳌拜，对各派力量分化瓦解、笼络收买，以及暗中调兵遣将，都是为了智擒鳌拜所做的周密部署。没有这一系列复杂奥妙的权力运作铺垫，智擒鳌拜就不可能成功，擒鳌拜后的朝政更不可能得以稳固。

《雍正皇帝》中，权谋对叙事的推动作用更加突出。二月河为雍正"翻案"，要表明其得位之正统，就必须对传说中的"改诏说"进行否定，塑造雍正继位的正统形象。于是主人公在阿哥党争中如何战胜对手就成为重头戏。邬思道这一人物的加入，从情节上满足了故事的传奇化需要，使得权力斗争更加复杂、精彩。从叙事的需要而言，这一人物在某种意义上充当着权力斗争"解说员"的功能。作者将雍正的各种策略、行为叙述为邬思道指引点化的结果，但换言之，邬思道对种种形势的分析、对种种谋略的算计，就像是从权谋运筹的角度对雍正行为的解读，这样就更加便于读者了解权力斗争的堂奥了。

无独有偶的是，与这批历史小说创作在时间上出现重合的，是 20 世纪 90 年代一批反映当代政界生活的小说，如《国画》《梅次故事》《沧浪之水》《大雪无痕》《抉择》《苍天在上》《省委书记》《跑官》等，21 世纪以来，又出现了《秘书长》《驻京办主任》《官场子弟》等。这些小说尽管在批评界未能引起热烈反响，却在文化市场获得了巨大成功，不少被改编成影视剧，甚至得到国家意识形态的高度肯定。更有甚者，文化界借图书、影视等文化产品宣扬权谋的现象屡见不鲜。类似《厚黑学》《谋略学》《历史上的智谋》《中华智谋》之类的图书出版物，大讲特讲中国古代帝王将相的政治权术之道；由明清历史题材小说改编或派生而来的《康熙王朝》《雍正王朝》《乾隆王朝》《孝庄秘史》等一大批清宫皇族戏先后热播，权谋斗争似乎变成大众文化中"年年讲、月月讲、天天讲"的公共话题。这样具有"教科书"性质的权谋叙事在世纪之交出现，一方面是因为在封建"人治"条件下，权力高于一切，"普天之下，莫非王土；率土之滨，莫非王臣"，人们不得不顶礼膜拜于权力之下并窃威弄权，派生出投机钻营、趋炎附势、阳奉阴违、瞒天过海等权谋手腕。另一方面，在改革开放伴生的社会整体转型语境下，社会意识也呈现出转型阶段特有的多元、纷乱局面，社会情绪呈现出明显的"浮躁"特点，出现了个人主义、急功近利、物质至上等观念，因而对权力运作的了解与模仿就成为大众对这类文化产品的兴趣焦点。

二、大众的"误读"

但颇有意味的是，不论是明清历史题材小说作者，还是所谓"官场小说"作者，在作品中浓墨重彩书写权谋的纵横捭阖之时，却在创作谈中对"权谋文化"的界定流露出某种避之唯恐不及的态度。二月河声称，自己的作品所弘扬的，一是"爱国主义"，二是"中华文化中我认为美的东西"[①]。唐浩明对笔下曾国藩、张之洞、杨度等人的定位更是"人生的大悲剧"[②]。熊召政更是将权谋文化斥为"封建文化的糟粕""民主法治社会的毒瘤"[③]。并非巧合，同时期出现的大部分反映当代政界生活的小说也被命名为"反腐小说""主旋律小说"。从这些现象来看，似乎"权谋叙事"颇有些冤枉和张冠李戴。

---

① 二月河：《与鲁枢元先生的通信》，见《二月河作品自选集》，郑州，河南文艺出版社，1999 年。
② 唐浩明：《我写〈曾国藩〉》，《战略与管理》1994 年第 3 期；《历史人物的文学形象塑造》，《文学评论》1995 年第 6 期；《〈张之洞〉的创作思考》，《当代作家评论》2001 年第 6 期。
③ 熊召政：《权谋文化的批判》，《中国作家（小说版）》2006 年第 12 期。

　　按照作者们的逻辑，这种热衷"权谋斗争"的现象，可以理解为社会大众的"误读"。误读的发生，是消费文化语境下的必然结果。由于市场经济体制转型中计划与市场"双轨制"的存在，致使特定时期的中国出现了一定范围内的权力寻租，法治建设的不完善为这种寻租提供了机会，导致一些依赖权力不合法、不合理庇护的一夜暴富、一举成名、一步登天的"奇迹"上演，也使得社会大众对"务实""发展"的解读带有一定的功利色彩，希望得到"捷径""秘诀""潜规则"的指引。在这样的背景下，对"官场"生态的"真实"描摹、对权力拥有者思维方式和行为模式的描摹，对权力的迎合、争取、利用就成为大众希望窥探的内容，对奋斗过程中个人处境、内心的真实写照也就更容易获得大众读者的共鸣。

　　从社会整体来看，从"以阶级斗争为纲"向"以经济建设为中心"转型定向之后，中国社会格局日益调整。在这一过程中，中等收入群体迅速崛起并渴望成为社会价值观念、审美趣味的领导者，而经典文化急速滑向边缘，娱乐"边界"不断推进而终极关怀退守萎缩。不可否认，其中孕育着主体解放与民主观念等积极因子，但也要付出沉重的代价。从文化角度而言，"大众文化遵循'市场逻辑'，它要赢得自身的繁荣，就不能像纯文学那样一味追求个性和独创性而令自己的读者圈越来越小，它需要尽可能多地占有大众，从而赢得更丰盈的利润。这就注定它要追求大众的'平均数'，以大众的欣赏趣味、思维习惯，大众的认识水平和道德标准作为自己文化生产的标准"①。现代文化的"享乐主义"正是个人和个人欲望的解放所致，而大众消费经济的建立也需要享乐主义的伦理，以维持文化商品在市场上的流动。在这个过程中，审美距离和心理距离被消蚀，艺术创作由此直接产生两种倾向：一是因媚俗而日益粗糙，一是因厌俗（孤芳自赏）而日益艰涩难懂。于是，大众文化在大众社会成为时髦和风尚，精英艺术与现实生活、大众日益疏离。因此，那些娱乐性的、松弛神经的通俗艺术成为时尚，并因其附着于"成功"与"财富""权力"的强势而迅速扩散。

　　这种崇拜是功利的而非道德的，或者说是工具崇拜而非价值崇拜。所以不难发现，《曾国藩》《张之洞》《康熙大帝》《雍正皇帝》《乾隆皇帝》《张居正》等作品主人公权力的获得，个人权势、功名的成就，都不是通过潜心修德、埋头学问，即便是皇帝的正统名分也不能为权力提供万无一失

---

① 马大康：《新理性精神：文学的立身之本——兼论理性与感性生命的关系》，《东方丛刊》2004 年第 1 辑。

的保障，这一切的获取，必须是"阳谋"和"阴谋"共同作用的结果。同样，如果撇开作品所预设的正统道义立场——必须指出，这些道义立场的设定，在很大程度上是为了迎合传统道德伦理观念和意识形态的需要——不论，单纯分析作品中失败者的原因，一个不可忽视的因素就是他们在权谋运用上的略逊一筹。比如《康熙大帝》中作为主人公对立面的鳌拜、杨起隆、吴三桂、噶尔丹，仔细分析作品就会发现，他们的失败并不仅仅在于"失道寡助"，还在于所面对的对手康熙更为长袖善舞，在权谋运用上要比他们更为深藏不露。这些生动、具体的权谋解析，对于身处急速转型语境中迫切追求个人自励、自保、自强的大众，无疑是一种迎合，受到大众追捧就不足为奇了。

如果我们不认可作家的主观表白，就会发现这是文化市场日渐成熟之后作家争取大众读者的必然选择。大众文化的消费特征，集中体现在对消费快感、实用性的追求。因此作家尽管有自己的文学追求，但他们的这种追求，一方面体现为对国家、民族的深切关注和历史、人生的深入思考，这一点不必赘述；另一方面则体现为对作品读者定位的"大众"化。这种大众化，既有主流意识形态所规定的"人民性"（反映在创作的民族、国家立场中。下一节将展开论述），也有植根于民族传统文化精神的"民间性"。本雅明认为，从文艺作品的接受角度来看，主要有两种对待文艺作品的态度："一种侧重于艺术品的膜拜价值；另一种侧重于艺术品的展示价值。"①前者将艺术作品视为神性的存在，而后者则认为，艺术作品是人的创造物，其功能是被审视，以供人们观赏和娱乐。在市场经济条件下，文化市场中受众的地位被突出强调，21世纪之初的"伤痕""反思""改革"等文学潮流中，知识分子依靠启蒙叙事应和大众的期待，使文学不断产生轰动性的社会反响。随着市场经济的发展，作为市场经济主体的大众主体意识日益突出，经由"消费"所赋予的选择权，"大众"由文化的被动接受者逐渐提升为文化的主导者。文学一旦成为商品，作家无论愿意与否，终究必须接受"读者便是我的上帝"②这一事实。

三、消费语境下政治的娱乐化

美国专栏作家沃尔特·李普曼在谈到通俗报刊时说，总是有两种读

---

① 〔德〕W. 本杰明：《机械复制时代的艺术作品》，见董学文、荣伟编：《现代美学新维度——西方马克思主义美学论文精选》，北京，北京大学出版社，1990年。（该书将"本雅明"译为"本杰明"。）

② 二月河：《真事不隐，也要假语村言》，见《二月河作品自选集》，郑州，河南文艺出版社，1999年。

者，一种对他们自己的生活饶有兴趣，另一种认为自己的生活单调乏味，想生活得更激动。相应地也有两种报纸：一种报纸的编辑原则是提供读者主要感兴趣的，即有关他们自己的消息；另一种面向寻求逃避刻板生活的读者，提供精神分析家称之为"逃避现实的报道"。"其公式是：对女人写爱情和浪漫文学；对男人写运动和政治。"①"政治"已经不再如原先人们所理解的是"经济的集中表现。产生于经济基础，又为经济基础服务"，"并且表现为代表一定阶级的政党、社会集团、社会势力在国家生活和国际关系方面的政策和活动"，换言之，不再是与经济活动相对应并统摄经济活动的意识形态，而是成为经济活动的一部分，甚至本身就是消遣娱乐的文化消费行为。比如当今西方国家的大选，已经变成政治与大众娱乐文化的热烈互动：一方面，不少候选人纷纷通过上电视娱乐节目提高知名度、展示"亲民"形象，这已经成为家常便饭；另一方面，各类电视台评论员、报刊专栏作家对各位候选人的政见立场、执政资历、个人性格品头论足，而各类媒体千方百计打探甚至制造的各类花边新闻，总能刺激报刊销量的激增，成为"注意力经济"的重要增长点。

可见，在西方社会完全市场经济的条件下，政治往往成为文化工业的素材。它所提供的，不是古典主义时代遥不可及的奋斗目标或者崇高纲领，而是活生生近在眼前的现实素材。换言之，它不再作为叙事的旁观者、引导者、推动者，而成为叙事的直接参与者。这种距离的删除，使得政治的崇高感、神秘感在很大程度上被消除，其实用价值被大大突出。从这样的角度理解，在大众消费文化语境下，政治和运动、爱情、浪漫文学是共通的。这种共通性，体现在它们在满足大众的消费快感、实用性上。运动提供紧张激烈的竞技搏斗，精彩纷呈，充满悬念，令人牵挂；爱情和浪漫文学能满足人们（不只是女性）的浪漫想象，实现对现实庸常生活的想象性超越。而政治又何尝不是如此呢？一旦揭开崇高、神秘的面纱，政治便呈现出另一面的真实：它是智力的顶级比拼，它是实力的激烈搏杀，它是欲望的极度膨胀，它是人性的淋漓展露，波谲云诡、陷阱密布、险象环生、孤注一掷、千钧一发都在其中一览无余，可以说，政治凝聚着人性、人生和历史。

与以现实政治作为描写对象的"官场小说"不同，明清历史题材小说中的政治描写总体上以历史上的真人真事为素材，因而有其独特性。它

① 〔美〕R.E. 帕克等：《城市社会学——芝加哥学派城市研究文集》，宋俊岭等译，北京，华夏出版社，1987年，第91～92页。

们首先所提供的，是对历史好奇心的满足。受"民可使由之，不可使知之"的观念影响，中国历代封建社会在社会信息上都采取垄断体制和保密制度，社会大众要获得这些信息，必须借助窥探和想象。因此也形成了中国历史演义中与官方正史的记载相对应的"秘史"传统。明清历史题材小说对历史人物的"翻案"，之所以与"权谋叙事"珠联璧合，首先的动因就在于这一传统"窥探"情结。

在明清历史题材小说中，主人公不仅有着心忧天下的宽广襟怀，同时也具备披荆斩棘的现实本领。他们要在中国传统的人际环境和政治文化背景下取得成功，必须具备超常的意志力和技巧。从二月河的小说中看来，康熙霸业的成就，不在于个人"武功"的强健、诗文的优美，换言之，不能依靠民间所想象的"文武双全"的人格，他必须笼络一大群文臣武将为自己所用，用其所长，并且保证自己始终居于权力金字塔的顶端。小说中的帝王所做的，也正在于此。而他手下文臣武将的才具，在叙事上也主要通过对话和心理活动来体现。小说中绝大多数的篇幅，不是在写主人公的动作或者渲染氛围环境，而是在写人物的对话和心理活动。而这些对话和心理活动，不是表现主人公单纯的情绪或者"意识流"，而是他（她）对具体事件的分析、盘算。在谋划算计的曲折隐讳之处，作者往往少不了要或明或暗地对其中奥妙进行解说。二月河说，自己的作品就是历史上的政治智慧和自己的艺术想象的结合①，如《乾隆皇帝·天步艰难》第二十四回"油滑老吏报喜先容　风雨阴晴魍魉僭功"，乾隆对西北将军所报牛皮帐篷和粮草霉烂亏空心存疑虑，一边漫不经心表示要尽快补上，一边突然要求将历年各省的晴雨报表加急呈上。大臣们一面深感乾隆体恤前方将士，一面又对要求看晴雨报表疑惑不解。只有纪昀一人心中机警明白，"但这样的'圣明高深'万万不能一猜就中，因故作发愣，一阵子才道：'臣遵旨……不过，圣驾这就返驾回銮，过去的晴雨表不是要紧折子，恐怕已经存档了，一时未必凑得齐呢。皇上怎么忽然想起这么档子事了？'"②

随后，作者才安排乾隆点明。这样的说明，实际上起到了不断提醒读者注意权谋技巧的作用。出版商在内容简介中也忍不住以此招徕顾客："作家擅于写帝王史实，对宫闱秘闻，分寸把握得当，特别是对宫廷斗争

---

① 李海燕、谭笑：《创作之秘：政治智慧与艺术想象相结合》，见冯兴阁、梁桦、刘文平：《聚焦"皇帝作家"二月河》，广州，广东人民出版社，2003年。

② 二月河：《乾隆皇帝·天步艰难》，武汉，长江文艺出版社，2001年，第391页。

中微妙的人际关系，权谋机变，揣摩体味得玲珑剔透。"①

　　明清历史题材小说中的权谋叙事，同样是大众猎奇的重要素材。其实历史作为一种叙事，其本身的情节编排与文学故事的写作并没有根本区别。"历史学家的常用策略同样是精简、聚拢、排挤某些材料，确定一些中心，安排原因和结果，许多历史事件因此显出了开头、中间和结尾。"②亚里士多德有一个著名的论断，诗人的职责不在于描述已经发生的事情，而在于描述可能发生的事情。历史小说创作所依据的原始素材的局限，反而为小说家在细节、局部情节和次要人物等方面的"合理想象"提供了便利。因此他们在小说创作中，在保存历史人物和事件的主体框架下，对历史事件的具体原因、情节和次要人物进行了合理的想象，为了使情节更加生动以吸引读者，权谋斗争的加入是最为便利的手段。因为它具有一切大众叙事所必要的基本元素：惊心动魄的争斗、揪人心魄的命运、高超卓越的智慧……这些要素完全可以构成离奇曲折的情节、紧张起伏的高潮，带给读者强烈的阅读快感。从故事讲述的角度来看，明清历史题材小说是很注意叙事中心的把握、情节节奏的安排、人物角色的配置的。因为"从艺术创作的角度审视，权力角逐、计谋权变的诡秘性、不定性，它本身就蕴含着极为丰富复杂的叙事资源，只要稍加转换，就可以写成相当曲折动人的作品，这一点，对虚构受到一定限度的历史小说来说显得尤为重要"③。

四、"权谋文化"辨析

　　在封建社会，不论是帝王的革故鼎新，千秋大业，还是大臣的运筹帷幄，变法图强，都只能由权力运作取得成功。历史有时会重演。所以，反思历史上的政治权力意识，也就是在探寻历史与现实的某种沟通。

　　对帝王将相权谋文化的表现，受到了知识界的强烈批判。在根据二月河作品改编的电视连续剧《康熙王朝》热播后，各类报刊发表了一系列批评文章。批评家们认为，这些作品大多以壮丽手法渲染皇帝理政、后妃争宠、大臣斗权等情节，其中不乏对权谋的褒扬和艳羡成分。这些历史题材文艺作品表面上看是娱乐，但其所传播的封建权力崇拜观念和权谋文化观念非常可怕，需要严加警惕。《深圳特区报》甚至组织发表了一

---

① 二月河：《雍正皇帝·雕弓天狼》，内容简介，武汉，长江文艺出版社，2001年，第1页。
② 南帆：《故事与历史》，《文学评论》1995年第6期。
③ 吴秀明：《当代历史小说中的明清叙事》，《文学评论》2002年第4期。

系列批评文章，并汇编成集。有论者指出，这类作品以"好看"为诱饵，事实上也将最坏、最虚伪的为人处世之道传授给了善良的人们，这种作品的价值核心是未加任何批判的利益至上。这种封建权力崇拜观念和权谋文化观念十分危险，这样的思想和现代文明的大潮、民主法治的观念都是背道而驰的。① 还有论者列举了这些作品对社会风气所产生的影响事实，如《雍正王朝》播出后，一些领导干部每日准点坐在电视机前；一些想限制孩子看电视的家长，这次也破例准许他们观看；不少中小学生已经对"皇阿玛"和"奴才"们的台词熟记于心，能够脱口而出，甚至连打千请安这样的动作做起来也有板有眼。还有论者指出，今天我们在党的领导下坚持马克思主义，需要时时强调舆论导向，明确旗帜和方向，因而在历史题材创作中"宣扬复古倒退意识，宣扬封建主义极权专制等腐朽的东西，同样是一种腐败"②。

　　对于这些批评，笔者认为有其合理性。或者说，"大义"上无可指摘。毕竟历史观、权力观、价值观事关重大，必须加以积极引导。从社会意识的角度而言，文艺作品中对权谋文化的表现，直接影响到公民意识。公民意识作为"影响公民个人是否积极担当公民身份角色的晴雨表"，还直接引导着公民个人参与社会关系的行为。同时，全体公民的普遍公民意识将会极大地影响国家政治关系、宪法的权威。因此公民意识的有无是"公民个体真正实现社会化的标志，是社会政治、经济、文化发展的必要条件，是国家走向法治状态的重要制约因素"③。公民意识的核心是公民身份意识。换言之，只有公民对国家政治生活和社会生活产生主体意识，清晰地认识自身的政治地位和法律地位、应履行的权利和应承担的义务，才会积极参与并主动监督社会政治生活，并且积极承担相应的法律责任。在明清历史题材小说以及同类题材历史影视剧中，由于对皇权毫无保留的认同。"朕即国家"的国家主义逻辑严重掩盖了个体在国家政治生活中的主体地位，权谋的盛行，不仅是对公民主体意识的忽略甚至漠视，也是对国家社会政治生活正常秩序的严重腐蚀。在人人围绕权力你死我活地厮杀，以成败论英雄的语境下，"国家""社会"等公共概念自然无法伸展，社会正义和伦理道德让位于强权人物，这些思想和行为模式无疑是与当代中国法治建设的需要格格不入的。

---

① 参见黄扬略：《权谋文化批判》，深圳，深圳报业集团出版社，2008 年。

② 陈玉通：《历史剧向何处去？——漫议历史题材影视创作之弊》，《电影创作》2001 年第 2 期。

③ 胡弘弘：《论公民意识的内涵》，《江汉大学学报（人文科学版）》2005 年第 1 期。

但是否这就说明批评者的绝对正确呢？也不尽然。任何意识的产生，都有其社会现实背景；单纯的逻辑演绎如果脱离历史实际，也只能成为空谈。自鸦片战争以来，中国社会由传统向现代转型的过程中，中国人对"现代"的追求，也是一个关注重心逐步转移的过程。用通俗的话说，罗马不是一天建成的。正如有学者指出的，近代以来中国社会发展的重心经历了五次大的变化和转移：①技术重心，鸦片战争后以林则徐、魏源、曾国藩等为代表；②政体重心，以康梁维新运动和孙中山的革命为代表；③科学重心，以陈独秀、胡适及五四运动为代表；④主权重心，从新中国成立到"文革"；⑤经济重心，"文革"结束后至今。① 如果对 20 世纪首尾两端展现官场权谋的相关叙事进行对比，即将晚清"谴责小说"和 20 世纪末至今的明清历史题材小说、"官场小说"进行对比，便不难看出前后理想主义与现实诉求的不同侧重。在 19、20 世纪之交，由于内忧外患所导致的民不聊生，"人民对于当时官僚的憎恶，痛恨他们贪污，痛恨他们畏惧逢迎外国人，痛恨他们把中国弄到了垂亡的地步！"②"谴责小说"所做的，正是对贪官污吏卑劣行径的痛斥与揭露。而在百年之后，由于内忧外患的基本消除，以及对"文化大革命"时期的强烈反弹，"务实进取""发展才是硬道理""不管黑猫白猫，抓到老鼠就是好猫"等观念得到社会的普遍认同，应该说，这些价值观念是符合社会发展潮流的，并且确实起到了积极作用。但由于道德建设的相对滞后，以及社会法治建设的不够完善，加之"双轨制"之初国家权力对社会资源的广泛支配，现实和观念的双重作用，传统文化中的功利思维沉渣泛起，导致对"发展""务实"的某种歪曲理解。而以往的文学艺术未能对现实做出有说服力的解释。众所周知的例子是，《人生》《平凡的世界》中个人奋斗的理想主义并没有获得意想中的成功，《一地鸡毛》《单位》等对现实生存困境的描摹也未能提供具体可行的解决途径，而无论是《乔厂长上任记》等"改革文学"，还是《分享艰难》《大厂》等"现实主义冲击波"，其写作的立场都以"集体"的利益压制"个人"的利益，其伦理导向自然难以赢得市场经济下社会大众的真正认同。因此这些小说中的权谋叙事一旦能够填补上述文化产品所有意无意遗漏的"空白"，它们在 20 世纪末的中国受到大众的广泛追捧就势在必行了。如果要扭转这一现象，根本还在于社会体制层面，而非某类文化产品所能胜任。

---

① 王一川：《中国现代性体验的发生：清末民初文化转型与文学》，北京，北京师范大学出版社，2001 年。
② 阿英：《晚清小说史》，北京，东方出版社，1996 年。

换个角度，如果超脱所谓"权谋文化"的对错之争，从其现象来看，至少有一个积极的信号是值得肯定的：它源于大众的趣味，服务于个体的利益。明清历史题材小说中以及同类其他历史题材作品中的"权谋叙事"，无论其价值究竟如何，但至少是大众选择的结果，或曰"大众趣味的权力化结果"。知识分子可以对权谋文化嗤之以鼻，但大众仍然毫无顾忌、乐此不疲。"大众以热情的关注（收视率、点击率、谈论与玩味的深广度）和货币式投票（通过各种方式购买相关'产品'）使自己成为文化或趣味市场的主体，成为一切资源的集体操作者与构成者。"因此，以往被视为话语禁忌的权力"内幕斗争"被公开展示，作为大众的文化消费对象。不止于此，大众的趣味选择问题本身在政治理论、学术中也被主题化，掀起郑重其事的讨论。① 因此"权谋叙事"的大行其道和"权谋文化"探讨的广泛影响，本身就是对大众文化趣味合法性的认同。此外，这些"权谋叙事"中的大众趣味还发挥着群体意识表达的作用。对当今中国社会政府信息的日益透明，当然不能牵强附会地与"权谋叙事"扯上什么关系，但从基本动机来考察，在一定意义上，"权谋叙事"正是通过文学艺术渠道，对大众获取政府信息的想象性满足。随着权力运作的日益公开透明，"权谋叙事"也势必日益"阳光化"。

第四节 文化认同与国家民族想象

一、民族国家认同与寻根

本尼迪克特·安德森在论述民族意识的起源时，曾专门探讨了小说和报纸所发挥的作用。在他看来，作为印刷资本主义的产物与集中体现，小说和报纸的叙事，在很大程度上改变了人们的时间和空间观念，从而促进了"民族意识"成为可能。② 中国近代小说的发展显然有这种高度的自觉。梁启超的"新小说革命"和五四时期的文学变革，都将改造"国民性"的重任托付给小说。尽管这种寄托与安德森所探讨的小说作用有一定偏差——后者显然更注重小说的媒介功能，而前者则更强调小说的意识

---

① 沈湘平：《大众趣味的权力化及其后果》，《求是学刊》2007年第2期。
② 〔美〕本尼迪克特·安德森：《想象的共同体：民族主义的起源与散布》，吴叡人译，上海，上海人民出版社，2005年，第23～33页。在作者看来，小说在促进民族意识的生成过程中所起到的主要作用是促进共通的时间与空间想象，从而推动了民族群体在空间、时间上的整体认同。此外，小说中所流露的民族"自我"与"他者"的分野，也在一定程度上潜移默化着大众的民族身份确认。

形态取向，但实际上二者是紧密结合的。

对于中国近代以来对"现代化"的思考，李泽厚先生关于"救亡与启蒙的双重变奏"的主线概括一直广为引用。这一对矛盾，作为中国现代化追求的动力与目标，在大众的表述中往往是"内忧"与"外患"的纠结。笔者以为，这一纠结包含着空间和时间的双重维度。从空间维度来看，"内忧"往往指向"国民性"，而外患则多强调"列强侵略"；而从时间维度来看，"内忧"则多源于过去的历史，而"外患"则体现为落后于西方时间的焦虑。"落后就要挨打"表明，时间的落差必然招致空间的压迫，由此可以理解 20 世纪之初广泛盛行的文化激进主义。

但同时始终存在另一种思路，空间的焦虑可以从时间的追溯中获得缓解。面对"救亡"，有人呼吁"保种保教"；面对"启蒙"，他们强调"立足传统"。不得不承认，任何一种立场都有自己的视角，任何一种思路都有其意义。在经济全球化浪潮的不断冲击下，民族身份问题不仅成为国家意识形态需要面对的重要课题，也成为大众空前热心关注的话题。亨廷顿的这段表述被广泛引用："20 世纪 90 年代爆发了全球的认同危机，人们看到，几乎在每一个地方，人们都在问'我们是谁?''我们属于哪儿?'以及'谁跟我们不是一伙儿?'."①因此可以说，正是在西方强大的主流社会价值观念的挤压之下，近十余年来，中国的"国家—民族"认同意识再次被唤醒，并且这种意识不是作为"国家—民族"的政治意识形态化产物出现的，而是转化为民众对它的一种自然而然的情感认同。②换言之，正是空间（民族认同）的压迫导致了对时间（历史）的重新审视。

前文已经指出，"民族主义"与"现代化"具有时间与空间双重维度的交错。当现代化的时间崇拜被西方压力的空间焦虑冲击时，人们自然要调换思路。因此不难理解，为什么"寻根文学"会成为一时之盛。但"寻根"也有其阿喀琉斯之踵。不可否认，"文学有根，文学之根应深植于民族传统文化的土壤里，根不深，则叶难茂"，而"寻找我们民族的思维优势和审美优势……我们的责任是释放现代观念的热能，来重铸和镀亮这种自我"③。这样的理念主张在很大程度上切中了时弊，但

---

① 〔美〕塞缪尔·亨廷顿：《文明的冲突与世界秩序的重建》，周琪等译，北京，新华出版社，2002 年，第 129 页。

② 杨建华：《"民族—国家"的认同与传统文化的再现——唐浩明历史小说论》，《湖南大学学报（社会科学版）》2005 年第 4 期。

③ 韩少功：《文学的"根"》，《作家》1985 年第 4 期。

知识分子主体审美的过分迷醉，则导致了寻根文学的日益神秘化、边缘化。同样，对"文学性"的固守，导致了其对现实关怀的沉默与自我放逐。对"中原规范之外""深植于民间的沃土"的"民族文化之精华"①的追求，往往不可避免地带有陶渊明式自我放逐的阴影，因此难免遭到质疑。这些民间原始文化真的能够如寻根作家在理论宣言中所想象的那样，激发起中国民族文化的现代活力，从而成功应对经济全球化的挑战吗？②

的确，世纪之交西方文化的凌厉势头引起了我们的普遍焦虑；市场经济的深入所带来的大众文化加重了这种焦虑与紧迫感。人们感到了以美国好莱坞电影神话为代表的西方文化和国内市场经济催生的大众消费文化的双重夹击。在这种情势下，人们完全有理由认为，随着中国的市场化步伐的日益加快，消费至上的大众文化潮流已逐渐形成，它在消解过去的僵硬的同时，也弱化了思想性和凝聚力，甚至可能从根本上改变中国文化的价值内核与表现形式。因为大众文化时代的人们"正处于一个从物质到精神、从生产方式到消费模式的全面模仿时代，……这种全面模仿，就是'文化殖民化'的一个典型症候，也是当代的邯郸学步和东施效颦。文化自信心丧失了，不具备激活传统文化的当代想象能力，只能人云亦云"。所以如何真正激活当代人的想象力，或者说通过激活传统来刺激我们的灵魂，不仅是文艺创作中的一个难题，也是中国能否进入全球文化产业的一个难题。③ 甚至在有人看来，这不仅仅是一个"问题"，而是一场"战争"。

二、文化认同的资源选择

前文对寻根文学的回顾，或许能给我们带来这样的启示：知识分子纯审美化的民族寻根，往往将自己放逐到社会的边缘而无法对现实形成有力发言。因此要对经济全球化下的民族文化身份进行有效回答（且不论其效果是"对"还是"错"），关键之一是必须对知识分子的个人视野进行调整，采取更加宏阔角度，对现实进行更为积极的介入。明清历史题材小说的作者们选择的途径，体现出另一种姿态。

---

① 参见李杭育：《理一理我们的"根"》，《作家》1985 年第 9 期。
② 陈灵强、夏海薇：《全球化语境下的身份认同及其危机——对 80 年代中期"寻根"文学思潮的现代性反思》，《江淮论坛》2006 年第 1 期。
③ 参见杨建华：《"民族—国家"的认同与传统文化的再现——唐浩明历史小说论》，《湖南大学学报（社会科学版）》2005 年第 4 期。

　　同样是从历史中挖掘民族认同的资源，明清历史题材小说的作者们显然关注的是比"寻根"作家笔下的民间文化、原始文化更为"主流"的"正史"资源。对中国而言，主流文化形态就是儒家文化。就如严复所说，"中国之特别国性，所赖以结合二十二行省、五大民族于以成今日庄严之民国，以特立于五洲之中"，乃是由于其来源于"数千年之渐摩浸渍"的"孔子之教化"。尤其在革故鼎新的时代，必须强调主流文化形态，才能安人心并号召天下。① 这样的"主流文化"，相对于"文学的'根'"，似乎与唐浩明的如下表述更为贴近：

　　　　当今时代，是一个全球经济一体化的时代，西方文化倚仗着经济实力的强大，正在向全世界各个角落风卷残云般扑去，大有排斥、压倒一切其他文明的势头。曾经创造过五千年灿烂文明的中国文化，在如此形势下如何立足……人们对他（曾国藩）的关注和兴趣，正好给我们以启示：处在变革时期而浮躁不安的中国人，依然渴求来自本族文化的滋润，尤其企盼从这种文化所培育出的成功人士身上获取某些启迪。这启迪，因同源同种同血脉而显得更亲切，更实用，也更有效。②

　　选取传统文化的"典型人物"作为国家—民族意识构建的主要渠道，是明清历史题材小说的共通策略。显然，在 20 世纪 90 年代，曾国藩、康熙、雍正等帝王将相在大众中的知名度、美誉度要高于王一生、丙崽等"寻根"小说人物形象。这种事实的造成，一方面在于这些人物形象本身在中国历史书写中的知名度，另一方面也在于这些作家的书写策略。考察作家的创作初衷，二月河这样概括《康熙大帝》的"主题"："爱国主义"。具体而言，"我写这本书主观意识是灌注我血液中的两种东西，一是'爱国'，二是……我认为美的文化遗产"。他强调："我们现在太需要这两点了。我想借……那种虎虎生气，振作一下有些萎靡的精神。"③

---

①　萧功秦：《民族主义与中国转型时期的意识形态》，《战略与管理》1994 年第 4 期。
②　唐浩明：《一个大人物的心灵世界》，《上海教育》2006 年第 2A 期。
③　二月河：《与鲁枢元先生的通信》，见《二月河作品自选集》，郑州，河南文艺出版社，1999 年。

这样的表述与"寻根"作家的表白①有共通之处，但更重要的是区别：传统文化与现代国家观念的结合。这些帝王将相，既是民族传统文化的典型代表（集大成者），也是国家的集中象征，因此其蕴含的话语威力显然要大大超过单纯以民间身份出现的民间文化（多呈现弱势的边缘身份）代表者。可以说，明清历史题材小说所要实现的，是国家—民族认同。

这种认同的获得，是通过其叙事策略来展现的。选取帝王将相作为历史讲述的主人公时，作者们普遍采取了"理解之同情"的态度。这种理解同时指向传统文化和国家权威。在作家笔下，这些人物的丰功伟绩，是其"德性"和"才具"双重作用的结果。其中，忠孝、修身以及自我克制等德行特征，正是以儒家文化作为底蕴的民族精神魅力的集中体现。小说中主人公的美德总是令人激赏的。如唐浩明笔下的曾国藩，一方面是杀人如麻的湘军统帅，是不问青红皂白就砍头的"曾剃头"。但在另一方面，他忠君敬上，是好臣子；体恤下属、善待同僚，是好官员；孝亲悌友，是好儿子、好丈夫、好朋友、好兄弟、好父亲。尤其在自身修养方面，他既有儒家的清正，也有道家的超脱，还有法家的严明。二月河在作品中，也自觉尽可能地从传统道德中摄取了带有活力的、有营养的东西赋予他的人物，让读者从这些人物与命运的抗拒联合中去体味中华文明浩然无际的伟大。② 不仅康熙个人英明神武，他与臣下的关系也能体现出传统社会"人际关系中美好的一面"。如他与伍次友，先是"师生"，再是师友，后赐金还山；他与周培公堪称知己知遇，后者潦倒困窘于京师，一朝际遇康熙，简拔于泥涂，委任而不疑，封印拜将立功疆场；再如郭琇，批"龙鳞"直犯九重，人们在称赞他的浩然正气的同时，对康熙则感叹其雍容大度。这些传统美德，无疑极大地增强了传统文化的认同魅力，同样也是现实生活中必需的精神品质。

当然，历史资源所提供的，不仅是道德的理想回溯，也有光辉业绩的激励与鼓舞。讲述历史的宏伟图景，激起当下的奋斗动力与信心，这是意识形态常用的逻辑与策略，因此90年代以来"中华民族伟大复兴"被

---

① 莫言在《红高粱》中谈到红高粱地里的祖辈父辈时，就表达过这样的情绪："他们杀人越货，精忠报国，他们演出过一幕幕英勇悲壮的舞剧，使我们这些活着的不肖子孙相形见绌，在进步的同时，我真切感到种的退化。"

② 二月河：《与鲁枢元先生的通信》，见《二月河作品自选集》，郑州，河南文艺出版社，1999年。

突出强调。① 这样的时代共名对于具有强烈庙堂意识的明清历史题材小说作家具有巨大的吸引力。就像熊召政所说，他们"责无旁贷地承担起这一任务"，因为"一个伟大的民族，必然有着与之匹配的伟大文化，而文化的伟大在于它的竞争力，凝聚力和亲和力。凝聚力指向的是族群，而亲和力则是对心灵的吸引。今天，我们谈到经济繁荣，须知创造经济繁荣并不是一件太难的事。难的是保持经济繁荣，它首先应该有一个强有力的文化的支撑。政治与经济的竞争力，说到底，是来自于一个民族的文化竞争力"②。明清历史题材小说同样采取这一策略，其主观的"配合"与"响应"成分究竟几何，我们不得而知，但它们所展现的中国历史上"盛世"的恢宏图景的确与《大国崛起》有共通之处。二月河笔下的康雍乾盛世、凌力笔下的"百年辉煌"、熊召政笔下的"万历新政"，甚至唐浩明笔下曾国藩、张之洞等倾力追求的"同治中兴""洋务自强"，都以恢宏的气魄和灿烂的成就带给人们难以抑制的激动与自豪。更重要的是，历史的辉煌同样能开掘出奋斗不息的精神动力：

> 清代发展到乾隆初年，到达黄金时代的顶峰，最为强大和繁荣。那确是一种辉煌。那是在前辈苦心经营的基础上发展起来的辉煌。比较之下，我更赞叹无中生有、从艰难困苦中开创新局面的辉煌。也就是说，奋斗的成果固然令人赞美，而奋斗本身则更为辉煌。③

三、"盛世"的基本议程

"盛世"，是一个有着浓厚中国文化意味的概念，它所指涉的，是一种介于理想与现实之间的民族国家的社会、政治、经济和文化形态的总和。有历史学家对"盛世"做了这样的界定："是我国社会发展中的一个特

---

① 从国家领导人的个人行为也可以看出某些端倪。邓小平深情表露："我是中国人民的儿子，我深情地爱着我的祖国和人民。"他在退休之际发表于《人民日报》的信中写道："中国人民既然有能力站起来，就一定有能力永远岿然屹立于世界民族之林。"同样是在20世纪之末的1994年，全国政协主席李瑞环清明祭扫黄帝陵，将黄帝与炎帝并称为中华民族的"人文始祖"。《人民日报》在报道中指出：在共同先祖面前找到共同的语言，达到最广泛的团结，从而振奋民族精神，实现中华民族伟大复兴。无论是从决策层对主流文化象征符号的重视，还是从民间社会自发逐渐复兴的祭祖热、国学热、汉服热，乃至21世纪初的"于丹热"等现象来看，传统主流文化已经成为中国社会上下认可的最大价值公约数。

② 熊召政：《盛世的呼唤》，《文学界（专辑版）》2008年第1期。

③ 凌力：《暮鼓晨钟——少年康熙》，后记，北京：十月文艺出版社，1993年。

定的历史阶段，是国家从大乱走向大治，在较长时间内保持繁荣而稳定的一个时期。"而盛世的基本特征则体现在"国家统一、经济繁荣、政治稳定、国力强大、文化昌盛"等方面。① 对于"奋斗"过程的表现，从文本自身角度而言，是为读者提供了一幅历史盛世的想象图景。从传播效果而言，是借助大众传媒为公众设置了特定议程②。与"改革文学"等主旋律充满浪漫的道义表达相对应的是，明清历史题材小说的叙述具有强烈的务实感和现实感。这种务实感和现实感的获得，是通过对历史图景的编排来完成的。作为一种虚构性的历史话语，历史小说的修辞策略是转义性的，通过对事件赋予情节结构，历史也就获得了当下意义。海登·怀特将这一过程命名为"情节化操作"(the operation of emplotment)：

> 历史话语中所包含的那种潜在的、派生的、或内涵的意义就是它对构成其内容的那些时间所作的阐释。正是历史话语通常产生的这种阐释，使事件获得了在叙述性虚构作品中所见到的那种情节结构形式上的一致性，否则它们仍然只能是按年代顺序排列的一连串事件而已。③

在他看来，这一过程与其说是逻辑的，不如说是转义性的。考察明清历史题材小说以及与此密切关联的《康熙王朝》《雍正王朝》等历史题材电视剧，我们不难看到一系列图景，这些图景排列联结成国家民族历史的"盛世"，通过这些图景所赋予的意义，它们得以指涉当下，并与受众形成接受意义上的互动响应，从而成为传播学意义上的"议程"，直接影响和促进当下民族—国家认同的形成。这些议程，主要集中在三个方面。

其一，经济建设。小说的大部分篇幅都放在了主要政治人物的为国操劳上。钱粮、刑名这些在中国传统封建政治中属于"末术"的内容，在小说所展现的国家治理中被提升到前所未有的高度。帝王将相的功绩需

---

① 戴逸：《盛世的沉沦——戴逸谈康雍乾历史》，《中华读书报》，2002-03-20。

② 20 世纪 70 年代，美国大众传媒中兴起了议程设置理论，主要观点为媒体有一种为公众设置应关注之问题的能力。其中美国学者沃纳·赛佛林、詹姆斯·坦卡德所著《传播理论：起源、方法与应用》(郭镇之译，华夏出版社 2000 年版)中对此问题进行了深入论述。在大众媒介日益发达的消费文化语境下，资本、管制权力、传播效果之间产生了相互置换和博弈关系。叙事文本具有充当博弈三方中转站、谈判所和交易场的功能，因此文艺创作中往往在叙事时加入当下社会热点以吸引受众。

③ 〔美〕海登·怀特：《"描绘逝去时代的性质"：文学理论与历史写作》，见〔美〕拉尔夫·科恩：《文学理论的未来》，程锡麟等译，北京，中国社会科学出版社，1993 年，第 53 页。

要由"经济成果"来体现，其权力的运作也在很大程度上围绕经济活动展开。帝王将相无论行军打仗，还是治河赈灾，乃至权力争夺，都得依靠对经济资源和经济制度支配权的争取，主人公也是开口钱粮，闭口银子。《曾国藩》中主人公念兹在兹的就是饷银。为了银子，他不得不与各地官场官员龃龉不断，不得不委曲求全，周旋于权贵之间；《雍正皇帝》中的雍正之所以得位，与不惜撕破脸皮向王公大臣追缴欠银关系重大，而"火耗归公""摊丁入亩"又是他从经济财税制度层面进行的主要改革举措；《张居正》中，钱粮仍然是不可或缺的主角，无论是夺取权力还是运用权力都少不了它，富商邵大侠甚至可以用银子将高拱推上首辅之位，而张居正推行新政、与对手的权力斗争也都围绕"官绅一体纳粮"等经济政策展开。

这些图景中经济因素的强调，不由令人联想到市场经济转型时期中国的现实。由于改革开放所制定的"以经济建设为中心"的基本路线，以及市场经济体制改革不断推进导致国家政治权力结构体系的适应性战略调整，"经济"成为时代的主要主题，成为上上下下各层级、各派别的主要共识。而社会资源分配结构的整体重组又令人们对这一话题极为敏感，因此可以说没有比"经济"更为典型的当代社会话题了。按照当代逻辑，经济繁荣所体现的国力强盛、人民幸福在小说叙事中成为价值判断的重要标准。所以尽管如黄仁宇先生所指出的，明代至清末，中国国家管理的制度并非以经济为主线，更缺乏数目字上的现代管理技术，国家财政制度也着眼于各种现实权力的平衡，而没有计划性的预算编制或考核体制，因此国家治理并不是主要依靠财政手段而是依靠伦理手段来推进[1]，但当代受众显然更加认同这样的"情节化操作"。相对文化、伦理、政治等一整套学术化的衡量标准，对经济这一维度的盛世叙述显然更容易引起人们的共鸣、感同身受，也更能与人们所处的当下语境形成对应。

其二，反腐倡廉。明清历史题材小说所描述的历史图景，在辉煌的一面之外，往往流露出强烈的忧患意识。这种意识表现为对盛世的居安思危。作品不断给人以这样的印象：在繁华昌盛的表象之下，总有无数暗流涌动。即使在昌明鼎盛的康熙王朝，仍然存在冤案丛生、田赋不均、土地高度集中、百姓贫苦、民变时起等现象；张居正呕心沥血所换来的"万历新政"，也仍然危机四伏。这些危机的产生，被主要解释成"吏治败

---

[1] 参见黄仁宇：《中国大历史》，北京，生活·读书·新知三联书店，1997 年。

坏"（官员腐败）的结果。因此"吏治"无论在"盛世"的缔造中，还是在"中兴"的历程里，都是与"经济"并列的重大题目。我们常常看到帝王为了臣下的贪赃枉法而雷霆震怒，为了整顿吏治（反腐）夙兴夜寐。他们与腐败官员形成壁垒分明的对立面。而在类似题材的历史电视剧如《雍正王朝》《康熙大帝》《乾隆王朝》《大明王朝》等中，反腐也都被作为重要的叙事主线。

对反腐倡廉的叙述，与 20 世纪 90 年代以来中国社会改革的深入是密切关联的。自改革开放以来，权力寻租在一定范围内的存在，是当时人们关注的热点话题。因此这些小说以及同类题材的电视剧在受众中得到了热烈响应。比如二月河的作品，不仅受到社会大众的普遍喜爱，国家高层领导人也给予了热情关注。时任全国人大常委会委员长的李鹏表示："二月河的书我喜欢。"国家主席江泽民也爱看。朱镕基总理也要求身边工作人员"一定要读一读二月河的帝王系列"[1]。正如有学者指出的，根据二月河小说改编的《雍正王朝》之所以产生轰动效应，引起观众的政治共鸣，是制作者与观众都有现实期望。[2]

其三，国家统一。明清历史题材小说中的帝王将相等英雄，其治国理政除了经济实务，还有一个更加根本的前提："皇图永固"。他们英雄气概的一个极为重要的体现，就是在平息内乱和抵御外侮方面所建立的杰出功勋。康雍乾的功绩，最重要的在于撤三藩、收复台湾，平定准噶尔、大小和卓、金川等叛乱，打击俄国的侵略，保卫了国家边疆。张居正重用戚继光抵御后金和倭寇、曾国藩镇压太平军和捻军、张之洞指挥抗法战争，以及他们为增加国力所做的一系列改革探索，如"一条鞭法"、洋务运动等，都在客观上为维护国家的统一奠定了基础。这些重大战争的叙述，将读者的视野从王朝的心脏带到东南西北的边陲，向读者强烈地暗示出中国版图的轮廓。

中国古人是有着"天下大势，合久必分，分久必合"的超然的，但这样的超然也仅限于民族国家范围内。而近代以来一系列外侮的挤压和对由此造成的历史问题的关注，更是加深了人们对国家统一的强烈信仰和渴望。可以说，这是从古至今中国的民族意识非常重要的方面，也是新时代中华民族伟大复兴的必然要求。所以对于这一议程，大众必然给出热烈的响应。无怪乎《康熙王朝》制片人刘大印将电视剧的主题"主要落在

①　陈甜：《京城满街谈〈雍正王朝〉》，《经济日报》，1999-02-22。
②　丁望：《假大空与〈雍正王朝〉》，香港，当代名家出版社，2002 年，第 49 页。

统一话题上，除了收复台湾，还有定三藩、剿噶尔丹的戏"，因为"统一的宏图确实激动人心啊"①！

四、讲述的策略及意义

克罗齐在谈到历史与现实的联系时提醒人们："当代史固然是直接从生活中涌现出来的，被称为非当代史的历史也是从生活中涌现出来的，因为，显而易见，只有现在生活中的兴趣方能使人去研究过去的事实。因此，这种过去的事实只要和现在生活的一种兴趣打成一片，它就不是针对一种过去的兴趣而是针对一种现在的兴趣的。"②

这样的话，无疑是对这批历史小说的极好注脚。在这些议程的设置与讲述背后，我们不难看出作者的"潜意识"或曰"预设"：传统文化是解决当下诸多问题的良药；经济建设必须居于中心地位③；腐败不是根本体制上的问题，而是部分领导干部道德修为不到家、未能抵制诱惑的结果；百姓受苦的症结在于腐败④；等等。这样的预设，在很大程度上成为批评者的把柄。他们认为明清历史题材小说作者缺乏现代意识，对传统文化和封建专制制度过度认同而缺少理性批判，"妨碍了对某些问题的深入思考，也进一步延宕了对改革中触及的某些深层的体制性问题的反思"⑤，从而与现代民族国家的内在精神形成"错位"。因此，小说中无论是对传统文化的赞颂，还是对"盛世"的想象，都是与时代要求和历史趋势格格不入的。

对这样的批评笔者并不否认，但笔者认为对于"深层的体制性问题"，恐怕不是作家没有认识到。因为正如吴秀明教授指出的，这些作品毕竟在一定程度上"令人战栗地揭示了权力杀戮的极度残酷及其对人性的可怕扭曲和异化，从而也就在思想艺术上有效地实现了对传统权力观的超越"⑥。以作者对政治与历史的深入思考，更由于当时社会上呼吁体制改

---

① 李多钰：《一言以蔽之：统一——〈康熙王朝〉制片人刘大印访谈》，见冯兴阁、梁桦、刘文平等：《聚焦"皇帝作家"二月河》，广州，广东人民出版社，2003 年。

② 〔意〕贝奈戴托·克罗齐：《历史学的理论和实际》，傅任敢译，北京，商务印书馆，1982 年，第 2 页。

③ 时任财政部长的项怀诚就曾拿《康熙大帝》来强调财税的重要。他转述中央领导的话说，康熙打了三次大胜仗，靠的是什么？靠的是税收、海关。参见《中央领导人爱看"帝王系列"》，见冯兴阁、梁桦、刘文平：《聚焦"皇帝作家"二月河》，广州，广东人民出版社，2003 年。

④ 就像《康熙大帝》里张五哥说的："十成皇恩百姓能得两成，就算烧高香了。"

⑤ 姚爱斌：《暧昧时代的历史镜像——对 90 年代以来大众历史文化现象的考察》，《粤海风》2005 年第 6 期。

⑥ 吴秀明：《当代历史小说中的明清叙事》，《文学评论》2002 年第 4 期。

革的声音此起彼伏，他们要触及和辨析这些问题是完全可能的。但之所以将这些问题付之阙如，恐怕有着"非不能也，实不为也"的考量。

从作家们的角度来说，他们的庙堂立场，决定了他们对现实体制更多采取"理解"性的认同；由于对现有体制的认同，决定了他们对体制外的变革、革命抱有某种抵制心理，而对"当家难"的体谅，也令他们更倾向于"稳健"的体制内渐进式变革。如果要从传统文化中为这种变革寻找灵感和经验教训，他们就很自然地要对腐败开出道德主义的药方。由这种立场出发而描述出来的历史图景，必然影响到受众对国家机器的功能想象和对历史的意义赋予：将矛盾的解决权力交给现有体制，并且充分"理解"矛盾形成的"历史原因"。所以受众最常见的反应就是：无论是领导干部，还是人民群众，一方面对书中的贪官受到惩处大快人心，另一方面又不由自主地为这些人惋惜——何必当初？因此，在这个意义上，不能说这些作者没有为现实社会症结开出药方，他们给出的，是与"体制变革"相辅相成的道德约束与净化。用这些来缓冲和"查漏补缺"，又有何不可呢？

"盛世"的图景描述，也绝非出于这些作家的一厢情愿。在经济全球化的焦虑日益沉重的今天，人们对自身民族—国家身份认同的需求也日益迫切。这种迫切感不止来自第三世界，德国前总理施密特的一席话令人深思："（美国）娱乐工业的全球化迫使我们大力进行自我教育，以此来保护我们传递价值和文化成就的能力，以及进行自我创造、取得新成就的能力。"①对于处于历史转折时期的中国，这种迫切感就更为突出。由于20世纪以来的"现代化"探索中对西方的过度认同和对传统文化的"弑父"姿态，中国现代化路径具有严重的依赖性，因此在20世纪末经济全球化浪潮的汹涌冲击之下，身份的不确定感更为迫切。对于全力向"伟大复兴"冲刺的中国而言，要想确立一种具有最大共通性、公约性的文化认同，借以最大限度地实现社会整合与政治整合，必须选取符合本民族、本国实际特点和时代需要的文化资源，从中提取出新的时代精神，为社会国家的发展提供精神动力。

对于西方国家而言，现代社会是历史意识和乌托邦意识的结合，"时代精神从两种相反的、但也互相渗透和彼此相需的思想获得推动力，或

---

① 林精华：《民族主义的意义与悖论——20—21世纪之交俄罗斯文化转型问题研究》，北京，人民出版社，2002年。

者说，时代精神因历史的思想和乌托邦的思想两者碰击而得到火种"①，那么对于现实而言，历史就是一种文化资源。而对于历史悠久而没有宗教传统的我们，历史则更贴近群众，也更容易为广大人民群众共享。

事实上，作为经济全球化语境下现代民族国家构建的具有中国特色的概念，"盛世"与人们当下的现实感受形成了强烈的互证关系。这一问题甚至可以追溯到 19 世纪中叶中国近代史的开端。由外侮和内省所导出的国家"现代化"想象，一直交织着"启蒙"的现代国家憧憬与"革命"的民族国家迫切感之间的张力。因此，中国式的民族国家想象在西方现代国家与中国的民族传统之间始终态度暧昧。一个典型的例证就是，在 20 世纪 80 年代"西化"的狂热遭到沉重的打击，而 90 年代以来第一次"申奥"受挫、"入关"受歧视，以及驻南斯拉夫联盟共和国大使馆被炸、中美南海撞机事件，及至 21 世纪以来发生的在西藏问题和奥运圣火传递过程中西方国家对中国"崛起"的种种复杂心态，都一再提醒人们西方"民主国家"的两面性：西藏问题、台湾问题以及西方国家的对华歧视，是"民主"能够解决的吗？在这一点上，不论什么派别，恐怕都无法否认一个事实：美国对伊拉克的"民主解放"是一场民主的闹剧和灾难。

所以，当看到康熙大帝豪情万丈，气吞万里如虎，结束分裂，将大一统国家缔造成型之时，当看到雍正继往开来，大刀阔斧推行改革使国力充裕时，当看到乾隆文治武功纵横捭阖"万国来朝"时，人们总会对所处的当下有了更多的理解，对未来有了更充足的信心。这种历史的讲述，不是为现实提供条分缕析的解决方案——事实上这些历史讲述也从来没有声称要提供具体方案，而且提供这种方案也不是历史讲述的当然义务——而是为迷茫的现实中人提供一个心灵的庇护。

五、对我国意识形态建设的启示

在经济全球化语境下，中国在世界政治、经济与文化格局中的地位与影响已不容忽视。中国的成功转型，"中国形象"的重大变化，激发出新的民族文化身份焦虑：内部，建设安定有序的社会的目标定位，需要特别的社会凝聚力作为基础；外部，大国崛起带来的世界恐慌与格局变动中，被妖魔化的境遇，令"中国形象"的塑造成为迫切的问题。对内对外，都需要重新塑造自我。而长期以来，我们的自我东方化定位，其实

---

① 〔德〕J. 哈贝马斯：《新的非了然性——福利国家的危机与乌托邦力量的穷竭》，薛华译，《哲学译丛》1986 年第 4 期。

是一种自我异质化；西方传播中的中国，则是极端妖魔化。一旦在我们和他者之间设置人为的障碍，无形的边界就会出现并阻碍交流。

共同的历史记忆是凝聚族群最强有力的纽带，历史记忆对认同意识的建构是情境性的、流动的、交织着多重关联的复杂过程。明清历史题材小说展现了世纪之交历史叙事思想文化冲突的新内涵。开放的文化视角、健康的民族文化心态，使得明清鼎革和近代转型的历史书写获得了富有现代性的崭新突破，同时对国家意识形态建构起到了切实的作用。

国家意识形态是执政党的意识形态与本民族的传统人文价值的融合。民族文化人文资源被激活，凝聚全民族的新意识形态从而形成，执政党的长期执政与稳定执政，也就有了保障。对我国而言，建设和维护社会主义意识形态的一项重要内容就是提炼和展示中华优秀传统文化的精神标识。而包含着儒家的"和而不同"的社会人生理想境界、道家的"自然"观念传达出的人文精神的世纪之交明清历史题材小说，以对古今共同精神的互释，对往日辉煌中国的表现，既参与了"中国形象"的塑造，又以此展现出文学创作与中国社会的现代转型之间的深刻关联。

遵循既重视本土经验又尊重共同价值、既有文化自信又有文化自省、既不乏仿造性又富于原创性的原则，就可以突破自我传播的有限性和他者传播的失衡性，取得"中国形象"的本土书写与海外传播的突破，同时获得国家意识形态建设的成功。从这个意义上看，明清历史题材小说的未来发展也当有新的空间。

结　语

　　明清历史题材小说的发生，有着深厚的历史传统与强烈的时代特征。它们首先受到中国悠久而深厚的"重史"的社会观念的引导，中华民族传统中历史讲述与想象的重要作用为历史题材小说的创作准备了观念上的基础；其次，政治领域的改革开放，以及由此带来的文学体制转型与文学生产方式的转变，为这批作家的创作营造了日益宽松的体制氛围；再次，新时期以来社会格局的深刻变革，使得大众重新掌握了文化生活的自主权力，为这批作品的创作准备了接受基础；此外，这批作品的创作，还从中国灿烂的史传传统，以及新时期以来活跃多元的文化思潮和文学探索中汲取了丰富的思想和文学养料。

　　明清历史题材小说的发展，又与新时期以来中国社会思潮变迁、经济全球化浪潮下文化产业的壮大、传播媒介的崛起形成了强烈的映照。明清历史题材小说首先是在 20 世纪末的传统文化热和怀旧情绪下应运而生的，而文化产业的壮大以及文化市场机制的日益成熟，也推动明清历史题材小说成为当时的社会文化热点并制造了新时期以来为数不多的财富神话。但大众文化的消费本质，又以多种方式对明清历史题材小说的深度进行填平、简化，并最终以更具娱乐化的"戏说""水煮"取代不无厚重人生体验与历史感悟的明清历史题材小说。而随着播放媒介、网络媒介的迅速崛起，帝王将相等历史题材在得到更大普及，对当代人文化生活进行更深广介入的同时，也解构了帝王将相历史小说所创造的英雄神话与历史神话。明清历史题材小说的盛况与热潮难以再续。

　　以二月河、唐浩明、凌力、熊召政为主要代表的明清帝王将相历史题材小说创作，已经成为一个自足的现象和研究对象。首先，它具有完整的发生、发展历程，能够对其做出较为清晰的界定与描述。其次，它具有特定的历史传统与现实语境，有可能对其做出较为具体的时空定位。最后，它具有较强的现实研究价值和较好的研究潜力。明清历史题材小说的题材本身就是社会文化的重要议题，是蕴含着丰富的文学、文化、政治等研究方向的"富矿"，而整体宏观的相对迟滞：一方面，为深入探讨准备了丰富的"原始素材"；另一方面，时间上的相对距离，也有利于我们在密切跟进这一对象的同时，又能保持较好的理性与超脱。

　　明清历史题材小说的意义体现在文学与文化两个方面。明清历史题材小说首先是文学现象，是新时期以来文学整体存在的重要方面。它不仅具有文学价值，也具有文学史价值。其人物塑造、历史体悟和历史情景的展现，对于当代文学尤其是历史题材领域，都堪称具有鲜明特色和典型意义。而它与新时期以来其他文学现象尤其是"寻根""新历史"等在客观上的互动与互补，又必将丰富已有的文学史图景，拓展我们对文学及文学史的认识。

　　同时，明清历史题材小说也是新时期以来重要的文化现象，具有重要的文化价值。其"文化价值"，首先是指社会政治、文化思潮方面的标本意义。帝王将相的"复辟""翻案"，以及由此所引起的各方面关注、论争，都为我们探究经济全球化背景下中国社会加速转轨这一特定时空中意识形态的总体状况，以及国民的历史想象与价值认同提供了重要的"节点"，对于探讨如何在这一背景下进行文化建设、巩固民族—国家认同具有重要启迪意义。此外，其"文化价值"也具有文化产业上的借鉴意义。帝王将相作为一种文化资源，其相关题材作品的生产传播几乎与新时期以来中国文化市场、文化产业的体制转型同步进行，其叙事策略、营销策略及其效果，都对市场经济语境下的文化建设、产业运作具有启发意义。

参考文献

1. 专著

1. 蒋和森. 黄梅雨[M]. 上海：上海文艺出版社，1985.

2. 陈金淦编. 胡适研究资料[M]. 北京：北京十月文艺出版社，1989.

3. 陈平原，夏晓虹编. 二十世纪中国小说理论资料. 第一卷. 1897—1916[M]. 北京：北京大学出版社，1989.

4. 董学文，荣伟编. 现代美学新维度："西方马克思主义"美学论文精选[M]. 北京：北京大学出版社，1990.

5. 方正耀. 中国小说批评史略[M]. 北京：中国社会科学出版社，1990.

6. 田本相. 电视文化学[M]. 北京：文化艺术出版社，1990.

7. 范伯群编选. 鸳鸯蝴蝶：《礼拜六》派作品选[M]. 北京：人民文学出版社，1991.

8. 毛泽东选集[M]. 北京：人民出版社，1991.

9. 凌力. 暮鼓晨钟：少年康熙[M]. 北京：北京十月文艺出版社，1993.

10. 巴根. 僧格林沁亲王[M]. 北京：文化艺术出版社，1994.

11. 马克思恩格斯选集[M]. 北京：人民出版社，1995.

12. 阿英. 晚清小说史[M]. 北京：东方出版社，1996.

13. 丁锡根编著. 中国历代小说序跋集[M]. 北京：人民文学出版社，1996.

14. 梁启超. 中国历史研究法[M]. 北京：东方出版社，1996.

15. 凌力. 倾城倾国[M]. 北京：北京十月文艺出版社，1996.

16. 黄仁宇. 中国大历史[M]. 北京：生活·读书·新知三联书店，1997.

17. 梁启超著，陈书良选编. 梁启超文集[M]. 北京：燕山出版社，1997.

18. 应锦襄，林铁民，朱水涌. 世界文学格局中的中国小说[M]. 北京：北京大学出版社，1997.

19. 孔庆东. 超越雅俗：抗战时期的通俗小说[M]. 北京：北京大学出版社，1998.

20. 祁述裕. 市场经济下的中国文学艺术[M]. 北京：北京大学出版社，1998.

21. 王德威. 想象中国的方法：历史·小说·叙事[M]. 北京：生活·读书·新知三联书店，1998.

22. 张志忠. 1993：世纪末的喧哗[M]. 济南：山东教育出版社，1998.

23. 陈思和主编. 中国当代文学史教程[M]. 上海：复旦大学出版社，1999.

24. 二月河. 二月河作品自选集[M]. 郑州：河南文艺出版社，1999.

25. 贺桂梅. 批评的增长与危机[M]. 太原：山西教育出版社，1999.

26. 景戎华编. 胡玫与《雍正王朝》[M]. 成都：四川人民出版社，1999.

27. 陶东风. 社会转型与当代知识分子[M]. 上海：上海三联书店，1999.

28. 张首映. 西方二十世纪文论史[M]. 北京：北京大学出版社，1999.

29. 洪晓楠. 文化哲学思潮简论[M]. 上海：上海三联书店，2000.

30. 陆扬，王毅. 大众文化与传媒[M]. 上海：上海三联书店，2000.

31. 吴秀明，夏烈. 隔海的缪斯：高阳历史小说综论[M]. 南昌：百花洲文艺出版社，2000.

32. 杨经建. 世纪末的文学景观：九十年代小说创作现象研究[M]. 长沙：湖南文艺出版社，2000.

33. 北京作家协会编. 生命承受之重：凌力历史小说评论集[M]. 北京：北京十月文艺出版社，2001.

34. 黄子平. "灰阑"中的叙述[M]. 上海：上海文艺出版社，2001.

35. 王一川. 中国现代性体验的发生：清末民初文化转型与文学[M]. 北京：北京师范大学出版社，2001.

36. 萧功秦. 与浪漫主义政治告别[M]. 武汉：湖北教育出版社，2001.

37. 朱世达. 当代美国文化[M]. 北京：社会科学文献出版社，2001.

38. 丁望. 假大空与《雍正王朝》[M]. 香港：当代名家出版社，2002.

39. 贺仲明. 中国心像：20世纪末作家文化心态考察[M]. 北京：中央编译出版社，2002.

40. 黄发有. 准个体时代的写作：20世纪90年代中国小说研究[M]. 上海：上海三联书店，2002.

41. 李洁非. 中国当代小说文体史论[M]. 西安：陕西人民教育出版社，2002.

42. 梁儒，户晓辉，宫永波. 中国人审美心理研究[M]. 济南：山东人民出版社，2002.

43. 林精华. 民族主义的意义与悖论：20—21世纪之交俄罗斯文化转型问题研究[M]. 北京：人民出版社，2002.

44. 刘俐俐. 隐秘的历史河流：当前文学创作与批评中的历史观问题考察[M]. 天津：天津人民出版社，2002.

45. 唐浩明. 唐浩明评点曾国藩家书[M]. 长沙：岳麓书社，2002.

46. 许志英，丁帆主编. 中国新时期小说主潮. 上、下卷[M]. 北京：人民文学出版社，2002.

47. 冯兴阁，梁桦，刘文平主编. 聚焦"皇帝作家"二月河[M]. 广州：广东人民出版社，2003.

48. 路文彬. 历史想像的现实诉求：中国当代小说历史观的承传与变革[M]. 南昌：百花洲出版社，2003.

49. 孟繁华. 传媒与文化领导权：当代中国的文化生产与文化认同[M]. 济南：山东教育出版社，2003.

50. 王富仁. 中国的文艺复兴[M]. 桂林：广西师范大学出版社，2003.

51. 余英时. 士与中国文化[M]. 上海：上海人民出版社，2003.

52. 湖北省作家协会，华中师范大学文学批评学研究中心编.《张居正》评论集[M]. 武汉：长江文艺出版社，2004.

53. 彭兆荣. 文学与仪式：文学人类学的一个文化视野：酒神及其祭祀仪式的发生学原理[M]. 北京：北京大学出版社，2004.

54. 钱理群，黄子平，陈平原. 二十世纪中国文学三人谈·漫说文化[M]. 北京：北京大学出版社，2004.

55. 夏光. 东亚现代性与西方现代性：从文化的角度看[M]. 桂林：广西师范大学出版社，2005.

56. 郑家建. 历史向自由的诗意敞开：《故事新编》诗学研究[M]. 上海：上海三联书店，2005.

57. 干春松. 制度儒学[M]. 上海：世纪出版集团，上海人民出版社，2006.

58. 郭英德. 中国四大名著讲演录[M]. 桂林：广西师范大学出版社，2006.

59. 马振方. 在历史与虚构之间[M]. 北京：北京大学出版社，2006.

60. 张灏. 幽暗意识与民主传统[M]. 北京：新星出版社，2006.

61. 洪子诚. 中国当代文学史. 修订版[M]. 北京：北京大学出版社，2007.

62. 汤哲声. 中国当代通俗小说史论[M]. 北京：北京大学出版社，2007.

63. 王增永. 神话学概论[M]. 北京：中国社会科学出版社，2007.

64. 黄扬略主编. 权谋文化批判[M]. 深圳：深圳报业集团出版社，2008.

65. [意]贝奈戴托·克罗齐. 历史学的理论和实际[M]. 傅任敢译，北京：商务印书馆，1982.

66. [美]R. E. 帕克，等. 城市社会学：芝加哥学派城市研究文集[M]. 宋俊岭，等译，北京：华夏出版社，1987.

67. [美]R. 韦勒克. 批评的诸种概念[M]. 丁泓，余徽译，成都：四川文艺出版社，1988.

68. [美]詹姆斯·哈威·鲁滨孙. 新史学[M]. 齐思和，等译，北京：商务印书馆，1989.

69. [美]阿诺德·豪塞尔. 艺术史的哲学[M]. 陈超南，刘天华译，北京：中国社会科学出版社，1992.

70. [美]拉尔夫·科恩主编. 文学理论的未来[M]. 程锡麟，等译，北京：中国社会科学出版社，1993.

71. [美]杰姆逊讲演. 后现代主义与文化理论[M]. 唐小兵译，北京：北京大学出版社，1997.

72. [美]詹明信. 晚期资本主义的文化逻辑[M]. 陈清侨，等译，北京：生活·读书·新知三联书店，1997.

73. [法]亨利·柏格森. 材料与记忆[M]. 肖聿译，北京：华夏出版社，1998.

74. [美]詹姆逊. 快感：文化与政治[M]. 王逢振，等译，北京：中国社会科学出版社，1998.

75. [德]汉斯-格奥尔格·伽达默尔. 真理与方法：哲学诠释学的基本特征（上、下卷）[M]. 洪汉鼎译，上海：上海译文出版社，1999.

76. [美]沃纳·赛佛林，[美]小詹姆斯·坦卡德. 传播理论：起源、方法与应用[M]. 郭镇之，等译，北京：华夏出版社，2000.

77. [英]安东尼·弗卢，等. 西方哲学讲演录[M]. 李超杰译，北京：商务印书馆，2000.

78. [英]伯尼斯·马丁. 当代社会与文化艺术[M]. 李中泽译，成都：四川人民出版社，2000.

79. [法]皮埃尔·布尔迪厄. 男性统治[M]. 刘晖译，深圳：海天出版社，2002.

80. [美]塞缪尔·亨廷顿. 文明的冲突与世界秩序的重建[M]. 周琪，等译，北京：新华出版社，2002.

81. [德]卡尔·雅斯贝斯. 时代的精神状况[M]. 王德峰译，上海：上海译文出版社，2003.

82. [法]米歇尔·福柯. 知识考古学[M]. 谢强，马月译，北京：生活·读书·新知三联书店，2003.

83. [美]爱德华·W. 萨义德. 文化与帝国主义[M]. 李琨译，北京：生活·读书·新知三联书店，2003.

84. [美]威廉·麦克高希. 世界文明史：观察世界的新视角[M]. 董建中，王大庆译，北京：新华出版社，2003.

85. [英]阿兰·斯威伍德. 大众文化的神话[M]. 冯建三译，北京：生活·读书·新知三联书店，2003.

86. [捷克]米兰·昆德拉. 小说的艺术[M]. 董强译，上海：上海译文出版社，2004.

87. [美]海登·怀特. 元史学：十九世纪欧洲的历史想象[M]. 陈新译，南京：译林出版社，2004.

88. [美]孙隆基. 中国文化的深层结构[M]. 桂林：广西师范大学出版社，2004.

89. [德]卡尔·曼海姆. 意识形态与乌托邦[M]. 黎鸣，李书崇译，北京：商务印书馆，2005.

90. [法]雷蒙·阿隆. 知识分子的鸦片[M]. 吕一民，顾杭译，南京：译林出版社，2005.

91. [美]本尼迪克特·安德森. 想象的共同体：民族主义的起源与散布[M]. 吴叡人译，上海：上海人民出版社，2005.

92. [英]托马斯·卡莱尔. 论英雄、英雄崇拜和历史上的英雄业绩[M]. 周祖达译，北京：商务印书馆，2005.

93. [美]浦安迪. 明代小说四大奇书[M]. 沈亨寿译，北京：生活·读书·新知三联书店，2006.

2. 期刊

1. 凌力.《星星草》写作断想[J]. 读书，1981(4).

2. 姚雪垠. 关于历史小说创作的若干问题：给李悔吾同志[J]. 当代文坛，1984(2).

3. 刘再复. 论文学的主体性[J]. 文学评论[J]. 1985(6).

4. 吴秀菊. 论社会心理的两种倾向与改革[J]. 长白学刊，1988(1).

5. 凌力. 广搜博采，集腋成裘[J]. 读书，1989(11).

6. 王一川. 卡里斯马典型与文化之镜(一)：近四十年中国艺术主潮的修辞学阐释[J]. 文艺争鸣，1991(1).

7. 王一川. 卡里斯马典型与文化之镜(二)：近四十年中国艺术主潮的修辞学阐释[J]. 文艺争鸣，1991(2).

8. 王一川. 卡里斯马典型与文化之镜(三)：近四十年中国艺术主潮的修辞学阐释[J]. 文艺争鸣，1991(3).

9. 王一川. 卡里斯马典型与文化之镜(四)：近四十年中国艺术主潮的修辞学阐释[J]. 文艺争鸣，1991(4).

10. 吴秉杰.《少年天子》的艺术魅力[J]. 文艺争鸣，1991(4).

11. 凌力. 路漫漫其修远兮[J]. 文学评论，1992(1).

12. 雷达. 历史的人与人的历史：《少年天子》沉思录[J]. 文学评论，1992(1).

13. 李树声，凌力. 人的颖悟与梦的追寻：漫谈凌力的作品及其他[J]. 当代作家评论，1992(4).

14. 唐浩明.《曾国藩》创作琐谈[J]. 文学评论，1993(6).

15. 王晓明，张宏，徐麟，张柠，崔宜明. 旷野上的废墟：文学和人文精神的危机[J]. 上海文学，1993(6).

16. 缪俊杰. 百年痛史，一曲悲歌：评凌力的长篇系列《百年辉煌》[J]. 当代作家评论，1994(1).

17. 李树声. 天地有正气：凌力新作《暮鼓晨钟》放谈[J]. 当代作家评论，1994(1).

18. 凌力. 天子—孙子—孩子：有关《暮鼓晨钟》创作的思考[J]. 当代作家评论，1994(1).

19. 刘起林. 巨人身影与历史理性：论《曾国藩》创作思想的偏失[J]. 中国文学研究，1994(1).

20. 谢永旺. 凌力历史小说漫评：写于《暮鼓晨钟》出版以后[J]. 当代作家评论，1994(1).

21. 杨义. 中国叙事学：逻辑起点和操作程式[J]. 中国社会科学，1994(1).

22. 皮明勇. 中国近代民族主义的多重架构[J]. 战略与管理，1994(3).

23. 唐浩明. 我写《曾国藩》[J]. 战略与管理，1994(3).

24. 王逸舟. 民族主义概念的现代思考[J]. 战略与管理，1994(3).

25. 吴秀明. 当代视野中的历史文学走向及其艺术反思[J]. 文艺理论与批评，1994(3).

26. 南帆. 叙事话语的颠覆：历史和文学[J]. 当代作家评论，1994(4)

27. 董正华. 民族主义与国家利益[J]. 战略与管理，1994(4).

28. 萧功秦. 民族主义与中国转型时期的意识形态[J]. 战略与管理，1994(4).

29. 吴秀明. 论历史文学创作中的"影射"问题[J]. 社会科学研究，1994(5).

30. 李树声. 几度哀歌向天问：评《曾国藩》[J]. 当代作家评论，1995(1).

31. 林为进. 人与历史的悲歌：浅说《曾国藩》[J]. 当代作家评论，1995(1).

32. 龙长吟. 形丰神活，干振枝披：评长篇历史小说《曾国藩》[J]. 当代作家评论，1995(1).

33. 当代历史小说创作研讨一瞥[J]. 当代作家评论，1995(5).

34. 董之林整理. 叩问历史　面向未来：当代历史小说创作研讨会述要[J]. 文学评论，1995(5).

35. 穆陶. 倾听历史的回声[J]. 文学评论，1995(6).

36. 南帆. 故事与历史[J]. 文学评论，1995(6).

37. 唐浩明. 历史人物的文学形象塑造[J]. 文学评论，1995(6).

38. 凌力. 一肩风雪[J]. 中国摄影家，1996(3).

39. 陶东风. 世俗化时代文艺的消遣娱乐性[J]. 文艺争鸣，1996(3).

40. 张清华. 历史话语的崩溃和坠回地面的舞蹈：对当前小说现象的探源与思索[J]. 小说评论，1996(3).

41. 刘斯奋，程文超，陈志红，林建法. 历史、现实与文化：从《白门柳》开始的对话[J]. 当代作家评论，1996(4).

42. 张柠. 士的挽歌：刘斯奋的长篇历史小说试评[J]. 当代作家评论，1996(4).

43. 朱国华. 论雅俗文学的概念区分[J]. 文艺理论研究，1996(4).

44. 刘起林. 长篇历史小说热：转型期的尴尬与辉煌[J]. 理论与创作，1996(6).

45. 张清华. 历史神话的悖论和话语革命的开端：重评寻根文学思潮[J]. 山东师大学报（社会科学版），1996(6).

46. 杨世伟. 评二月河的长篇历史小说[J]. 文学评论，1997(5).

47. 孙家正. 关于重大革命历史题材影视创作的几个问题[J]. 电影，1997(5).

48. 吴秀明. 论历史真实与作家的理性调节[J]. 文艺研究，1997(6).

49. 杨伟光. 总结经验　再创辉煌：在全国重大革命历史题材影视创作座谈会上的讲话[J]. 电视研究，1997(9).

50. 张柠. 没有经典的时代[J]. 粤海风，1998(1).

51. 王德胜. 娱乐化的历史：90年代中国电影中的"历史"问题[J]. 当代电影，1998(1).

52. 王富仁，柳凤九. 中国现代历史小说论（一）[J]. 鲁迅研究月刊，1998(3).

53. 王富仁，柳凤九. 中国现代历史小说论（二）[J]. 鲁迅研究月刊，1998(4).

54. 杨建华. 传统历史小说的繁荣原因和发展前景[J]. 理论与创作，1998(4).

55. 张清华. 十年新历史主义文学思潮回顾[J]. 钟山，1998(4).

56. 丁帆，何言宏. 论二十年来小说潮流的演进[J]. 文学评论，1998(5).

57. 王富仁，柳凤九. 中国现代历史小说论（三）[J]. 鲁迅研究月刊，1998(5).

58. 王富仁，柳凤九. 中国现代历史小说论（四）[J]. 鲁迅研究月刊，1998(6).

59. 熊召政. 文化寻根者的渴求[J]. 长江文艺，1998(6).

60. 王富仁，柳凤九. 中国现代历史小说论（五）[J]. 鲁迅研究月刊，1998(7).

61. 徐顽强. 论三十年代的历史小说[J]. 文学评论，1999(1).

62. 朱水涌. 社会鼎革与文化转型的历史呼应：谈 90 年代反映明清时期的历史小说[J]. 福建论坛（文史哲版），1999(1).

63. 唐浩明. 帝王之学：封建末世的背时学问：历史小说创作随感[J]. 理论与创作，1999(2).

64. 王晓利. 一面透视中国近代历史的长镜：访历史传记小说作家唐浩明[J]. 理论与创作，1999(2).

65. 张书恒. 评二月河"清代帝王系列"小说[J]. 文学评论，1999(2).

66. 胡玫. 一个民族的生生死死：我拍电视连续剧《雍正王朝》[J]. 中国电视，1999(3).

67. 南帆. 历史叙事：长篇小说的坐标[J]. 文学评论，1999(3).

68. 秦都雍，木易生. "二月河现象"浅析[J]. 平原大学学报，1999(3).

69. 张传玲.《雍正王朝》收视浅析[J]. 电视研究，1999(3).

70. 中共中央总书记江泽民给白寿彝同志的贺信[J]. 史学史研究，1999(3).

71. 吴秀明. 游戏于历史与小说之间：评高阳的"文化历史小说"[J]. 浙江学刊，1999(4).

72. 陈晓明. "历史终结"之后：九十年代文学虚构的危机[J]. 文学评论，1999(5).

73. 阎玉清.《雍正王朝》编剧刘和平访谈录[J]. 中国电视，1999(11).

74. 罗成琰，阎真. 儒家文化与二十世纪中国文学[J]. 文学评论，2000(1).

75. 程青松. 皇帝的新衣与英雄的梦呓：评《雍正王朝》[J]. 北京电影学院学报，2000(2).

76. 齐裕焜. 二月河"清帝系列"小说得失谈[J]. 福建师范大学学报（哲学社会科学版），2000(2).

77. 高建民. 从《雍正王朝》的运作看电视剧制作的出路[J]. 中国电视，2000(3).

78. 陈建新. 历史题材小说的道德抉择[J]. 浙江大学学报（人文社会科学版），2000(4).

79. 张卫中. 诗性的叙事：漫论凌力的创作个性[J]. 小说评论，2000(4).

80. 孙克民. 莫为专制主义唱赞歌：评荧屏"清宫戏"[J]. 北京联合大学学报，2000(S1).

81. 南帆. 消费历史[J]. 当代作家评论，2001(2).

82. 杨子云. 在光荣的荆棘路上：访唐浩明先生[J]. 人事与人才，2001(2).

83. 李运抟. 九十年代长篇小说：个人言说与历史浮现[J]. 文学评论，2001(4).

84. 吴秀明. 历史题材小说的转型[J]. 小说评论，2001(4).

85. 尹鸿. 意义、生产与消费：当代中国电视剧的政治经济学分析[J]. 现代传播，2001(4).

86. 南帆. 大众文学的历史涵义[J]. 文艺理论研究，2001(4).

87. 张喜田. 性别话语下的历史叙述：凌力、二月河历史小说创作比较[J]. 河南师范大学学报(哲学社会科学版)，2001(5).

88. 唐浩明.《张之洞》的创作思考[J]. 当代作家评论，2001(6).

89. 北京、上海、广州三地 2001 年 11 月文学作品阅读排行榜[J]. 中文自修(中学版)，2002(1).

90. 马振方. 历史小说创作基本功刍议[J]. 文学评论，2002(1).

91. 吴秀明. 论历史真实与作家的艺术虚构[J]. 杭州大学学报(哲学社会科学版)，2002(1).

92. 吴秀明. 文化转型语境中的历史叙事与本体演变[J]. 浙江大学学报(人文社会科学版)，2002(1).

93. 蔡永瑞.《康熙王朝》创作有感[J]. 中国电视，2002(2).

94. 刘进才. 徘徊于史实与虚构之间：中国现代历史小说观念探询[J]. 河南大学学报(社会科学版)，2002(2).

95. 周百义. 咬定青山不放松：《雍正皇帝》一书营销体会[J]. 出版广角，2002(2).

96. 周百义，熊召政. 关于历史小说《张居正》的对话[J]. 出版科学，2002(2).

97. 葛维屏. 深层透视《康熙王朝》：简析朱苏进与二月河的较量[J]. 当代电视，2002(3).

98. 唐浩明. 敬畏历史，感悟智慧[J]. 南京师范大学文学院学报，2002(3).

99. 王一川. 皇风帝雨吹野史：我看当前中国电视的后历史剧现象[J]. 电影艺术，2002(3).

100. 李治国. 风云帝王的形象塑造——《康熙大帝》与《维多利亚女王传》的比较分析[J]. 荆门职业技术学院学报，2002(4).

101. 吴秀明. 当代历史小说中的明清叙事[J]. 文学评论，2002(4).

102. 吴秀明. 世纪交替的历史关注与现代性求索：论新时期历史题材小说思想艺术发展的基本轨迹[J]. 福建论坛(人文社会科学版)，2002(4).

103. 俞胜利. 细节的力量：看电视剧《天下粮仓》想到的[J]. 中国电视，2002(4).

104. 何言宏. 九十年代以来中国小说中的"权力"焦虑[J]. 书屋，2002(5).

105. 阳国亮. 中国传统历史小说及其理论批评[J]. 南方文坛，2002(5).

106. 姚晓雷. 中西文化冲突历史理念的成熟之作：评唐浩明的长篇历史小说《张之洞》[J]. 理论与创作，2002(5).

107. 周燕芬. 历史与小说："双赢"的可能与限度：论《张之洞》的形象塑造[J]. 小说评论，2002(6).

108. 黄忠顺. 长篇历史小说：90 年代的两个极端[J]. 江西社会科学，2002(8).

109. 刘非小. 故纸堆中二十载　拉近古人与今人：唐浩明谈历史题材的整理与创作[J]. 瞭望，2002(50).

110. 陈思和. 知识分子转型与新文学的两种思潮[J]. 社会科学，2003(1).

111. 徐亚东. 二月河"帝王系列"小说审美品格论[J]. 南阳师范学院学报(社会科学版)，2003(1).

112. 韩元. 历史的时空与叙述的时空：谈历史小说中的时空问题[J]. 当代文坛，2003(2).

113. 尤西林. 人文精神团契与现代社会[J]. 人文杂志，2003(2).

114. 欧阳健. 明人历史小说宏伟系列的构建[J]. 明清小说研究，2003(3).

115. 虞晓伟. 现代卡里斯马典型：少剑波：重读《林海雪原》[J]. 丽水师范专科学校学报，2003(3).

116. 二月河. 由蔡东藩历史演义所思[J]. 南京师范大学文学院学报，2003(4).

117. 龚书铎. 《走向共和》严重歪曲历史[J]. 文艺理论与批评，2003(4).

118. 刘俐俐. 知识分子身份认同与艺术描写的空间[J]. 中国文化研究，2003(4).

119. 田小枫. 千古文人名士梦：论二月河小说的名士情怀[J]. 郑州大学学报(哲学社会科学版)，2003(4).

120. 吴秀明. 论90年代的历史题材小说创作[J]. 社会科学战线，2003(4).

121. 赵稀方. 当代文学中的历史叙述[J]. 东南学术，2003(4).

122. 聂国心. 中国现当代启蒙文学屡遭挫折的几个原因[J]. 粤海风，2003(5).

123. 邵燕君. 大师的《大家》? 还是大众的"大家"?：从"《大家》·红河奖"的评选看"民间奖"的市场化倾向[J]. 文艺争鸣，2003(5).

124. 杨建华. 唐浩明历史小说创作综论[J]. 湖南大学学报(社会科学版)，2003(5).

125. 何镇邦. 《张居正》与历史小说创作[J]. 南方文坛，2003(6).

126. 胡良桂. 晚清政坛上的精魂：唐浩明长篇历史小说论[J]. 文学评论，2003(6).

127. 李运抟. 《张之洞》：人的复活与历史再现[J]. 理论与创作，2003(6).

128. 刘克. 生命压抑的诗性宣泄：二月河清帝系列小说狂欢化叙事策略[J]. 南都学坛，2003(6).

129. 刘克. 通俗是一种美的艺术境界：论地域文化对二月河历史小说文思的影响[J]. 湖北大学学报(哲学社会科学版)，2003(6).

130. 刘起林. 走近唐浩明[J]. 理论与创作，2003(6).

131. 马振方. 厚诬与粉饰不可取：说历史小说《张居正》[J]. 文学评论，2003(6).

132. 史革新. 两个不同形象的李鸿章不容混淆[J]. 高校理论战线，2003(6).

133. 唐浩明. 晚清大吏的文人情结：历史小说创作琐谈[J]. 理论与创作，2003(6).

134. 萧功秦. 从《走向共和》的人物形象看历史范式的转换[J]. 探索与争鸣，2003(6).

135. 姜鸣. 《走向共和》的硬伤[J]. 历史教学，2003(7).

136. 赵汀阳. 认同与文化自身认同[J]. 哲学研究，2003(7).

137. 尤西林. 现代性与时间[J]. 学术月刊，2003(8).

138. 刘克. 论"二月河现象"的文化意识[J]. 江汉论坛，2003(9).

139. 唐浩明. 曾国藩的成功之道[J]. 决策咨询，2003(Z1).

140. 唐浩明. 我看历史小说[J]. 理论与创作，2004(1).

141. 鉴春. 中国现当代历史题材创作国际学术研讨会综述[J]. 文学评论，2004(1).

142. 王春瑜. 如何评价《张居正》：与马振方先生商榷[J]. 学术界，2004(1).

143. 熊召政. 闲话历史真实[J]. 理论与创作，2004(1).

144. 朱大可，张柠，张念. 文化偶像家族的结构分析[J]. 花城，2004(1).

145. 刘克. 民俗学意蕴与二月河清帝系列小说的理论创新[J]. 四川大学学报（哲学社会科学版），2004(2).

146. 路文彬. 作为修辞的历史感："新历史主义"小说之后的历史叙事[J]. 文学评论，2004(2).

147. 张清华. 叙事·文本·记忆·历史：论格非小说中的历史哲学、历史诗学及其启示[J]. 山东师范大学学报（人文社会科学版），2004(2).

148. 郭宏安. 历史小说：历史和小说[J]. 文学评论，2004(3).

149. 胡明. 历史·历史观·历史题材的文艺创作[J]. 文学评论，2004(3).

150. 钱中文. 历史题材创作、史识与史观[J]. 文学评论，2004(3).

151. 邵燕君. "新保守主义"的集体无意识：解读《走向共和》[J]. 文艺理论与批评，2004(3).

152. 孙玉明. 二月河的"红楼情"[J]. 红楼梦学刊，2004(3).

153. 童庆炳. 历史题材创作三向度[J]. 文学评论，2004(3).

154. 王春瑜. 尊重历史[J]. 文学评论，2004(3).

155. 王先霈. 向历史题材文艺要求什么[J]. 文学评论，2004(3).

156. 吴秀明. 历史文学底线原则与创作境界刍议[J]. 文学评论，2004(3).

157. 马振方. 历史小说三论[J]. 北京大学学报（哲学社会科学版），2004(4).

158. 马振方. 再说历史小说《张居正》[J]. 文艺争鸣，2004(4).

159. 尤西林. 审美共通感的社会认同功能[J]. 文学评论，2004(4).

160. 陶东风. 大众消费文化研究的三种范式及其西方资源：兼答鲁枢元先生[J]. 文艺争鸣，2004(5).

161. 庄宇新. 世纪之交的新"康乾盛世"：对三部电视剧的传播/文化解读（上）[J]. 北京电影学院学报，2004(5).

162. 戴清，宋永琴. "红色经典"改编：从"英雄崇拜"到"消费怀旧"：电视剧《林海雪原》的叙事分析与文化[J]. 当代电影，2004(6).

163. 徐亚东. 冷与热的背后："二月河现象"文化解读[J]. 文艺评论，2004(6).

164. 庄宇新. 世纪之交的新"康乾盛世"：对三部电视剧的传播/文化解读（下）[J]. 北京电影学院学报，2004(6).

165. 王文元. "清宫戏"该降温了[J]. 文史天地，2004(7).

166. 胡弘弘. 论公民意识的内涵[J]. 江汉大学学报（人文科学版），2005(1).

167. 李力. 消费历史：历史题材电视剧的文化批判[J]. 中国电视，2005(3).

168. 李春青. 文学经典面临挑战[J]. 天津社会科学，2005(3).

169. 刘克. 道家情怀与二月河、唐浩明小说的境界[J]. 中央民族大学学报（哲学社会科学版），2005(3).

170. 刘复生. 尴尬的文坛地位与暧昧的文学史段落："主旋律"小说的文学处境及现实命运[J]. 当代作家评论，2005(3).

171. 陶东风. 日常生活的审美化与文艺学的学科反思[J]. 中南大学学报（社会科学版），2005(3).

172. 陈太胜. 历史形象与历史题材创作[J]. 北京师范大学学报（社会科学版），2005(4).

173. 季广茂. 笑谈古今也从容：试论"戏说历史"的文化内涵[J]. 北京师范大学学报（社会科学版），2005(4).

174. 李春青.《三国演义》的启示：谈谈历史题材创作的"边界"问题[J]. 北京师范大学学报（社会科学版），2005(4).

175. 刘起林. 发掘王朝衰变时代的功名文化人格：论唐浩明历史小说创作的主体意识及其接受效应[J]. 湖南大学学报（社会科学版），2005(4).

176. 童庆炳. 历史文学中的封建帝王评价问题[J]. 北京师范大学学报（社会科学版），2005(4).

177. 吴秀明，刘琴. 新保守主义视野下的唐浩明历史小说创作[J]. 湖南大学学报（社会科学版），2005(4).

178. 杨建华. "民族—国家"的认同与传统文化的再现：唐浩明历史小说论[J]. 湖南大学学报（社会科学版），2005(4).

179. 季广茂. 掀起"历史真实"的盖头来[J]. 人文杂志，2005(5).

180. 李春青. 谈谈关于历史题材作品的评价标准问题[J]. 人文杂志，2005(5).

181. 童庆炳. "历史3"：历史题材文学创作的历史真实[J]. 人文杂志，2005(5).

182. 张鸣. 为何人人爱皇帝？[J]. 中国新闻周刊，2005(5).

183. 姚爱斌. 暧昧时代的历史镜像：对90年代以来大众历史文化现象的考察[J]. 粤海风，2005(6).

184. 陈学明. 当代中国民族主义思潮研究综述[J]. 广东省社会主义学院学报，2006(1).

185. 邓经武，肖彦. 评政治小说《张居正》[J]. 西南民族大学学报（人文社会科学版），2006(1).

186. 江腊生. 虚拟与消费：90年代以来小说游戏历史的现实诉求[J]. 文学评论，2006(1).

187. 李从云. 走向《张居正》：熊召政的精神之旅[J]. 小说评论，2006(1).

188. 李从云，熊召政. 寻找文化的大气象：熊召政访谈录[J]. 小说评论，2006(1).

189. 熊召政. 小说的正脉：熊召政自述[J]. 小说评论，2006(1).

190. 陈娇华.《红楼梦》对凌力历史小说创作的影响[J]. 阜阳师范学院学报（社会科学版），2006(2).

191. 李春青. 文学理论与言说者的身份认同[J]. 文学评论，2006(2).

192. 徐其超，王璐. 超越与差距：纵论茅盾文学奖获奖作品的史诗性[J]. 西南民族大学学报（人文社会科学版），2006(2).

193. 陈娇华. 沉郁厚重的文化历史书写：试论唐浩明历史小说中的文化意蕴[J]. 东南大学学报（哲学社会科学版），2006(3).

194. 王汉生，刘亚秋. 社会记忆及其建构：一项关于知青集体记忆的研究[J]. 社会，2006(3).

195. 吴秀明.《张居正》：权力"铁三角"下变法悲剧与作家的诗性叙事[J]. 中山大学学报（社会科学版），2006(3).

196. 艾虹. 阿多诺大众文化产业论[J]. 四川戏剧，2006(6).

197. 李春青. 文学的与历史的：对两种叙事方式之关系的思考[J]. 社会科学辑刊，2006(6).

198. 刘复生. 蜕变中的历史复现：从"革命历史小说"到"新革命历史小说"[J]. 文学评论，2006(6).

199. 汤哲声. 中国通俗文学的性质和批评标准的论定[J]. 文艺争鸣，2006(6).

200. 童庆炳. 重建·隐喻·哲学意味：历史文学作品三层面[J]. 社会科学辑刊，2006(6).

201. 吴秀明，王军宁. 大众文化视野中的二月河历史小说创作[J]. 海南师范学院学报（社会科学版），2006(6).

202. 唐浩明. 曾国藩的修身与治国[J]. 领导文萃，2006(8).

203. 熊召政. 朱元璋驭人之法[J]. 领导文萃，2006(9).

204. 熊召政. 权谋文化的批判[J]. 中国作家（小说版），2006(12).

205. 范国英. 历史题材获奖作品与茅盾文学奖的生产机制[J]. 廊坊师范学院学报，2007(1).

206. 何顺民. 唐浩明历史小说的文化意蕴[J]. 湖南科技学院学报，2007(1).

207. 雷勇.《三国演义》雅俗文化交融的历史图景[J]. 明清小说研究，2007(1).

208. 刘小枫，曹锦清等. 作为学术视角的社会主义新传统[J]. 开放时代，2007(1).

209. 傅守祥. 大众文化的市场逻辑：后革命氛围中的中产趣味与消费想像[J]. 社会科学战线，2007(2).

210. 何立强.《张居正》中的权谋文化解读[J]. 文艺理论与批评，2007(2).

211. 李春青. 关于历史题材创作的评价标准与方法问题[J]. 北京师范大学学报（社会科学版），2007(2).

212. 沈湘平. 大众趣味的权力化及其后果[J]. 求是学刊，2007(2).

213. 童庆炳. "重建"：历史文学创作的必由之路[J]. 北京师范大学学报（社会科学版），2007(2).

214. 肖黎. 我看"易中天现象"[J]. 社会科学战线，2007(2).

215. 陈思和. 先锋与常态：现代文学史的两种基本形态[J]. 文艺争鸣，2007(3).

216. 范玉刚. 当下语境中的"大众"与"大众文化"[J]. 中共中央党校学报，2007(3).

217. 熊召政. 作家的责任：在华南理工大学的演讲[J]. 长江文艺，2007(4).

218. 邵燕君. 畅销文学大家与读者文学史：从毛姆说起[J]. 黄河文学，2007(7).

219. 唐浩明. 从清流名士到国家重臣[J]. 海燕，2007(9).

220. 贺照田. 当代中国精神的深层构造[J]. 南风窗，2007(18).

221. 唐浩明. 解读曾国藩(随笔)[J]. 文学界(专辑版)，2008(1).

222. 唐浩明. 近思录：符号与本体[J]. 文学界(专辑版)，2008(1).

223. 熊召政. 盛世的呼唤[J]. 文学界(专辑版)，2008(1).

224. 熊召政. 文学的选择[J]. 文学界(专辑版)，2008(1).

225. 熊召政. 张居正的为官之道(随笔)[J]. 文学界(专辑版)，2008(1).

226. [英]万达·德雷斯勒. 关于后共产主义国家认同性重构的概念研究[J]. 水金译，第欧根尼，2003(2).

227. [斯洛伐克]马里安·高利克. 中国当代文学中的寻根与身份认同[J]. 谢润宜译，东南学术，2003(4).

3. 学位论文

1. 管宁. 消费文化语境中的文学叙事[D]. 福州：福建师范大学，2005.

2. 李兴亮. 世纪之交的清朝题材电视剧现象研究[D]. 成都：四川大学，2005.

3. 李鹏飞. 大众文化视野中历史电视剧的叙述策略[D]. 上海：复旦大学，2006.

4. 蒋青林. 历史话语世界的精魂[D]. 杭州：浙江大学，2006.

5. 王春云. 小说历史意识研究[D]. 南京：南京师范大学，2006.

4. 报纸

1. 茅盾文学奖评奖办公室. 第五届茅盾文学奖评奖情况介绍[N]. 文艺报，2000-11-11.

2. 茅盾文学奖评奖办公室. 第五届茅盾文学奖评委会委托部分评委撰写的获奖作品评语[N]. 文艺报，2000-11-11.

3. 舒晋瑜. 历史小说出版势头正旺[N]. 中华读书报，2001-03-14.

4. 冯佐哲. 青少年历史知识薄弱值得注意[N]. 光明日报，2001-05-22.

5. 何镇邦. 历史小说创作与《张居正》[N]. 文艺报，2002-04-20.

6. 倪敏. 唐浩明畅谈历史文学创作[N]. 中国消费者报，2002-09-05.

7. 王先霈. 历史小说作家的历史观[N]. 文艺报，2002-09-10.

8. 王蒙. 历史、国情与文学[N]. 文艺报，2002-09-24.

9. 朱辉军，等. 众说《走向共和》[N]. 文艺报，2003-06-12.

10. 朱辉军. 历史文学要凸显民族先进代表[N]. 文艺报，2003-06-24.

11. 金庸. 金庸：我读《张居正》[N]. 中华读书报，2003-07-09.

12. 何镇邦. 史诗巨制《张居正》[N]. 人民法院报，2003-07-15.

13. 宁逸. 消费社会的文学走向[N]. 文艺报，2003-10-14.

14. 雷达. 关于历史小说中的历史观[N]. 文艺报，2003-10-21.

15. 孙书文. 清宫戏与当代作品中的权谋文化[N]. 文艺报，2003-11-04.

16. 王先霈. 把文学当作文学来评论[N]. 中华读书报，2003-12-10.

17. 白烨，等. 长篇历史小说《张居正》四人谈[N]. 文艺报，2003-12-23.

18. 易舟. 文艺出版创作出现"毛泽东热"[N]. 文艺报，2003-12-25.

19. 穆陶. 历史文学"人性化"之我见[N]. 文艺报，2004-01-03.

20. 马振方. 历史文学需要历史的批评[N]. 中华读书报，2004-03-17.

21. 邓楠. 当前文学中的历史观问题[N]. 文艺报，2004-04-10.

22. 何镇邦. 《张居正》：回答历史小说"真实性"[N]. 羊城晚报，2005-03-19.

23. 陈一鸣. 儒者从来作帝师：专访茅盾奖得主熊召政[N]. 南方周末，2005-05-12.

24. 严前海. "帝王"形象的误导：关于《汉武大帝》等电视剧[N]. 文艺报，2005-05-12.

25. 杨厚均. 文学中的英雄形象与现代性想像[N]. 文艺报，2005-05-19.

26. 洪申我. 通俗阅读与社会心态[N]. 文艺报，2005-08-11.

27. 孙先科. 当代文学历史话语的叙事策略与历史观[N]. 文艺报，2006-04-25.

28. 童庆炳. 文艺创作中历史观问题讨论：历史剧中封建帝王评价的思考[N]. 文艺报，2006-07-06.

29. 徐仲佳. 探寻张恨水小说的现代性意义：评温奉桥著《现代性视野下的张恨水小说》[N]. 文艺报，2006-07-29.

30. 吴秀明，王姝. 历史文学与传统文化核心价值的现代建构[N]. 文艺报，2007-05-24.

31. 徐放鸣，杨森. 英雄：形象塑造及其他[N]. 文艺报，2006-09-07.

附 录 二月河、唐浩明、凌力、熊召政明清历史题材小说创作相关情况*

二月河

1. 作品出版

1985：《康熙大帝·夺宫》（黄河文艺出版社）

1987：《康熙大帝·惊风密雨》（黄河文艺出版社）

1988：《康熙大帝·玉宇呈祥》（黄河文艺出版社）

1989：《康熙大帝·乱起萧墙》（黄河文艺出版社）

1991：《雍正皇帝·九王夺嫡》（长江文艺出版社）

1993：《雍正皇帝·雕弓天狼》（长江文艺出版社）

1994：《雍正皇帝·恨水东逝》（长江文艺出版社）

1994：《乾隆皇帝·风华初露》（河南人民出版社）

1995：《乾隆皇帝·夕照空山》（河南人民出版社）

1996：《乾隆皇帝·日落长河》（河南文艺出版社）

1997：《乾隆皇帝·天步艰难》（新世界出版社）

1999：《乾隆皇帝·云暗凤阙》（河南文艺出版社）

1999：《乾隆皇帝·秋声紫苑》（河南文艺出版社）

2002：《二月河文集》（13卷）（长江文艺出版社）

2007：《胡雪岩》（与薛家柱合著）（长江文艺出版社）

2. 荣誉奖励

1989：《康熙大帝》获河南省优秀图书奖

1993：《康熙大帝》获河南省第一届优秀文艺成果奖

1993：《康熙大帝》获河南省改革十年优秀图书一等奖

1995：《雍正皇帝》获湖北省优秀图书奖

1996：《乾隆皇帝》获全国十佳长篇小说奖

1996：《雍正皇帝》获河南省第二届优秀文艺成果奖

---

* 包括作品出版、荣誉奖励、影视改编等相关情况。出版情况只录单行本国内第一版和文集第一版；荣誉奖励只录主要部分。

1998：《雍正皇帝》获新闻出版署、中国作协"八五"期间全国优秀长篇小说奖

1998：《雍正皇帝》获第十批全国优秀畅销书奖

1999：《雍正皇帝》入选香港《亚洲周刊》"二十世纪中文小说一百强"

2000：二月河及其《雍正皇帝》获"美国中国书刊、音像制品展览会——最受海外华人欢迎的作家作品奖"（唯一获奖者）

2003：《乾隆皇帝》获"姚雪垠长篇历史小说奖"

3. 影视改编

1994：由《康熙大帝·夺宫》改编的 14 集同名电视剧在央视播出（导演：林鸿）

1999：由《雍正皇帝》改编的 44 集电视连续剧《雍正王朝》在央视播出，平均收视率达 14.39％，最高收视率达到 16.71％，被评为 1999 年央视电视剧收视冠军，至今未被超越（导演：胡玫 ；编剧：刘和平）

2001：由《康熙大帝》改编的 46 集电视连续剧《康熙王朝》先后在台湾媒体和央视播出，以平均收视率 2.8％的成绩创下了大陆电视剧在台湾的最高收视率，在央视平均收视率为 13％，最高收视率达到 16.1％（导演：陈家林、刘大印；编剧：朱苏进、胡建新）

唐浩明

1. 作品出版

1990：《曾国藩·血祭》（湖南文艺出版社）

1991：《曾国藩·野焚》（湖南文艺出版社）

1992：《曾国藩·黑雨》（湖南文艺出版社）

2001：《张之洞》（上、中、下）（人民文学出版社）

2002：《唐浩明文集》（9 卷）（人民文学出版社）

2. 荣誉奖励

1993：《曾国藩》获第二届湖南图书奖

1999：《雍正皇帝》入选香港《亚洲周刊》"二十世纪中文小说一百强"

2003：《曾国藩》获首届姚雪垠长篇历史小说奖

2003：《曾国藩》被评为"全国优秀畅销书"

1997：《旷代逸才·杨度》获第三届国家图书奖

1998：《旷代逸才·杨度》获"八五"期间全国优秀长篇小说奖

2005：《旷代逸才·杨度》获第十届中国图书奖

2007：《张之洞》获第二届姚雪垠长篇历史小说奖

凌力

1. 作品出版

    1980：《星星草》（上）（北京出版社）

    1981：《星星草》（下）（北京出版社）

    1987：《少年天子》（北京十月文艺出版社）

    1991：《倾城倾国》（江苏文艺出版社）

    1993：《暮鼓晨钟——少年康熙》（北京十月文艺出版社）

    1998：《凌力文集》（12 卷）（经济日报出版社，陕西旅游出版社）

2. 荣誉奖励

    1988：《少年天子》获第三届茅盾文学奖

    1994：《暮鼓晨钟——少年康熙》获北京市庆祝建国四十五周年征文佳作奖

    1995：《暮鼓晨钟——少年康熙》获国家图书奖提名奖

3. 影视改编

    2003：由《少年天子》改编 40 集电视连续剧《少年天子》在北京电视台影视频道播出（导演：刘恒；编剧：刘恒）

    2005：由《暮鼓晨钟——少年康熙》改编的 40 集电视连续剧《少年康熙》在北京电视台影视频道播出（导演：刘恒；编剧：黄浩华）

熊召政

1. 作品出版

    2000：《张居正·木兰歌》（长江文艺出版社）

    2001：《张居正·水龙吟》（长江文艺出版社）

    2002：《张居正·金缕曲》（长江文艺出版社）

    2002：《张居正·火凤凰》（长江文艺出版社）

2. 荣誉奖励

    2001：《张居正》获湖北省优秀图书奖

    2002：《张居正》获湖北省第五届屈原文艺创作奖头奖

    2002：《张居正》获湖北省第二届政府图书奖

    2003：《张居正》获首届姚雪垠长篇历史小说奖

    2004：《张居正》获湖北省第二届文学奖

    2005：《张居正》获第六届茅盾文学奖

    2007：《张居正》获第十届全国精神文明建设"五个一工程"文艺类图书奖

2007：《张居正》获中国图书奖提名奖

2008：《张居正》获中国图书奖提名奖

3. 影视改编

2006：由《张居正》改编的 40 集同名电视剧封镜（导演：苏舟；编剧：熊召政）

后　记

本课题的研究，需要理性的贯注。只有对对象保持中立与冷静，才能获得清晰的认识与明确的判断。但任何研究的动机，最初何尝不是来自兴趣呢？况且文学和文化，本身是深入心灵乃至灵魂的力量，人类自以为是的"理性"在它面前往往幼稚而脆弱。笔者无法逃脱这个宿命式的悖论。因为这一选题本身即由强烈的兴趣甚至偏爱所驱使，而笔者自身理论工具的贫乏和理性思维的肤浅，更谈不上对个人主观和偏见的克制与驾驭，因此一系列的探索和追问，都首先从具体的现象与感触生发出来。所以要恳请前辈和方家原宥的是，貌似条分缕析的框架，是努力"效仿"（但绝不是抄袭）前人论文格式的结果，但这并不能掩盖具体表述的随意、零乱甚至自相矛盾。

但笔者所剩下的些许聊以自慰的，也正在于这未被理性与理论所完全制服的感动、感叹和感慨。

令我感动的，是历史讲述的厚重与历史想象的自由。文学负载着人类太多的想象与探求；而历史作为时间的摇篮，永远在对我们形成神秘的召唤。历史与文学的结合，在为人们最大限度地凝聚最为厚重的感情与思想的同时，也构成了对创作者绝大的挑战。尤其当人类以自身的渺小去建构历史的宏大之时，就如堂·吉诃德天真而勇敢地与风车搏斗，令人感动唏嘘。我知道，以自己有限的想象，永远难以再现这些作家为"还原历史"而做的奋斗与承当。有谁知道，在喧闹熙攘的人群之外，十数年如一日与故纸旧事相伴，与昏灯长影相对的他们，还要承受多少功利的考验与诘问？文学已经成为一项奢侈的苦行，知名的和不知名的作家，不论居于何种立场，处于何种"水平"，以真诚和勇气面对历史，并为我们的历史想象提供尽可能生动形象的凭借，这本身足以令人感动。而同样令人感动的，是新的时代为芸芸众生所提供的自由：表达的自由、选择的自由、想象的自由。人们不再只能面对寥寥可数的给定渠道，被动地接受灌输，而可以按照自己的兴趣、倾向和方式来选择、来想象。就如本书绪论中所描绘20世纪90年代的点滴情景，今天的我们早已习焉不察，但我们仍然有责任铭记：这一切来得并不容易。

令我感叹的，是文化图景的剧变与文化产业的繁荣。今天的中国，正在以空前的豪迈急速向前，政治、经济、文化、社会各方面都发生着急速的变化。而这一切的动力，都来自40余年前启动并在近30年前加速推进的改革开放。社会的急速转型映射到文化上，直接呈现为文化图景的急速变换。我们这代人几十年来所亲历变迁，也许是以往数倍乃至数十倍的时间也无法达到的。从80年代此起彼伏的文学潮流，到90年代以来沉潜坚毅的写作；从当初"欧美风""港台风"主导荧屏，到今天国产影视剧占据主流；从当初面对好莱坞文化神话的膜拜与危机感，到今天的自信与大度：我们仿佛置身光影变幻的舞台而目不暇给。由此我们也不能不感叹文化产业的强大与繁荣。如果没有体制上的根本变革，又何来生产力的解放、创造力的解放？何来文化的活力与繁荣？尽管面对众声喧哗我们不免心浮气躁，物质昌盛必然带来拜金的蔓延，大江东去总是泥沙俱下，但我们仍然有理由感到欣慰与自信。一个重要的原因就是：当文化与芸芸众生走得更近，它的脚步也就更能紧贴大地。

而令我感慨的，是时间无情的遗忘与我们宿命式的盲目。对于时间，人类永远感到焦虑。因为在人类身上，宿命式地寄居着历史与遗忘的对立。本质上而言，历史与对历史的研究，就是对时间的讲述和对讲述的讲述。而讲述的层层叠加，最终让我们越来越远离时间：这就是记忆与遗忘的悖论。明清历史题材小说和任何事物一样，终究只是时间长河中的细沙一粒，不可能逃脱遗忘的掩埋，所以笔者不能寄望自己的"研究"能够还原或者定格什么。然而，它虽然不能告诉我们未来"是什么"，甚至也不能告诉我们过去的"为什么"，但是，在笔直平坦的时光大道上，仍会永远留下人类蹒跚和深浅不一的脚印。

图书在版编目（CIP）数据

世纪之交明清历史题材小说研究 / 崔博著. —北京：北京师范
大学出版社，2024.11
国家社科基金后期资助项目
ISBN 978-7-303-28204-3

Ⅰ.①世… Ⅱ.①崔… Ⅲ.①历史小说－小说研究－中国－
明清时代 Ⅳ.①I207.41

中国版本图书馆 CIP 数据核字（2022）第 195616 号

营　销　中　心　电　话　010-58805385
北 京 师 范 大 学 出 版 社　　http://xueda.bnup.com
主题出版与重大项目策划部

SHIJI ZHIJIAO MINGQING LISHI TICAI XIAOSHUO YANJIU
出版发行：北京师范大学出版社　　www.bnup.com
　　　　　北京市西城区新街口外大街 12-3 号
　　　　　邮政编码：100088
印　　刷：北京盛通印刷股份有限公司
经　　销：全国新华书店
开　　本：787 mm×1092 mm　1/16
印　　张：12.25
字　　数：206 千字
版　　次：2024 年 11 月第 1 版
印　　次：2024 年 11 月第 1 次印刷
定　　价：68.00 元

策划编辑：禹明超　　　　　　责任编辑：吴纯燕
美术编辑：王齐云　　　　　　装帧设计：王齐云
责任校对：张亚丽　　　　　　责任印制：赵　龙